MONSIEUR MOZART SE RÉVEILLE

Née en 1968, Eva Baronsky vit en Allemagne, dans le massif du Taunus. Après des études de marketing et de communication, elle a été tour à tour consultante en communication, graphiste, vendeuse de confitures et journaliste. *Monsieur Mozart se réveille* est son premier roman.

EVA BARONSKY

Monsieur Mozart se réveille

TRADUIT DE L'ALLEMAND PAR NELLY LEMAIRE

Piranha

Titre original :

HERR MOZART WACHT AUF

© Aufbau Verlag GmbH & Co. KG, Berlin, 2009.
© Eva Baronsky, 2009.
© Piranha, 2014, pour la traduction française.
ISBN : 978-2-253-09871-3 – 1re publication LGF

Pour Juliana et le voyage à Vienne.

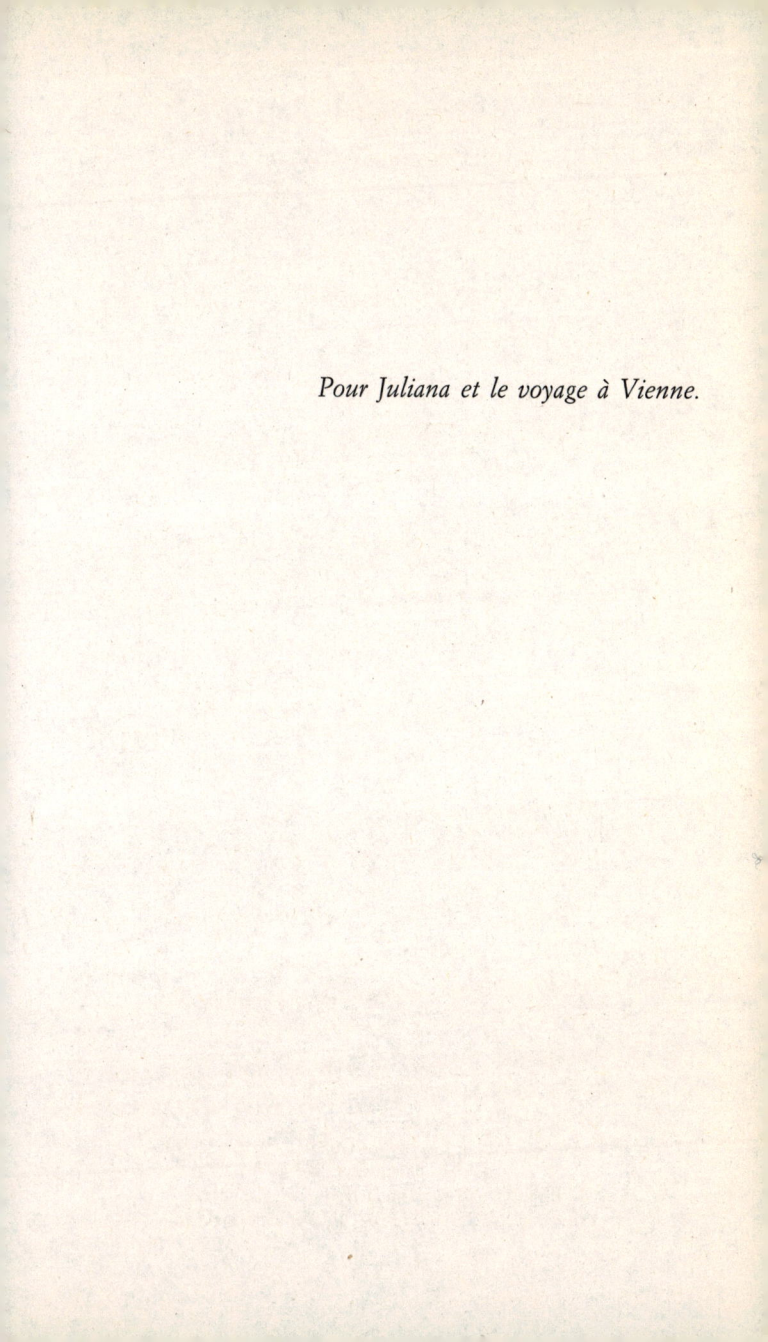

*Lacrimosa dies illa,
qua resurget ex favilla,
judicantus homo reus.
Huic ergo parce, Deus.
Pie Jesu Domine,
dona eis requiem. Amen.*

Prélude

La mort est une froide compagne.

Elle le saisit avec des doigts gelés, le tire, le secoue au point que ses dents s'entrechoquent.

Ou seraient-ce les bras de Sophie qui l'attrapent sous les épaules ? Il la sent le soulever, cette tendre personne, afin que Constanze puisse lui changer sa chemise trempée de sueur froide.

Laissez-moi, veut-il dire, mais il ne produit guère qu'un sourd gémissement. Comment va-t-il pouvoir accomplir ce qu'il reste à faire s'il ne parvient même plus à pleurer ?

Le bruit sec des sabots d'un cheval – changement de rythme habituellement bienvenu – lui martèle le crâne, comme si le cheval même s'amusait à le piétiner.

— Il arrive, Dieu soit loué !

Un courant d'air lui dit que Sophie a bondi, que les flammes des bougies chassent les ombres dans la pièce et il sent les mains de Constanze étreindre les siennes comme pour le retenir. Il garde les yeux clos, mais il connaît pourtant l'expression de son visage – le ton de sa voix trahit les larmes qu'elle retient difficilement, l'égarement qui la menace. Il soulève faiblement les paupières, discerne vaguement le visage familier à la lueur des bougies. Elles en ont allumé beaucoup. La mort est une sombre compagne.

Il s'efforce de tendre le bras, en vain, il n'atteint plus la joue de Constanze ; son corps est devenu lourd, comme si ce n'était pas le sien.

On frappe durement à la porte ; il s'effraie, tressaille et ne peut pourtant pas bouger. Il veut se cabrer, mais son corps capitule, et il sait qu'il restera allongé là.

Une main, lourde et froide, se pose sur son front.

— Il nous faut des linges. De l'eau froide aussi. Vite !

La voix du docteur, mais il ne pourra plus rien pour lui.

— Clos-set...

Un râle, c'est tout ce qu'il peut produire.

— Cher Mozart, restez allongé !

Que pourrait-il faire d'autre ? Les mains froides de Closset saisissent son bras, repoussent l'édredon sur le côté, tâtent sa jambe.

Le docteur ne parle plus qu'à voix basse.

— Il a trop de mauvaises humeurs dont il cherche à se débarrasser. La saignée lui procurera du soulagement.

Il a beau s'efforcer de prononcer un non, sa protestation n'est pas entendue.

— Que faire des linges ?

Sophie elle aussi ne fait plus que chuchoter. Comme si une charmante voix de femme ait jamais pu lui ravir la vie.

— Faites-en des bandes ! L'eau est-elle froide ? Rafraîchissez-lui la tête, le front également.

Il perçoit la palette contre son mollet, il n'a pas la force de se défendre. Il sent déjà la petite douleur de l'entaille. Ô ces sanguinaires ! Il a encore plus froid, comme si la dernière chaleur, le dernier reste de force vive en lui, s'en allait avec le sang. Il ne comprend bientôt plus ce qui se dit, juste un faible murmure, comme s'il était depuis longtemps parti.

La mort est une compagne silencieuse.

Requiem

*Requiem aeternam dona eis, Domine
et lux perpetua luceat eis.
Te decet hymnus, Deus, in Sion,
et tibi reddetur votum in Jerusalem.*

En revenant à lui, il n'avait plus froid. Les murmures étaient toujours là, mais comme étrangers – des voix inconnues s'étaient-elles ajoutées ? Il se tourna prudemment sur le côté et s'étonna d'y parvenir sans douleur et sans effort. Sa lassitude dévorante s'était également envolée, comme s'il venait de se réveiller d'un sommeil profond. Pourtant il lui semblait ne s'être assoupi qu'un instant. Le vieux docteur Closset l'aurait-il secouru contre toute attente ? La joie l'inonda comme un soleil de novembre inespéré. La crise était surmontée !

— Stanzi...

Il prononça ce nom doucement pour ne pas s'épuiser mais, tout en le disant, il comprit qu'il aurait pu sans peine l'appeler plus fort. Des pas s'approchèrent ; il cligna des yeux puis baissa aussitôt les paupières, aveuglé par la lumière vive.

– Enfin, il revient à lui ! Ce n'est pas trop tôt !

La voix – ce n'était ni celle de Stanzi ni celle de Sophie – lui était étrangère, deux octaves et demie trop bas, mais du moins il comprit les mots clairement.

— Stanzi, dit-il en s'efforçant de sourire. Stanzi, il a donc enfin trouvé un contrepoison ?

— Il a de l'humour, celui-là !

Quelqu'un rit, puis on lui secoua doucement le bras.

– Ça va, mon pote ?

Il ouvrit timidement l'œil droit. Un visage, totalement étranger, se penchait sur lui.

— Closset a accompli un miracle, dit-il dans un souffle.

– Hein ?... Oh, merde ! Ce type n'aurait pas... ?

On lui retira d'un coup la couverture en l'exposant au froid comme un animal nu.

– T'énerve pas ! Il est toujours dans son trip, laisse-le encore pioncer.

La couverture s'abaissa de nouveau sur lui.

— Il ne perd rien pour attendre ! À se reposer comme ça alors qu'on se coltine tout le boulot.

Il ouvrit les yeux, vit vaguement deux formes s'éloigner, apparemment des hommes, puis une porte claqua et il referma vite les yeux.

Quelque chose n'allait pas.

Il n'était plus à la maison. Sa couche était différente, plus molle et inégale, plus souple en fait ; un parfum subtil, féminin, s'y trouvait. Où l'avait-on amené ? Qui pouvaient donc bien être ces méchants bougres ? Et quel était ce travail à faire ? Ô Dieu du ciel, s'était-il agi de Franz Xaver ?

Il risqua de nouveau un regard prudent. La chambre où il se trouvait était assez spacieuse, une faible lumière d'hiver filtrait par une fenêtre. Il respira à pleins poumons. En tout cas, il n'était pas mort. Ou alors si ? Instinctivement, il fit bouger ses mains, forma les premières mesures du *Sanctus* qu'il avait omis d'écrire, passa le bout de ses doigts sur sa poitrine et son ventre. Effrayé, il s'arrêta : ce n'étaient pas là les habits qu'il avait portés. Il repoussa la couverture sur le côté (elle était de couleur pourpre !), leva la tête et s'examina de haut en bas. À la place de sa large chemise de lin habituelle, il portait une courte chemise, sans col ni boutons, confectionnée dans un fin tissu extraordinairement doux. Ses jambes se trouvaient dans une culotte noire qui ne s'arrêtait pas aux genoux mais descendait jusqu'aux chevilles. Elle était confortable, douce comme du velours et souple. Son habit de défunt ? Un violent frisson le prit, mais il sentait son corps véritablement sain et vivant. Son crâne ne le torturait plus non plus et la musique s'y répandait de nouveau librement, l'enveloppait de couleurs et de formes comme de tout temps et voulait instamment être écrite. Toute douleur lui avait été retirée. *Gere curam mei finis* – c'était donc finalement... le paradis ?

Il poussa un profond soupir, rentra légèrement la tête dans les épaules, regarda encore autour de lui. Point de pigeons rôtis, mais sa raison s'était de toute façon toujours refusée à ce charlatanisme des hommes d'Église. Cependant, un petit pigeon de ce genre eût été bienvenu, son estomac n'avait nullement l'air d'être mort. Et c'est avec étonnement qu'il s'aperçut que sa vessie lui faisait mal, car ce n'était pas la sorte de douleurs qu'il avait endurées tout au long des semaines précédentes mais il se sentait joyeusement plutôt une pressante envie d'uriner.

Il se redressa, posa les pieds sur le plancher froid. Les lattes craquèrent. Près du lit, il découvrit avec soulagement un pot de chambre, mais sa culotte n'avait ni pont ni braguette, juste deux petites bourses de chaque côté, et il trouva dans l'une d'elles un bout de tissu souple et chiffonné. Il s'affaira nerveusement à la ceinture épaisse pour finalement constater, fasciné, qu'elle était extensible. Si extensible qu'en l'écartant de lui et en la relâchant, elle revint étonnamment tel un ressort et accomplit parfaitement sa tâche de maintenir la culotte en place.

Il fit claquer plusieurs fois le tissu sur son ventre avant de le baisser complètement et de saisir le pot de chambre. Le clapotis familier le rassura.

Non loin de sa couche, il y avait une table en verre et du papier dessus, beaucoup de papier et même toute une pile, blanc comme la neige de janvier et lisse comme la soie la plus fine. Il l'effleura du bout des doigts. Il était incroyablement lisse, d'une douceur paradisiaque ; vraiment, on ne pouvait douter de l'endroit ! Il ne trouva pas de plume mais un crayon à mine de plomb en bois laqué et un autre crayon dont il ignorait la texture.

Il hocha inconsciemment la tête. Quel qu'il fût, celui qui l'avait amené là montrait clairement ce qu'il attendait de lui : qu'il achevât maintenant sa dernière œuvre, son *Requiem*, que cet endroit fût un déjà, un encore ou un entre-deux. Et à cette idée, il fut saisi d'effroi : celui qui lui avait peu de temps auparavant remis la commande pour cette œuvre aurait-il été tout de même un ange de la mort ? Constanze l'avait traité de fou quand il avait reconnu l'archange Michel en cet homme imposant vêtu de sombre. Mais maintenant – il jeta encore un regard dans la pièce étrangère –, son pressentiment s'était mué en certitude, en une terrible assurance : son commanditaire n'était pas un mortel. Et le *Requiem*… ! Il eut du mal à respirer.

Il s'était agi là d'une monstruosité dont il n'avait pu se réjouir ne serait-ce qu'une seconde. Bien qu'il connût beaucoup de compositeurs, il n'en savait aucun parmi eux auquel eût été infligé un tel martyre. Le tailleur de pierre n'avait pas à tailler sa propre pierre tombale, le tisseur n'avait pas à tisser son propre linceul ni le fossoyeur à creuser sa propre tombe. C'est uniquement à lui qu'il était dévolu d'accomplir la plus torturante de toutes les tâches, celle d'écrire sa propre messe des morts ! *Requiem aeternam*. Non, cette fin n'en était pas une mais juste la continuation de tous les tourments. Il pressentait qu'on ne le laisserait pas partir d'ici, qu'on ne lui accorderait pas l'entrée du royaume des morts tant qu'il n'aurait pas mis la dernière barre de mesure.

Il sentit l'indignation le gagner. N'avait-il pas montré la plus grande application et fait en sorte jusqu'au dernier instant de confier à Süßmayr, à ce *stupido*, la moindre petite ébauche, de tout lui décrire encore et encore et d'en donner l'intonation ? Et pourtant, hormis l'*Introït*, rien n'était vraiment terminé, il avait pu tout au plus écrire le chant et la basse, çà et là un premier violon, le solo de trombone du *Tuba mirum*, certes, mais il lui aurait fallu plus de temps pour le *Sanctus*, le *Benedictus*, l'*Agnus Dei* et la *Communion*. Pourquoi l'avait-on d'abord rappelé pour ensuite le presser pareillement à accomplir sa tâche ? Comprenne qui voudra les puissants au ciel ou sur la terre ! Mais ils allaient voir ! Il leur montrerait un *Sanctus* d'une virtuosité inégalable ! D'un trait, il rejeta ce qu'il avait prévu de faire et entama un nouveau thème, audacieux, aux couleurs éclatantes, pleines de chaleur et de soleil. Ses lèvres s'ouvrirent, il se mit à chanter, d'abord intérieurement, puis à voix basse, jusqu'à ce que tout prenne forme.

Son regard glissa vers la porte close. Une retraite lui était accordée dans laquelle plus rien de terrestre, aucun opéra ni autre distraction ne le détourneraient de sa composition. Mais il secoua la tête en constatant qu'en dépit de ses efforts on ne lui avait pas préparé de papier à musique. Une véritable épreuve ! Il retira de son front ses cheveux encore moites de fièvre et entreprit à l'aide d'une autre feuille soigneusement pliée de tracer toujours cinq lignes l'une en dessous de l'autre.

Il avança dans le *Sanctus* plus vite qu'il ne l'avait pensé bien qu'il écrivît pour cela trente-huit mesures entières. Il ne laissa que la reprise, un bon à rien pourrait l'achever, et, pour des compositeurs du rang d'un Clementi, il n'y avait certainement pas trop à faire dans l'au-delà.

L'objet céleste qui lui servait à écrire glissait vite sur le papier et semblait de surcroît disposer d'une miraculeuse provision d'encre ; il laissait certes des taches un peu collantes dans les croches mais il avait déjà rempli la cinquième page sans perdre de temps à penser à un encrier. Il se détendit avec satisfaction, s'étira dans le fauteuil noir qui suivait légèrement chacun de ses mouvements. Un petit déjeuner eût été bienvenu mais ici on ne se souciait apparemment que de l'accomplissement de sa tâche. Cependant cela paraissait être un endroit agréable, l'air y était heureusement sec et chaud, pas le moindre petit courant d'air ne lui dérangeait la nuque. Il avait seulement froid aux pieds.

Il promena son regard dans la chambre. À côté de lui, sur la table, se dressait une singulière boîte plate, telle une petite fenêtre aveugle ou un cadre de tableau sans peinture. En revanche, une toute petite lumière verte brillait à son bord inférieur. Soupçonneux, il approcha son doigt à quelque distance, la lumière ne dispensait pas de chaleur pas plus qu'elle ne vacillait. Il la tapota plusieurs fois rapidement, mais elle continua de briller sans la moindre apparence de respect. Devant la boîte, il y avait une planche : il devait s'agir d'un jeu car de petits dés y étaient disposés, qui formaient un alphabet complet et comprenaient aussi des chiffres et un grand nombre de signes. Celui qui y avait joué en dernier n'avait sans doute pas pris la peine de remettre tout en place – aucune lettre ne se trouvait au bon endroit. Il prit le A, tenta de le soulever et de remettre tout en bon ordre, mais le dé ne se laissa pas soulever, juste enfoncer comme la touche d'un pianoforte. C'était donc... un clavier pour écrire ? Il appuya à la suite les lettres W-O-L-F-G-A-N-G, mais il n'entendit pas d'autre son qu'un claquement monotone. Perplexe, il préféra s'arrêter.

Près du clavier, il trouva d'autres piles de papier blanc, déjà rempli de courtes notes, de chiffres, de tendres dessins, dans une fine écriture, très féminine. Pouvait-il se faire qu'il ne fût pas en ce lieu le premier dont on eût sollicité les services ultimes ? C'était en tout cas une pensée consolante dans cette obstination avec laquelle on lui demandait de travailler ici. Devrait-il pour finir écrire toutes les voix d'orchestre ? Le *Benedictus* serait vite esquissé, l'*Agnus Dei* aussi... Et ensuite ? Il ravala sa salive. Finalement, on exigerait tout de lui. Tout. Jusqu'à la toute dernière chose. Le *Lacrimosa* aussi. À cette seule pensée, les sons qu'il apporta aussitôt le firent trembler. Jamais auparavant cela ne lui était arrivé. Jamais auparavant sa propre musique ne l'avait ému au point qu'il se vît incapable de l'achever. *Lacrimosa. Dies illa.* Combien de fois avait-il dû se lever de son bureau en larmes et quitter la maison jusqu'à ce que le bruit des rues le ranime. *Huic ergo parce, Deus !*

En tremblant, il prit l'étrange instrument d'écriture.

Quand il eut devant lui un bon tas de feuilles remplies, des sons étrangers se mêlèrent soudain aux dernières mesures du *Benedictus*. Il sursauta. Une voix de femme chantait une mélodie monotone de deux phrases se répétant sans fin, accompagnée d'un bruit perçant comme si des casseroles se heurtaient.

Sa première réaction d'indignation le fit bondir, puis il s'arrêta et tendit l'oreille. Des pas étouffés, quelqu'un passait devant la porte de la chambre. Il retint inconsciemment son souffle. L'archange ! Mais les pas s'éloignèrent, une porte claqua, le chant cessa, une conversation s'amorça. Il se glissa vers la porte, y colla l'oreille. Quelqu'un s'entretenait avec une femme, mais de façon si peu nette qu'on ne pouvait en comprendre les mots. Il baissa prudemment la poignée et passa la tête par la porte. Les voix venaient de la pièce voisine et, bien que la conversation ne semblât pas inamicale, on discourait haut et fort, de façon peu naturelle, comme sur une scène. Poussé par la curiosité, il se faufila dans la pénombre du couloir, avança à tâtons, les pieds nus, sur un plancher froid et jeta un regard au passage dans une grande pièce, une sorte de salon, dont la clarté le fit cligner des yeux. Les murs étaient totalement blancs. Étonné, il tourna sur lui-même. Mais c'était indéniable, on parlait dans cette pièce... et il n'y avait là personne ! Ou bien ses sens ou bien quelqu'un d'autre lui jouait un mauvais tour. Le plus doucement possible, il se glissa en direction d'une étagère murale d'où provenait assurément la conversation, trébucha sur une paire de pantoufles roses, se rattrapa à temps et les enfila sans réfléchir. En suivant le son, il effleura l'étagère, sentit nettement les vibrations émanant de cette discussion bruyante dont il ne parvenait pas à comprendre les mots. Le fin tremblement provenait d'une boîte noire tendue de tissu.

Éperdu, il retint son souffle : un instrument de musique mécanique qui produisait des voix ! Comme ses sons paraissaient parfaitement authentiques ! Presque comme si quelqu'un se trouvait dans la boîte, qui aurait été pourtant bien trop petite pour cela. Il la retourna tout de même avec précaution mais il ne vit derrière qu'une noire corde lisse qui pendait. Elle devait certainement servir à remonter le mécanisme. Un sourire satisfait passa sur ses lèvres. Quel instrument magistral ! Tout à fait différent des appareils ennuyeux pour lesquels il avait dû dernièrement écrire quelques morceaux. Il n'en avait achevé une partie qu'à contrecœur. Oh, ce serait un honneur de composer une superbe musique pour ce nouveau mécanisme, d'autant plus qu'elle devrait être apparemment très longue, car la boîte parlait maintenant depuis un bon moment sans qu'il eût été besoin de la remonter.

Il jeta un regard autour de lui. Il régnait un indescriptible désordre dans le salon : des verres et des bouteilles, des vêtements et toutes sortes de saletés jonchaient le plancher. Il dut s'avouer que rien dans cette pièce ne lui était familier, hormis le fait qu'elle avait connu une orgie peu de temps avant. Y avait-il pris part ? Il voulut déglutir et s'aperçut que sa langue collait au palais. Quelques-unes des bouteilles qui se trouvaient là étaient encore à moitié pleines ; il porta le col de l'une d'elles à son nez, sentit la bière, en prit quelques bonnes gorgées ; la bière était fade mais elle étancha le plus gros de sa soif sans toutefois le rafraîchir.

Tandis que le mécanisme continuait à résonner, son regard balaya la pièce, s'arrêta sur un petit miroir parfaitement rond qui se trouvait par terre. Il s'agenouilla et se pencha dessus. Le miroir était troué au centre. Quand on bougeait la tête, des rayons colorés se mettaient à danser alternativement sur le disque, un vif ballet chatoyant, toujours dirigé par un centre invisible. C'était de la musique à voir ! Il fit bouger sa tête, essaya divers rythmes, et même les plus petits de ses mouvements produisaient toujours de nouveaux jeux de couleur et des sons inattendus. Mais il se sentit soudain pris de nausée et se releva en respirant profondément. Il avait sans doute besoin d'air frais.

Il tâtonna vers la fenêtre, tira et secoua la poignée jusqu'à ce qu'elle finisse par s'ouvrir. Soulagé, il s'appuya sur le parapet et leva les yeux vers le ciel gris. L'atmosphère, pourtant d'un froid hivernal, était emplie d'un grondement et d'un bruissement constant comme celui d'un torrent de montagne en début d'été. Il écouta. Au loin, un cor de chasse retentit deux fois. Il frissonna, respira l'air froid : il s'y trouvait une odeur âcre, affreusement désagréable, qui lui fit venir les larmes aux yeux. Pas d'anges, pas de trombones, pas de pigeons. À la place, un ciel de plomb, une odeur d'alchimie et un estomac affamé.

Avec la fatigue d'un promeneur qui, à bout de forces, constate qu'il a encore la moitié du chemin devant lui, il se prit la tête dans les mains et vit une route au travers de cimes d'arbres dénudés. Il regardait avec étonnement la voie parfaitement plane, comme faite d'un seul pavé noir, quand un grand objet brillant y passa à grande vitesse, luisant de noir, tel un énorme insecte. Effrayé, il recula. Aussitôt après, il en vit un autre passer, argenté, provenant de l'autre côté, mais cette fois il resta là, agrippa seulement ses mains dans l'embrasure de la fenêtre et suivit du regard l'étrange véhicule en bas. Oui, c'était indéniablement un véhicule même s'il n'entendait pas de bruits de sabots et ne voyait pas de chevaux. Il resta un moment à contempler avec une curiosité grandissante les projectiles qui jaillissaient sans cesse de gauche et de droite jusqu'à ce que l'un d'eux ralentisse et s'arrête entre deux arbres de l'autre côté de la rue. Cela lui évoquait en effet un carrosse, cela avait quatre roues, même si elles étaient très petites, et il s'étonna de la vitesse qu'il atteignait avec. Des deux côtés du carrosse s'ouvrirent des portières, deux personnes en descendirent et commencèrent à sortir de grands cartons du véhicule et à les emporter. Il tenta de s'imaginer ce que l'on pouvait éprouver en filant à une telle vitesse sur les routes, pensa à l'enthousiasme qu'il avait ressenti dans son enfance quand le cocher donnait copieusement du fouet aux chevaux pendant les longs voyages.

Un cri dans la rue, apparemment un juron grossier, le sortit de ses pensées. Il lorgna vers le bas où un carton venait de tomber sur le trottoir : un tas de papiers et de livres jonchaient le sol.

— Ça ne va pas, non ? Il fait un froid de merde ici ! Ferme-moi tout de suite cette fenêtre !

Effrayé, il se retourna, fixa un colosse aux cheveux ébouriffés comme le duvet d'un poussin fraîchement éclos ; à part le linge autour de sa taille, il était nu comme un ver, et une couronne de laurier aurait pu éventuellement compléter le tableau. Il s'était représenté différemment les cohortes célestes.

– Qu'est-ce que t'attends ? Vas-y !

Docilement, il chercha à tâtons le cadre de la fenêtre. Il prit alors conscience de la chaleur agréable qui avait régné auparavant dans la pièce alors qu'il n'avait pas remarqué la moindre odeur d'un feu.

– Je… euh… vous demande humblement pardon, je n'avais pas la moindre intention de vous incommoder.

— Hein ? fit l'autre en l'inspectant de la tête aux pieds. Eh bien, au moins, t'as retrouvé la forme. On avait peur de te voir crever.

Il se figea.

— Comment se pourrait-ce ? dit-il en s'efforçant de sourire. Alors que je suis déjà un chien mourant, une misère sur pattes, euh... malade comme un chien ?

L'homme nu donnait l'impression d'avoir du vinaigre dans la bouche.

– T'es un rigolo, hein ? Alors, content d'avoir pu empêcher ta mort certaine. Mais la prochaine fois, à ta place, je m'abstiendrais.

— La prochaine fois ? Je... ne comprends pas...

Un claquement l'interrompit, des pas s'approchèrent et un gros ange joufflu, boucles brunes sur un large front, apparut à la porte.

– Eh, Enno, s'écria l'homme nu avec un sourire narquois, on va avoir de l'aide pour tout remettre au propre. Notre trouvaille y voit de nouveau clair.

– Eh bien, Dieu merci !

L'ange joufflu décocha à l'autre un regard en coin en poussant un soupir de soulagement.

— T'es OK ? C'est sûr ?

Cela lui était destiné. Prudemment, il fit passer son regard de l'un à l'autre. S'il n'était pas mort, ceci ne pouvait être l'au-delà. Où avait-il donc atterri ? Dans un monde intermédiaire pour lequel il ne connaissait pas de nom ? « Ohké » était-il un signe de reconnaissance ?

— Je... hmm...

— Oh non ! l'arrêta l'homme nu. Ne viens pas nous dire que tu dois partir d'urgence !

— On va te faire un super p'tit déj !

Le joufflu qui s'appelait Enno agita un sachet en papier blanc comme neige et s'en alla en ajoutant :
— Mais pour l'amour de Dieu, retire les pantoufles d'Anju, elle va nous faire une crise si elle te voit avec !

Il baissa la tête, contempla, indécis, la paire de pantoufles roses.

— Pardonnez-moi, mais la cause de la façon dont je me suis ainsi servi est que je suis privé de mes chaussures et...

— Tu as dû les laisser dans la chambre d'Anju, dit l'homme nu en désignant de la tête la direction de la chambre au lit pourpre. Nous t'avons changé hier. On ne pouvait pas te mettre dans son lit dans tes fringues salopées.

Il hocha la tête comme s'il avait compris, retira les pantoufles et passa devant lui pour sortir du salon. Mais, dans la chambre pourpre, il ne trouva ni ses chaussures ni ses habits. À la place, il chercha ce dont il avait besoin dans les feuilles de papier à musique qu'il avait éparpillées sur le secrétaire et en fit une liasse.

— Tu les as ?

L'homme nu – qui ne l'était plus maintenant, mais qui portait une longue culotte et une courte chemise semblable à la sienne, sauf qu'elle n'était pas blanche mais noire –, se planta devant lui. Noire..., aucunement la couleur du ciel ! Il plissa les yeux, fixa les lettres tarabiscotées rouge ardent qui se trouvaient écrites sur la poitrine du colosse : AC/DC. Séparées au milieu par l'épée flamboyante du gardien du paradis. Que pouvait bien signifier cela ? *Angelus caelestis Domini Christi ?* Cet homme blond était-il un messager direct du Christ, du Seigneur ? Par mesure de prudence, il baissa la tête, mais loucha ensuite, intrigué, vers le torse de l'homme.

— Euh... ne devrait-ce pas être plutôt *Jesu Christi ?*

— Hein ?

— *Domine JESU Christi !* dit-il en montrant du doigt les lettres de braise.

— Tu dérailles ?

— Laisse tomber, Jost...

Enno-le-joufflu fit son entrée, les mains levées en signe d'apaisement.

— Tom a descendu les fringues, on ne pouvait plus rien en faire, elles étaient pleines de vomi. Mais tu peux garder ça, dit-il d'un ton conciliant en montrant la culotte bleue.

AC/DC. Il se tortilla le sourcil. *Adorate, Cherubim, Dominum Cantu !* Anges, adorez le Seigneur avec vos chants. Oui, ce devait être cela. Merveilleux ! Un thème lui vint aussitôt, *la-do-ré-do,* il devait être en *la* mineur, naturellement ; il se mit doucement à chanter : *Aaa-do-raa-te Chee-ru-biiim...*

— Oh là ! Qu'est-ce que t'as pris là ? Ne touche surtout à rien !

Le chérubin avait découvert les partitions et cherchait à s'en emparer.

— Anju va me faire un enfer du tonnerre si elle s'aperçoit que tu as cuvé ta cuite dans son lit !

— Un enfer ? s'étonna-t-il, la liasse résolument serrée sur sa poitrine. C'est à moi. J'ai tout composé ce matin, à l'aube.

Le chérubin Jost le regarda comme s'il avait parlé la langue des nègres de la lointaine Afrique, puis il jeta un coup d'œil sur les partitions.

— Tu te sens bien, sinon ? Qui es-tu donc ?

Il hésita. Ce chérubin, qu'on avait certainement préposé à son accueil, ne le savait-il donc pas ? Il esquissa une légère révérence.

— Mozart, Wolfgang Mozart, compositeur de Vienne.

Enno se tourna en soupirant et quitta la pièce ; le chérubin Jost fit un signe de tête à Wolfgang.

— Eh bien, super, monsieur Mozart, mais maintenant tu vas nous aider à tout nettoyer, on ne te laissera pas partir avant. Allez, viens, tu peux déjà commencer par la cuisine.

Wolfgang redressa le dos. On n'attendait pas sérieusement de lui qu'il récurât une cuisine ! Diantre bleu, on allait l'entendre ! On l'avait convoqué pour composer et voilà qu'on voulait l'en détourner par un travail de femme des plus vils. Quel était cet ange noir qui le commandait comme un laquais ? Mais comme son estomac commençait peu à peu à le ronger de l'intérieur, il lui parut que pour l'instant il serait au mieux dans la cuisine et il le suivit en trottinant.

— Vous n'avez donc pas de femme ici ? demanda-t-il. Et pas de domestiques ?

Jost éclata de rire.

— Des femmes, il n'y en a jamais assez ici ! Et le personnel est malheureusement en congé aujourd'hui. Mais nous t'avons à la place maintenant.

Indigné, Wolfgang se mit les mains sur les hanches, mais, vu sa situation plus qu'incertaine, il décida de chercher des explications en silence et en toute prudence.

Il suivit Jost dans une pièce étroite aux meubles laqués de blanc dans laquelle ne brûlait aucun feu mais où flottait pourtant une forte odeur de café, qui le réjouit. Jost ouvrit un petit cabinet au mur, posa trois pots à anses devant lui et y versa un liquide brun fumant.

— Au fait, avec qui es-tu venu hier ? Je ne t'ai encore jamais vu.

Wolfgang jeta un regard de côté au chérubin qui en savait apparemment plus sur lui que lui-même.

— Je... eh bien... je ne le sais pas vraiment, monsieur, répondit-il doucement. J'étais certain de ne m'être trouvé ici qu'aujourd'hui... en quelque sorte. Mon arrivée doit vous avoir été annoncée. J'aimerais vous prier de me procurer quelque éclaircissement.

— Quoi ? Bon sang, t'as le *black-out* total ! T'étais pas déjà *stone* avant de te pointer ici ?

— Je crains de ne pas bien comprendre...

Jost le dévisagea.

— Qu'est-ce que tu te rappelles encore ?

Wolfgang pencha la tête de côté.

— Je me suis trouvé de façon inattendue et tout vaillant dans ce lit étant le vôtre alors qu'hier j'étais en droit de croire ma dernière heure arrivée.

— Je me l'imagine bien, répliqua Jost avec irritation. Mais je voudrais bien savoir qui t'a traîné ici hier.

— Je n'ai nulle souvenance d'une compagnie et cela ne s'est pas non plus produit de mon plein gré, je peux vous l'assurer.

— Comment ça ? Est-ce à dire que tu es juste entré comme ça sans connaître personne ? Tu te soûles toujours la gueule chez de parfaits inconnus ?

— Eh bien, je…

Wolfgang recula de quelques pas en bredouillant. Aurait-il vraiment participé sans le savoir à cette orgie ? Il avait certes prisé souvent la bière et le vin d'une manière préjudiciable à sa mémoire, mais il n'y avait jamais succombé totalement.

— Ce n'était pas dans mon intention de vous importuner, aussi n'ai-je certainement rien touché…

— Tu pues encore la bière comme un clodo, dit Jost en fronçant le nez de dégoût. Bof, après tout ! Tu t'es fait plaisir et maintenant tu peux aussi faire quelque chose en échange. À toi de jouer !

Il lui fit un large geste d'invitation en montrant le plancher crasseux.

— Amuse-toi bien ! Le seau est là, dans l'armoire ! dit-il encore en se tournant vers la porte.

Arrivé là, il s'arrêta et se croisa les bras sur la poitrine.

— Dis-moi, tu ne ferais pas partie de ces types qui dorment dans la rue ?

Cette fois, c'en était assez.

— Je suis un homme honorable, s'échauffa Wolfgang, même si je me trouve présentement dans une position défavorable.

Celui-là n'était pas un serviteur du Ciel, juste un vaurien mal dégrossi ou, pire encore, un déchu et il ne méritait certainement pas sa politesse. Il toisa Jost du regard.

— Et si vous aviez une once de bienséance, monsieur le chérubin noir, vous sauriez faire usage de la nécessaire hospitalité. Je n'ai rien mangé depuis mon arrivée !

— Tu te crois sans doute à l'hôtel ?

— En aucune façon. Néanmoins, dans un bouge de la pire sorte. Et avec les personnes en rapport ! Si vous aviez seulement la bonté de m'apporter mes chaussures afin que je puisse quitter sans délai cet endroit inhospitalier !

Jost jeta un œil méprisant sur les pieds de Wolfgang, s'apprêta à lui faire une réflexion, ouvrit grands les yeux et se mit à hurler :

— Merde ! Y a du sang partout ! Tu ne t'aperçois pas de l'endroit où tu traînes les pieds ?

Wolfgang baissa les yeux, stupéfait. Il sentait justement une douleur lancinante à son pied gauche et il le leva. Une trace de sang s'écoulait sur le plancher crasseux.

— Fais donc attention, tire-toi de mes CD !

Du bout des doigts, Jost ramassa deux disques argentés tachés de sang, pareils à ceux que Wolfgang avait vus un peu partout dans le salon.

— Aïe, aïe, aïe ! fit Wolfgang en attrapant un linge qui traînait par terre.

Il le pressa sous le devant de son pied et se laissa tomber sur une chaise.

— Il est arrivé quelque chose ? demanda Enno en passant la tête par la porte.

— Le salaud ! Mes CD sont pleins de sang ! cria Jost en se penchant sur un bassin où il lava les disques d'argent.

Fasciné, Wolfgang fixa le tuyau brillant d'où s'écoulait l'eau sans que Jost eût actionné une pompe.

— Ça coule, dit-il dans un souffle. Tout seul !

— Mon Dieu ! s'écria Enno qui s'était penché sur son pied et retirait prudemment le linge de la blessure. Pour couler, ça coule ! L'entaille est vraiment profonde.

Il chercha quelque chose dans un tiroir et lui tendit un bout de tissu mou de deux doigts de large.

— Tiens ! Mets-toi vite un pansement là-dessus !

Wolfgang acquiesça docilement et posa le petit bout de tissu sur la plaie sanglante.

Enno soupira.

— T'es vraiment aussi nul ou tu joues au con ?

Il lui reprit le tissu déjà plein de sang, arracha un papier d'un autre et lui pressa le tissu sur la blessure.

— Méfie-toi, un zonard comme ça a certainement le sida ! cria Jost.

Enno haussa juste les épaules et approcha une autre chaise. Wolfgang contempla son pied avec étonnement : le minuscule pansement tenait tout seul.

— En tout cas, avec ça, il va avoir du mal à poser le pied par terre !

Enno désigna la chaise.

— Tiens, lève la jambe ! Doucement !

— Et naturellement, il ne pourra pas non plus nettoyer, n'est-ce pas ? Très pratique ! Bordel, j'en ai assez maintenant ! Et en plus, il faudrait le nourrir ! s'énerva Jost en soufflant comme un cheval. Dans un film, il y avait un clodo qui s'était installé dans une famille tout à fait paisible. Eh bien, à la fin, ils l'ont tué ! Donc : ou bien tu nous aides à nettoyer tout ça ou bien tu te tires. Tout de suite !

— Qu'*il* nettoie lui-même sa porcherie, ce faux ange ! Déchu ! Démon !

Wolfgang se leva d'un bond, se mordit les lèvres et quitta la cuisine, la tête haute. Le plus vite possible, en ne posant par terre que le talon de son pied gauche, il chercha la sortie.

— Attends, tu ne vas sortir pieds nus dans ce froid !

Enno s'apprêtait vraiment à le suivre.

— Oublie-le ! gronda la voix de Jost. Peu importe qu'il dorme sur son banc de parc avec ou sans chaussures.

Il n'accorderait pas un triomphe à un tel imbécile. Il préférait se geler les pieds. Toute la cage d'escalier résonna quand il claqua la porte derrière lui.

Kyrie

Kyrie, eleison.
Christe, eleison.
Kyrie, eleison.

Un vent glacial lui cinglait le visage et il lui semblait que les poils hérissés de ses bras nus se couvraient de givre. Les coups sourds de ses talons sur le sol étaient tout ce qu'il sentait de ses pieds. Des véhicules passaient sans cesse à grande vitesse près de lui et il n'aurait su dire si c'était le froid, l'environnement fantomatique ou ce bourdonnement polyphonique tonitruant qui faisait trembler tout son corps. Il n'avait même plus de musique dans la tête.

— Eh, attends, tu vas te choper la mort !

Il se retourna, vit Enno qui se rapprochait de lui au pas de course ; quelque chose de métallique cliquetait dans sa main.

Il saisit le bras de Wolfgang, lui fit faire demi-tour.

— Viens, j'ai encore quelques trucs dans la voiture à te donner, dit-il avec un regard pénétrant. Je suppose que tu vas passer la nuit dehors.

Troublé, Wolfgang le suivit en boitillant.

— J'ai jusqu'alors un ménage correct, une femme et deux enfants bien réussis, répondit-il non sans fierté.

Le dernier bout de phrase lui resta presque dans la gorge.

— Eh bien, super, ta femme va certainement se réjouir de te voir arriver comme ça.

Enno s'arrêta devant une flaque d'eau trouble, se pencha et en repêcha quelque chose.

— C'est ta carte d'identité ?

Il secoua la boue qui se trouvait sur une petite carte bleu pigeon, jeta un œil dessus et la tendit à Wolfgang.

— Tu devrais y faire plus attention, Eberhard !

Wolfgang examina cette chose flexible et brillante d'où l'eau perlait goutte à goutte comme d'une feuille de nénuphar. Il n'osa pas la regarder plus longtemps ni même lire ce qui s'y trouvait écrit car il pressentait qu'il devait s'agir de quelque chose d'important. En marmonnant un merci, il la fit disparaître dans la bourse de sa culotte.

Pendant ce temps, Enno s'affairait à l'un de ces effrayants véhicules, en ouvrit la partie arrière et en sortit un sac blanc brillant.

— Tiens ! Il y a aussi une paire de tennis là-dedans. En fait, je voulais les porter à la collecte, mais bon…

Wolfgang hésita.

— Allez, prends ça !

Wolfgang s'approcha, attrapa le sac. La matière – ce n'était ni du tissu ni de la peau, mais quelque chose de singulier et d'incroyablement lisse – colla un peu à ses doigts. Puis il contourna Enno et jeta un regard intrigué à l'intérieur de la voiture.

Enno l'observa sans mot dire puis poussa un soupir.

— Bon. J'ai encore une course à faire, si tu veux, je peux te déposer un peu plus loin.

Plein d'une excitation craintive, Wolfgang s'agrippa au bord du siège. Celui-ci était aussi confortable qu'un meuble raffiné. Fasciné, il contempla les nombreux boutons qui se trouvaient devant le cocher.

— N'est-il pas risqué de voyager dans un tel véhicule ?

Enno se retourna et le regarda en plissant les yeux.

— Il vient de passer à la révision, je suppose qu'il tiendra plus longtemps que toi.

— Mais… comment peut-il rouler ? Comme ça sans chevaux ?

Apparemment c'était la question à ne pas poser : Enno avait vraiment l'air fâché.

— Si cinquante chevaux ne te suffisent pas, tu n'as qu'à courir chez toi retrouver ta Ferrari.

Un long silence se fit, puis Enno se tourna de nouveau vers lui avec une impatience palpable.

— Alors, où veux-tu que je t'emmène ?

— À Vienne.

Le son de ce nom familier lui donna l'impression d'une chaude écharpe sur les épaules.

Enno se porta la main au front.

— Mais où tu te crois donc ici ? Où habites-tu ? Ou bien n'as-tu pas d'adresse ?

— Ceci serait... Vienne ?

Sidéré, Wolfgang fixa la rue, vit les véhicules colorés, les pancartes criardes sur la façade d'en face. Il sentit son cœur s'affoler. Puis il tourna lentement la tête vers Enno, s'y reprit à plusieurs fois avant de pouvoir parler.

— Jusqu'à hier... je logeais dans la Rauhenstein...
— Quel arrondissement ?

Wolfgang haussa timidement les épaules, tenta de déchiffrer le regard d'Enno.

— C'est non loin de la Stephansdom.

Les sourcils levés, Enno l'examina de la tête aux pieds.

— Bon, alors, je vais te déposer près de la station de la Stephansplatz. Une fois là, tu devrais t'y retrouver.

Un grondement et des vibrations commencèrent, qui emplirent tout le corps de Wolfgang, puis son dos se trouva pressé contre le dossier. Il se tourna vers la fenêtre. Le rythme, *andante*, sur lequel les troncs d'arbre défilaient près de lui, *allegretto*, prit son indépendance, *allegro assai*, se forma en une mélodie angoissante, *presto*, entraîna tout son orchestre interne, *prestissimo*, jusqu'à ce qu'il se mette à craindre sa propre musique.

— Aaahhhh !

Il faisait agréablement chaud dans la voiture, mais Wolfgang tremblait, il avait l'impression de voler comme un oiseau ; sans le moindre choc ni la moindre secousse, le véhicule filait incroyablement vite : des maisons, encore et encore, avec des pancartes criardes, des véhicules, des gens, tout défilait près de lui avant même que son œil le saisisse. Ils roulaient dans une large rue bordée de hauts bâtiments, l'un semblait entièrement en verre, les nuages de plomb s'y reflétaient si clairement qu'on distinguait à peine le bord du ciel. Si stridente, si grande et si froide, ce n'était pas sa Vienne, sa chère Vienne ! Il avait du mal à respirer, son cœur trébuchait, l'angoisse lui nouait la gorge.

— Ça veut dire quoi au fait « jusqu'à hier » ? demanda Enno. Ta vieille t'a mis à la porte ?

— Quoi ?

Wolfgang haleta, regarda fixement par la fenêtre.

— Par Dieu, tout cela n'est pas vrai !

Enno se contenta d'émettre un « Ah ! Ah ! », dont il appuya le premier terme. L'affaire semblait être close pour lui.

Wolfgang n'osait pas regarder vers l'avant, les véhicules les croisaient à une telle vitesse, il envoyait des regards furtifs aux passants sur les trottoirs, la plupart d'entre eux portaient de longues culottes étroites et de courtes vestes gonflées et se déplaçaient comme si le couvre-feu n'allait pas tarder. Des étoiles brillantes pendaient au-dessus des rues comme sur une corde à linge.

— Je vais te laisser là-devant à la Singerstrasse, mais n'oublie pas de mettre ces trucs, sinon tu vas crever de froid.

La voiture s'arrêta au bord de la chaussée. Wolfgang jeta des regards angoissés dehors, tenta de s'orienter, mais il ne vit qu'un grouillement fébrile de gens, de véhicules, de fenêtres éclairées, de pancartes et d'inscriptions colorées, un vacarme – Ciel, non ! Il ne reconnaissait rien ici, il n'était pas chez lui ici, comment devrait-il s'y retrouver dans un tel désordre ?

Les yeux d'Enno le fixaient dans un petit miroir fixé au plafond de la voiture.

— Alors ? Tu veux prendre racine ici ? Nous y sommes.

— Mais... mais où ? Où sommes-nous ?

— Près de la Stephansdom, Marie Joseph ! répondit Enno en désignant la rue d'un geste imprécis. C'est bien là que tu voulais aller, non ? Alors, je t'en prie.

Wolfgang prit une grande inspiration.

— J'ignore la façon dont on ouvre cela...

— Ça me dépasse !

Enno fit passer son bras vers l'arrière et montra un clapet argenté.

— Là ! Dans la porte !

Wolfgang tira prudemment sur le levier jusqu'à ce qu'il claque et que la porte s'ouvre.

— Comment nomme-t-on cette sorte de véhicule ?

— C'est une Toyota. Et maintenant, sors de là, et encore belle vie !

Il tâta du pied l'extérieur, s'arrêta, chercha le regard d'Enno. Celui-ci avait-il réellement dit « vie » ?

— Quelque chose encore ?

— Je te remercie grandement pour ton aide et pour l'amitié que ton bon cœur m'a accordée, tu dois être un ange.

— OK, mon pote, mon bonjour aux gars sous le pont.

Il étreignit le sac comme un trésor et se glissa hors de la toyota, suivit ensuite du regard le véhicule qui glissait de nouveau sur la route. Puis la peur le saisit : ses partitions ! Il les avait laissées dans la chambre. En agitant les bras, il fit quelques pas boitillants derrière la petite voiture bleue. En vain : Enno disparaissait déjà au coin de rue suivant.

Séquence

Dies irae

> *Dies irae, dies illa,*
> *solvet saeclum in favilla,*
> *teste David cum Sibylla.*
> *Quantus tremor est futurus,*
> *quando judex est venturus,*
> *cuncta stricte discussurus !*

L'air était constitué de bruits innombrables, de sons informes ; ils le traversaient, se collaient à lui, il les aspirait. Si Wolfgang avait vu ce qu'il entendait, il aurait respiré plus facilement. Il se tenait immobile contre une façade, laissant les gens et les toyotas défiler devant lui, jusqu'à en comprendre peu à peu mieux le rythme. Tout semblait suivre un ordre tacite car, si les véhicules glissaient à toute vitesse, ils n'entraient jamais en collision, les cochers ne s'invectivaient pas et ne se menaçaient pas de coups comme il l'avait habituellement vu faire aux calèches de Vienne. Vienne ! Il souffla dans ses mains pour les réchauffer. Non, ce n'était pas Vienne, ce n'était pas la Vienne qu'il connaissait, qui vivait en lui et qui lui semblait à portée de main dès qu'il fermait les yeux. Quelque chose était arrivé et quel que soit l'endroit où il avait atterri, il fallait qu'il découvre ce qu'il était.

Il s'accroupit résolument sur le trottoir. Le gel avait rendu ses doigts si gourds qu'il ne put vider le sac qu'à grand-peine. Tout au fond, il trouva une paire de chaussures, étrangement légères et blanches. Il les renifla, mais son nez était aussi insensible que ses pieds. Tout ce qu'il sentit, c'était que les chaussures lui étaient beaucoup trop grandes mais qu'elles étaient agréablement douces à l'intérieur. Parmi les autres affaires, il sortit une longue culotte d'un épais tissu brun qu'il passa aussitôt sur sa culotte bleue, et une série de vêtements pour le haut du corps : des bizarreries singulièrement taillées qu'il enfila également l'une par-dessus l'autre, sous les regards indignés de deux passantes pressées, jusqu'à se sentir bien armé contre le froid. Pour finir, il fourra de nouveau le reste dans le sac et s'engagea à pas prudents dans la direction indiquée par Enno.

Au bout de la rue, qui lui semblait d'une certaine manière familière, comme s'il l'avait un jour arpentée en rêve, un bâtiment s'élevait, telle une tour de verre. Fasciné, il s'arrêta devant. Mais ensuite... Était-ce un trompe-l'œil ? Dans les fenêtres miroitantes, il reconnut les tours de la Stephansdom ! Il se retourna aussitôt. Et de fait ! Magistral comme toujours, le colosse de pierre se dressait devant lui. Wolfgang resta là en tentant de calmer sa respiration.

Était-ce possible ? La maison terrestre de Dieu dans les prairies célestes ? Il regarda partout autour de lui, examina les enfilades de maisons, les toits, le sol de pierre. Sans la cathédrale en vue, il ne lui serait jamais venu à l'idée qu'il s'agissait de la place qu'il avait encore traversée la veille – tout était changé. Certes, des maisons se trouvaient encore à leur place mais leur apparence était différente, çà et là il crut bien reconnaître une façade et telle ou telle rue lui parut familière. Et le sol ne faisait pas de poussière mais se trouvait là, dur et noir, sous ses pieds.

— *Tickets for concert ?*

Le mot « concert » le fit se retourner. Devant lui, il vit un homme avec un carnet à la main. Il était mal coiffé et pauvrement habillé, le brocart sur sa jambe était déchiré et l'on avait fortement économisé sur le tissu de sa pèlerine de velours rouge foncé.

— *Mozart concert ?*

L'homme agitait son carnet.

— Oui, Mozart, Wolfgang Mozart.

Enfin ! Wolfgang rayonnait. Il était attendu, Dieu soit loué ! Avec un profond soupir, il saisit la main du jeune homme et la lui serra chaleureusement. Il était bien au bon endroit et on le conduirait finalement en ce lieu que le Tout-Puissant lui avait destiné.

— Où m'emmenez-vous, mon jeune ami ?

D'un air pincé, le garçon retira sa main.

— Prochain *Mozart concert* ce soir, le billet à douze euros, dix-huit euros ou vingt-quatre euros à l'avant.

— Un concert ? Dès ce soir ?

Wolfgang sentit ses joues le brûler.

— Dois-je seulement le diriger ou plaît-il à notre Seigneur de m'entendre aussi jouer ?

Le jeune homme resta d'abord impassible, puis il afficha un léger sourire comme si Wolfgang avait fait une mauvaise plaisanterie.

— Non, non, l'orchestre est au complet. Quel billet voulez-vous ?

Cette fois, Wolfgang comprit : le carnet que portait le jeune homme comprenait la liste de souscription pour un concert organisé en son honneur.

— C'est une grande joie pour moi et un très grand honneur, mon jeune ami, que l'on m'ait réservé un tel accueil. Soyez assuré de mes plus chaleureux remerciements. Toutefois, je n'aurai pas besoin de billet. Mais dites-moi à qui je dois m'adresser.

— Pas de billet ? répliqua sèchement le jeune homme.

Il examina Wolfgang de la tête aux pieds, puis il se détourna rapidement et le planta là.

Il avait dû commettre un impair. Était-ce possiblement dû à sa garde-robe si le jeune homme l'avait traité de façon aussi peu amicale ? Il s'examina prudemment, sa culotte ressemblait certes à celles que les gens portaient sur cette place, mais elle était sale et traînait par terre. Il s'agenouilla pour la retrousser. Son regard tomba sur un ornement à terre, une incrustation en forme d'étoile où se trouvait une inscription. Il s'approcha. *Johann Strauß père*, lut-il, *né en 1804 à Vienne, mort en 1849 à Vienne*. Avec une signature en dessous.

Compatissant, Wolfgang hocha la tête, une longue vie n'avait pas été accordée non plus à ce monsieur Strauß. Il sursauta. 1804 ! Comment était-ce possible ? Il restait encore treize années jusque-là. Troublé, il se releva, jeta un regard autour de lui, fixa la grappe humaine qui s'agglutinait devant le portail de la cathédrale. Une pensée angoissante le gagna : ce jour serait-il celui auquel tout temps était suspendu, le jour du règlement de comptes, du Jugement dernier, auquel tous, même ceux qui avaient vécu après lui, se trouvaient rassemblés ? *Dies irae* ! Jour du châtiment. Wolfgang inspira profondément, l'air était toujours empli d'une odeur âcre d'alchimie. Il regarda l'étoile blanche à ses pieds, en découvrit une autre, juste à côté. Son cœur fit un bond quand il reconnut la signature familière : l'étoile était dédiée à Haydn, son cher Papa Haydn ! Mélancoliquement, il lut les chiffres gravés en noir. Mort en 1809. Il s'imagina le bon maître Haydn en vieillard fragile, tout en s'approchant d'une troisième étoile et en attendant, avant de pouvoir en lire l'inscription, qu'un groupe de vieilles femmes ait fini de la piétiner. Il en eut aussitôt la respiration coupée. C'était… sa propre écriture ! Épaisse et lourde, elle se trouvait là par terre. *Mort à Vienne en 1791.* C'était écrit là, noir sur blanc. Il s'agenouilla, passa son doigt sur l'écriture de pierre noire. *Amadeus.* Voulait-on le moquer ? Pour plaisanter, il n'avait lui-même déformé ainsi son nom que quelques rares fois. Mais quoi qu'il en soit : on ne l'avait pas oublié, on avait gravé son nom dans la pierre. Ici ! En cet endroit qui se donnait l'apparence d'être sa Vienne chérie et qui pourtant promettait déjà le paradis. Il se leva, écarta les bras, leva les yeux au ciel et envoya un cri de joie vers les nuages gris. Son cœur dansait. Le Seigneur Dieu l'avait richement dédommagé de ses peines. Wolfgang le remercierait, le louerait pour sa générosité. *Aaa-do-raa-te Cheee-ru-biiim, Dooo-minum Cantu !* Du plus vite qu'il put, il boita vers l'église.

Il fut poussé à travers le portail au milieu d'une horde de gens. On avait placé une cloison dans l'entrée, formé deux ruelles séparées pour les entrants et les sortants. Mais à peine eut-il pu jeter un regard à l'intérieur que sa poitrine se serra et que la félicité qu'il venait de ressentir le quitta. On ne le recevait pas, on ne le faisait pas avancer, la nef était dotée d'une grille. Il saisit la barrière de fer qui séparait à hauteur d'homme le secteur du portail, la secoua, passa son visage entre deux barreaux. Une petite porte se fermait justement, seuls quelques-uns avaient pu passer et se dirigeaient lentement en direction du chœur. Wolfgang ravala sa salive. Le moment était arrivé, c'était certain. Le jour du Jugement dernier était venu et ces pauvres âmes allaient maintenant entendre leur verdict éternel. Pourtant, il n'y avait là aucun nuage sur lequel trônait un juge divin tonnant pas plus que d'anges à trompette ou de diablotins grimaçants prêts à venir chercher les jugés. Tout était d'une réalité angoissante, n'avait plus rien des tableaux glorifiants dont il avait souvent raillé le contenu. Non, cela dépassait toute imagination, parce que c'était justement par trop semblable à ce qui avait été encore sa vie réelle la veille.

Quand serait-il appelé ? Il sentit ses mains trembler, puis tout son corps suivit ce trémolo. Il chercha à voir la file de ceux qui quittaient de nouveau l'église. Beaucoup tenaient la tête baissée. Qu'en était-il d'eux ? Étaient-ils sauvés ? Réprouvés ?

Sa gorge se serra, il chercha du regard les confessionnaux. Il n'avait jamais fait grand usage de ces poubelles des péchés, mais s'il y avait une dernière occasion, tout moyen lui était bon.

ENTREZ, S'IL VOUS PLAÎT, brillait en lettres vertes au-dessus d'une porte. Wolfgang l'ouvrit sans hésiter, se trouva effectivement devant un confessionnal et tomba à genoux en gémissant.

— Pardonnez-moi, mon père, je tremble à la vue du Jugement dernier, car j'ai péché…

— Bon, mais ça peut prendre encore un peu de temps avant le Jugement dernier.

— Alors… alors pouvez-vous me dire quand mon tour viendra ?

— Écoutez, seul notre Seigneur Dieu le sait. Quel péché pèse donc si lourd sur votre conscience ?

— Eh bien, je…

Wolfgang réfléchit fébrilement sans parvenir à mettre de l'ordre dans ses pensées. Même si à la vue de l'église pourvue d'une grille, il venait encore de se sentir immensément coupable, il avait maintenant du mal à avouer quelque chose de concret.

- Ma femme ! finit-il par dire. Elle n'a eu que des problèmes avec moi ! Et maintenant, je l'ai quittée hier soir sans rien lui laisser d'autre qu'un tas de dettes et deux jeunes enfants.

— Il n'est jamais trop tard pour retourner, mon fils ? Pourquoi l'as-tu quittée ?

Quelle question !

— Le Seigneur m'a rappelé à lui.

De l'autre côté du grillage, le prêtre respira fort. Le silence s'établit un moment, puis l'ecclésiastique entama d'une voix prudente :

— Mon fils...

Un silence.

— Mon fils, tu es en train de commettre une grande erreur. Et un grand péché de plus.

La voix se fit pressante.

— Quoi qu'il soit arrivé, tu trouveras de l'aide. Le suicide n'est pas une issue !

— Je ne me suis pas suicidé, mon révérend, j'ai disparu tout naturellement, même si ce ne fut pas de façon tout à fait inattendue, mais cependant en quelque sorte de ma vie pleine et entière.

— Qu'est-ce que c'est que cette histoire ?

Le ton de l'autre côté se fit soudain rude.

— Vous les clochards, ne respectez-vous même pas le saint sacrement de la confession ? Tu es saoul !

— Pas du tout ! Je n'ai jusqu'à maintenant encore ni mangé ni bu. Je m'étonne moi-même que la faim me tenaille tant ici en haut, je croyais être ici, dans l'au-delà, délivré de toutes contraintes terrestres.

— Dans l'au-delà. Tiens donc.

Quelque chose dans l'intonation de l'ecclésiastique inquiéta Wolfgang.

— Eh bien... quel que soit le nom que vous donnez à cet endroit, je me croyais déjà bientôt au paradis, alors que j'avais trouvé mon nom si bien gravé dans la pierre...

— Quoi ? rugit le prêtre de l'autre côté. Vous avez recommencé à faire des graffitis dans le grès ?

Wolfgang se recula.

— Je n'ai rien à me reprocher ! Quand je suis entré, mon nom se trouvait déjà par terre, enchâssé dans une étoile d'or.

— Ton nom ?

— Oui, oui, même si ce n'était pas le bon. Cela devrait être Wolfgang Amadé, mais je veux bien pardonner cette plaisanterie au maître graveur.

Un profond soupir parvint à l'oreille de Wolfgang.

— Tu es donc Mozart. Ah oui ! Et en meilleure compagnie. Depuis la Toussaint, j'en ai de nouveau vu passer trois de ta sorte. Hmm. Et tu habites sur les hauteurs de Baumgarten ?

— Ma dernière demeure se trouvait dans la Rauhenstein.

— Naturellement. Ta prochaine se trouvera sûrement là-haut. Là, je vais te confier quelque chose.

Le prêtre s'approcha si près du grillage que Wolfgang sentit son haleine de menthe fraîche.

— Écoute bien, chuchota-t-il. Premièrement, tu n'es ni mort ni dans l'au-delà. Un point c'est tout. Ici, c'est la plaine des lamentations terrestres dans toute sa splendeur. Deuxièmement : tes péchés te sont pardonnés. Point final. Et maintenant, tu peux partir.

— Pas l'au-delà ? demanda Wolfgang d'une voix blanche.

Il fixa le motif orientalisant du grillage et ajouta :

— Mais… ? Je suis mort !

— Tu n'es pas mort ! Mozart est mort, mais il y a de cela deux cents ans et c'est pourquoi nous allons le laisser reposer en paix.

— Deux cents ans ?

La voix de Wolfgang s'étrangla.

— Disons deux cent quinze, si tu veux, qu'est-ce que j'en sais, moi ? Et maintenant retourne gentiment d'où tu viens et remercie le Seigneur pour ce que tu es. C'est un péché de renier sa vie. Va en paix. *Ego te absolvo.*

De l'autre côté, il fit clair un instant, puis le curé disparut. Wolfgang demeura à genoux, le confessionnal tanguait, il s'agrippa au grillage en bois. Des pensées dansaient la sarabande dans sa tête, il n'arrivait pas à en saisir une. Quel voyage en enfer avait-il commencé ? Terrassé, il ferma les yeux mais les images de ce qu'il venait de voir s'abattirent sur lui comme des pierres : des maisons, encore des maisons, des bâtiments énormes, des couleurs criardes, des lumières clignotantes, des gens bruyants, des véhicules… En soupirant, il laissa tomber sa tête contre la cloison.

Il n'aurait su dire combien de temps il resta assis là, des minutes ou des heures, il l'ignorait. Quand il quitta le confessionnal, ses jambes étaient branlantes, il avait de la peine à se tenir debout. Frissonnant de froid malgré la veste de laine, il fit quelques pas en se traînant et regarda l'énorme voûte de l'église tandis que résonnaient dans sa tête les paroles de l'ecclésiastique. Deux cents ans. Il se sentit mal. Il se cramponna à un pupitre à plateau vermeil, tenta de déchiffrer ce qui y était écrit, mais ses sens lui refusèrent tout service. Tout s'embrouilla. Deux cents ans. Il poussa un léger cri d'angoisse qui fit reculer ceux qui se trouvaient là, trébucha jusqu'à la sortie et se faufila dans la foule vers la place. De l'air. Deux cents ans !

Inconsciemment, il prit à gauche, enfila en boitant la Churhausgasse sur le chemin habituel de la maison qu'il avait en tête. Les immeubles des deux côtés formaient une haie muette pour des participants à un bal, costumés de façon inconnue, seules leurs manières lui étaient familières et semblaient démentir la mascarade. À chaque pas qui le rapprochait de son logis dans la Rauhensteingasse, sa respiration s'accélérait, il se précipita dans les derniers mètres de la rue à peine reconnaissable.

Puis il s'arrêta brusquement. Reprit son souffle. Leva les yeux. À l'endroit où sa maison s'était encore trouvée la veille se dressait un bâtiment inconnu comme s'il avait été là depuis toujours. Une maison jusqu'au ciel – il compta cinq étages –, richement ornementée, avec à côté une boîte en verre qui n'était tenue que par de fines barres de fer et semblait en suspens dans l'air ; on pouvait y voir à l'intérieur et pourtant pas, il n'y avait là rien pour arrêter le regard mais seulement le reflet du bâtiment d'en face de sorte que Wolfgang se sentit encore plus mal à cette vue.

Hésitant, comme si la pierre froide eût pu le blesser, il posa le bout des doigts sur le pilier d'angle. Il faillit ne pas voir la plaque de marbre, elle était placée si haut au-dessus de lui qu'il dut se tordre le cou pour y déchiffrer l'inscription en lettres d'or. *Ici, jusqu'en 1849, se trouvait la maison où Mozart est mort le 5 décembre 1791.*

Il jeta un regard alentour, chercha quelque chose de familier, quelque chose à quoi se raccrocher. Et qui lui permettrait de comprendre. Son menton n'arrêtait pas de trembler ; il tomba à genoux, posa les mains sur le sol rugueux de pierre noire qui recouvrait toute la ruelle comme une plaque mortuaire, chercha à enlever les pierres de bordure qui délimitaient le trottoir, gratta avec ses ongles leurs étroits interstices comme s'il n'avait qu'à arracher la couche noire pour mettre au jour les dalles branlantes du trottoir en dessous et pour finir le sol argileux piétiné de la rue familière.

— Vous avez perdu quelque chose ?

Il leva la tête. Dans l'arc du portail se trouvait une personne, une femme d'après sa voix de mezzo-soprano, et elle le regardait par-dessus le bord de ses lunettes cerclées de noir. Il la fixa à son tour, remarqua qu'elle attendait une réponse, hocha la tête plusieurs fois.

–Vos lentilles de contact ?

Il se redressa de son mieux, fit un pas en arrière, son regard balaya la femme de bas en haut, s'arrêta sur ses bottes, son étroite culotte bleue, sa chemise blanche à col.

— Pardon, madame, puis-je vous demander, avec tout le respect possible, de me dire quel jour nous pouvons bien être aujourd'hui ? réussit-il à dire.

— Mardi.

— Et la date, je vous prie ? Je dois absolument le savoir.

— Le 5, je crois, ou bien ?

— De décembre ?

— Oui, vous vous sentez bien ?

Son intonation avait baissé d'une tierce.

— Je vous prie instamment, madame, quelle année sommes-nous ?

— Allez, dégage de mes vitrines, tu me gâches la clientèle !

La porte se referma derrière elle. Il vit la femme traverser la pièce éclairée et se retourner encore vers lui en secouant la tête. Son visage était plein de dégoût.

Il rentra la tête, boita plus loin jusqu'à ne plus la voir. À l'endroit où aurait dû se trouver le portail de sa maison, il s'affala sur le sac d'Enno, prit ses genoux dans ses bras comme autrefois la taille de sa mère, posa la tête sur le sac et pleura jusqu'à ce que le froid brûle sa peau mouillée.

*

Anju venait d'atteindre le palier quand elle s'aperçut que les braillements dans la cage d'escalier provenaient de la vieille Sittenthaler qui frappait avec sa canne les sacs-poubelles entassés devant la porte de la colocation.

— Ah, la voilà, cette demoiselle ! cria la vieille femme qui vint à sa rencontre dans l'escalier en brandissant sa canne.

Anju ne l'avait jamais vue sans sa canne et elle fut étonnée de la voir agiter ainsi son arme ; elle s'effaça contre le mur, mais l'escalier n'était pas assez large pour lui permettre de passer près de la vieille femme énervée.

— Vous êtes une sacrée bande de racailles ! Nous faire un tel vacarme pendant toute la nuit ! Et cette puanteur dans l'escalier ! Mais ça ne va pas se passer comme ça, je vous le dis ! Tapage nocturne, ça s'appelle !

La canne s'approcha, elle n'allait pas tarder à frapper. Anju n'avait pas l'intention de filer en bas, elle ne voulait pas battre en retraite devant cet épouvantail. Elle attrapa vite l'embout de caoutchouc. C'était comme si elle tenait Mme Sittenthaler par le bras tendu.

— Pour votre gouverne, je n'ai pas mis les pieds dans cette maison au cours des dernières vingt-quatre heures. Épargnez-moi donc vos cris !

Anju souleva la canne et passa dessous

— Bonne journée, madame Sittenthaler ! cria-t-elle à la vieille femme médusée.

Elle dut repousser du pied deux sacs-poubelles avant de pouvoir ouvrir la porte de l'appartement.

Elle poussa un soupir. Depuis des jours, tout semblait s'être ligué contre elle.

À l'intérieur, Anju prit en pleine face une odeur écœurante de fumée froide, de bière fadasse et de restes de repas. Elle allait entrer dans sa chambre quand Enno sortit du salon.

— Eh, Anju est là ! cria-t-il avec une joie surfaite.

Il la prit par le bras et essaya de l'entraîner dans la cuisine.

— Allez, tu peux nous aider un peu à nettoyer, n'est-ce pas ?

— Ça te plairait bien ! dit-elle en riant et en se libérant. Vous pouvez bien faire ça tout seuls.

Jost surgit de la cuisine, un torchon sur l'épaule. Anju remarqua le bref regard qu'il échangea avec Enno.

— Salut, Anju, viens, je vais te faire un thé.

— Qu'est-ce que vous avez ?

Elle les dévisagea l'un après l'autre. Jost devait être malade, il n'avait encore jamais levé le petit doigt pour elle.

— Je ne veux pas de thé, laissez-moi passer !

— Attends, bon sang ! dit Enno en la prenant par les épaules. Tu ne veux pas savoir ce que tu as raté ?

— Non, merci, je me l'imagine bien. La Sittenthaler a failli me faire dégringoler l'escalier à coups de canne.

Elle repoussa énergiquement Enno et ouvrit la porte de sa chambre.

— Attends, Anju, nous n'avons pas encore terminé...

— Pouah. Qu'est-ce qui pue comme ça, là-dedans ?

Elle ferma la bouche et se pinça le nez, son regard tomba sur un lit défait et des papiers éparpillés sur son bureau.

En retenant son souffle, elle traversa la pièce et ouvrit en grand la fenêtre. Puis, elle se retourna, furieuse. Enno et Jost se tenaient sur le seuil comme deux teckels qui auraient raté la chasse.

— Nous aurions dû aérer..., remarqua piteusement Enno.

— Qu'est-ce qui se passe ici ? Qui s'est trouvé dans mon lit ?

— Un bon ami d'Enno, répondit Jost avec un sourire en coin.

— Ça va pas, non ? Vous laissez dormir un type dans mon lit ?

— Tu l'as déjà bien fait, toi, répliqua Jost.

Il attrapa son torchon et disparut en ricanant.

— Imbécile !

Anju renifla, il y avait là une odeur pareille à celle d'un campement de clodos dans un passage souterrain, ça sentait la sueur, le vomi et l'urine. Elle fut prise de nausée.

— Quelqu'un a vomi ici.

— Certainement pas, s'empressa de la calmer Enno. Il a vomi dehors, et nous lui avons tout de suite retiré ses fringues.

Il se mit la main devant la bouche.

— Vous avez fait quoi ?

Anju se pinça le nez et souleva la couverture du bout des doigts. Puis elle poussa un cri aigu.

— Qu'est-ce que c'est que ça ?

Enno s'approcha, contempla le liquide ambré dans la tasse à thé Jumbo d'Anju.

— Je suppose qu'il ne s'agit pas de thé.

Il prit la tasse et quitta la chambre avec.

— Jette-moi ce truc !

Anju s'affala sur le fauteuil de bureau, s'arracha son bandeau du front. Son nid, son refuge. Les seuls dix-neuf mètres carrés qui lui étaient entièrement réservés. Profanés, détruits, souillés. Elle aurait voulu courir dehors, loin de ces maudits types avec leurs fêtes écœurantes, mais elle n'avait pas d'autre endroit où se réfugier.

*

Il se réveilla en sursaut. À en juger par le goût dans sa bouche, il avait dû s'assoupir. Son dos était raide et le froid avait rendu ses doigts insensibles. En se levant, il sentit des fourmillements dans sa jambe droite, qui refusa de le porter ; son pied gauche l'élançait douloureusement.

Il se sentait totalement épuisé, n'aspirait à rien d'autre qu'à un endroit où il pourrait s'abandonner au sommeil jusqu'à ce que ce cauchemar soit dissipé.

S'appuyant aux façades, il se traîna plus loin, sans but, s'arrêtant sans cesse, cherchant un point familier sur les murs alentour. Tout ce qu'il voyait était impitoyable, complètement différent de ce qu'il portait en lui. Il se sentait comme un acteur auquel on avait changé le décor au beau milieu de la pièce. Sans comprendre pourquoi, il se trouvait dans une représentation dont il ne comprenait pas la langue et dont le cadre lui était étrangement inconnu. Seuls quelques fragments laissaient entrevoir la scène sur laquelle on jouait : celle qu'il venait encore lui-même d'occuper et qu'il avait cru connaître dans les moindres recoins.

Une jeune femme fit changer de trottoir à une petite fille qui tournait la tête vers lui. Il s'arrêta, s'efforça de respirer tranquillement, mais ses battements de cœur se refusaient au calme. Si la terre avait vraiment continué à tourner pendant deux cents ans sans que son corps soit tombé en poussière, il était évidemment normal qu'on se moque de lui ou qu'on secoue la tête dès qu'il disait son nom. Non, il ne devait révéler à personne sa véritable identité. Car aurait-il exprimé autre chose que de la moquerie si quelqu'un avait surgi en pleine forme dans sa chambre pour se présenter comme étant Palestrina ou Monteverdi ? Il l'aurait pris pour un fou, pour un charlatan, jamais encore il n'avait ouï telle affaire. Oui, il lui était arrivé quelque chose d'incomparablement grand, de jamais vu, de singulier. On avait besoin de lui ici, c'était la volonté du Seigneur qu'il soit encore sur Terre et le Tout-Puissant devait avoir ses raisons.

La musique ! *Naturellement**¹, il s'agissait de la musique, il le savait, et rien d'autre ne comptait. En opinant doucement du chef, il se glissa plus loin dans la rue, retourna vers la cathédrale, apparemment le seul élément du décor que l'on n'avait pas pu enlever.

Il avança en tâtonnant le long des murs, en sentit les pierres irréellement familières. Les bords s'effritaient. Son doigt glissa dans une fente, du sable s'en écoula. Au-dessus de lui, la tour sud se dressait dans le ciel d'un gris lourd. Wolfgang posa les bras sur la pierre, leva les yeux, de plus en plus haut, se sentit faire un avec ce monument d'airain, cet intermédiaire entre le ciel et la terre, qui comme lui défiait imperturbablement le temps. Et, peu à peu, il sentit le calme et un soupçon de confiance le gagner. Le Seigneur l'avait appelé à lui, en ce vieil endroit nouveau et Il le guiderait, le soutiendrait. *Inter oves locum praesta.* Wolfgang se retourna lentement, le mur protecteur dans son dos, et il glissa son regard dans la foule humaine grouillante.

*

— Qu'est-ce que t'as là ?

Jost essuya ses mains mouillées sur son jean et tira le papier qui dépassait de sous le pull-over d'Enno.

---

1. Les termes et expressions en italique suivis d'un astérisque sont en français dans le texte (toutes les notes sont de la traductrice).

Une liasse de feuilles écrites en glissa et se répandit sur le sol.

— Fais donc attention !

Enno se pencha vite et les rassembla toutes.

— Qu'est-ce que c'est que ces cachotteries ?

— Psscht ! fit Enno.

Il posa un doigt sur ses lèvres en montrant de la tête la chambre d'Anju. Puis il tapa sur la table le paquet de papier sur la tranche et répéta l'opération sur l'autre côté jusqu'à ce que la liasse soit lisse.

— C'est le type d'hier qui a oublié ça, ce matin. Ses notes.

— Et alors ? Fiche-moi cette merde à la poubelle, qu'est-ce que tu veux en faire ? De toute façon, nous ne le reverrons plus. Du moins, je l'espère.

Enno secoua la tête.

— Regarde la peine qu'il s'est donnée.

Il montra à Jost les feuilles remplies de petites notes serrées semblables aux traces de pattes qu'un minuscule animal remuant aurait pu y laisser.

— Je peux pas faire ça.

Jost poussa un grognement, haussa les épaules et se tourna de nouveau vers l'eau de vaisselle.

Enno roula les feuilles et prit le chemin de sa chambre.

— Eh, je vais me taper le boulot tout seul ou quoi ?

— J'arrive tout de suite, lui cria Enno.

Il faillit se heurter à Anju qui, une montagne de draps fuchsia dans ses bras tendus, lui lança un regard de pitbull. Il glissa rapidement les papiers dans sa bibliothèque, quelque part entre le haut des livres et l'étagère au-dessus.

*

Telle une caresse, il sentit lui monter au nez une odeur de rôti trivialement terrestre mais irrésistible. Il chercha à en connaître la source. Presque en face du portail de la cathédrale, vers l'avenue du Graben, se trouvait une baraque blanche devant laquelle des gens debout se côtoyaient à de hautes tables et croquaient des saucisses, le regard dans le vide. Tenaillé par la faim et la soif, il réalisa d'un coup que l'on n'avait certainement pas aboli l'argent. Il devrait d'urgence se procurer quelques pièces mais d'ici à les gagner honnêtement, il serait mort de faim.

Il fit la queue devant la baraque, lut la pancarte comme un dictionnaire étranger. Ce n'est que tout en bas qu'il trouva quelque chose de connu.

— Deux petites saucisses, s'il vous plaît.

Avec une pince en bois, le marchand, impassible, pêcha dans une casserole ce qu'il demandait, puis il posa une fine coupelle blanche sur le comptoir.

— Quatre-vingt-deux.

— Un instant, s'il vous plaît, dit Wolfgang en fouillant minutieusement dans le gousset de sa culotte.

Le marchand ne le quitta pas des yeux.

— Dieu du ciel, qu'est-ce là ?

Le visage horrifié, Wolfgang montra le ciel, rafla à toute vitesse les saucisses et fonça parmi les passants.

C'était comme s'il courait sur des lames de couteau, il se mordit les lèvres de douleur, mais les chaussures blanches étaient comme faites pour courir.

— Fripouille ! Misérable ! cria le marchand dans son dos.

Wolfgang courut se mettre sous la protection de la cathédrale. Hors d'haleine, il se colla près de la tour nord dans un renfoncement du mur où il mordit de bon cœur dans les deux saucisses tour à tour, les tenant à deux mains pour s'y réchauffer les doigts.

*

Piotr serra dans sa main le gobelet de la bouteille thermos, souffla dans la vapeur montante et laissa la chaleur traverser ses mitaines. L'horloge de la cathédrale indiquait trois heures et demie, le soir allait bientôt tomber. Trop tard pour se chercher une meilleure place. Résigné, il jeta un œil à l'étui de velours rouge pratiquement vide. L'après-midi était fichu. Le soir ne parviendrait pas non plus à le réconcilier avec cette journée maintenant que Wassili lui faisait faux bond et qu'on ne lui trouverait pas de remplaçant aussi vite. Piotr inspira puissamment l'air froid et cala son violon sous son menton. Le gel avait de nouveau engourdi ses doigts mais il s'essaya de nouveau à ce rondo implacable, persuadé que seule sa pleine concentration ne laisserait pas de place aux idées sombres. Il joua donc, note après note, tout en sachant bien que ce n'était pas le froid qui rendait sa prestation aussi lamentable. Il était de toute façon le seul à remarquer ses couacs.

— Bravo !

Un applaudissement isolé, vigoureux, le fit sursauter. Devant lui se trouvait un type ébouriffé et mal rasé dans une veste de laine beaucoup trop grande, un sachet de plastique entre les pieds, qui le regardait en souriant avec une telle candeur qu'il dut détourner le regard. Ce type avait une peau ressemblant à une pâte au levain retombée et il lui arrivait tout au plus au menton.

Piotr inclina brièvement la tête dans sa direction, fit ensuite glisser son regard sur les personnes qui passaient près de lui, indifférentes, en toute hâte. C'était sans espoir, la caisse resterait vide aujourd'hui. Il se pencha et posa le violon dans le velours rouge.

— Jouez donc, je vous prie, continuez de jouer !

Le type s'approcha apportant avec lui, malgré le froid, une odeur âcre de sueur, de linge sentant le renfermé et la bière.

Piotr se recula.

— Je dois aller maintenant.

— Oh, juste un seul tout petit morceau. Ce que vous voulez... quelque chose de... Mozart ?

Cet auditeur étrange le regardait avec l'expression d'un petit enfant craignant un orage.

— Vous le connaissez sans doute ? Wolfgang Amadé Mozart ?

— Bien sûr.

Piotr examina le type un peu mieux. Il ne ressemblait pas aux touristes qui demandaient à entendre

Mozart ou Strauß sans savoir les distinguer l'un de l'autre, mais il avait l'air tout au plus d'un clochard ordinaire : c'était peut-être simplement quelqu'un derrière qui la porte de la maison s'était refermée alors qu'il descendait la poubelle.

— Bon !

Piotr reprit le violon et joua l'*Allegro* qu'il avait ressorti peu de jours auparavant, tout en étant conscient qu'il tombait aussi mal que les vêtements de son auditeur. Il aimait ce morceau comme on admire de loin un amour inaccessible, en sachant toujours qu'on ne l'obtiendra jamais.

Tout en se battant avec le phrasé, il jeta un regard sur son auditeur solitaire et s'aperçut, stupéfait, que ses yeux toujours rayonnants rougissaient et devenaient vitreux, qu'il se les essuyait avec sa manche, et il l'entendit renifler. Piotr ne rencontrait de tels accès sentimentaux que chez les ivrognes et il décida de ne plus lui prêter attention. Mais ensuite, il ouvrit de grands yeux : ce type le dirigeait avec un sourire béat ! Et chaque fois que son coup d'archet n'était pas réussi ou qu'il trébuchait sur un ornement, le petit homme grimaçait comme si on lui avait enfoncé l'archet dans le ventre.

Il n'avait pas encore fini de jouer que l'homme se tourna vers les passants, laissa pendre ses bras comme un pantin flasque et se retourna seulement vers Piotr une fois la dernière note envolée.

— Vous avez mérité un public plus courtois ! Que fait donc quelqu'un comme vous dans la rue, de surcroît par un tel froid glacial ?

Piotr ne put s'empêcher de rire.

— Jouer, *przyjaciel*, jouer, et gagner un peu d'argent, dit-il en montrant les quelques rares pièces dans son étui ouvert.

En haussant les épaules, le clochard tendit ses paumes de main vers lui, mais Piotr secoua la tête et fouetta l'air de sa main droite.

— Tu as entendu, c'est assez.

— Mais ceux-là ? demanda le petit homme en désignant la foule.

— Oh, ils écoutent aussi, répondit Piotr, un sourire moqueur aux lèvres. Regarde !

Il montra un escadron de touristes coréens et joua quelques mesures. Toute la troupe se mit aussitôt à répondre au jeu du violon en caquetant. Quelques-uns s'agitèrent en cadence et s'envoyèrent des rires avec de tout petits mouvements de tête saccadés, mais ils se préparèrent à repartir dès que Piotr eut levé l'archet.

— S'il vous plaît, messieurs-dames !

Le petit homme se pencha à toute vitesse, attrapa l'étui ouvert et suivit les touristes en boitant. Toujours caquetant, comme s'ils semblaient seulement saisir le but de la prestation, ils sortirent leurs bourses et jetèrent des pièces et même des billets dans le velours rouge.

— *Dzięękuję !* s'écria Piotr en éprouvant le premier sentiment de chaleur de la journée quand le petit homme déposa l'étui devant lui.

— Comment s'appelle le morceau que vous avez joué ? Qui l'a donc composé ?

Piotr fronça les sourcils. Ce petit homme parlait avec un accent autrichien évident.

— Tu plaisantes, hein ? Tu connais pas *Beau Danube bleu* de Strauß ?

Le petit type garda un visage impassible, et il n'arrêtait pas de lever la jambe gauche comme s'il avait un problème avec son pied.

— Fâcheux, dit-il si doucement que Piotr put à peine le comprendre, pas une âme ne s'est retournée pour Mozart.

— Fonctionne aussi avec Mozart.

Piotr se sentit le devoir de consoler ce drôle d'oiseau et il joua les premières mesures de la *Petite Musique de nuit*. Comme sur commande, les passants se retournèrent une nouvelle fois.

— Tu vois ?

Piotr fit un signe de tête au petit homme qui rayonnait de nouveau comme s'il voulait lui sauter au cou. Il le vit lever la main droite et recommencer doucement à le diriger.

— Toujours pareil avec touristes, grogna Piotr en s'arrêtant et en traçant avec l'archet un cercle imaginaire autour des badauds. Ils parlent tous de Mozart mais connaissent juste ce morceau.

— Ainsi… c'est devenu un morceau très populaire ?

— Le plus célèbre de Mozart. Tu connais pas ?

— Oh, si. Je connais assurément chacune de ses œuvres, déclara sobrement le petit homme avant de souffler dans ses mains.

— Chacune ?

Piotr émit un sifflet approbateur comme il le faisait toujours quand son petit neveu lui racontait qu'il pouvait sauter jusqu'au faîte du toit.

— Je les connais pas toutes. Y en a trop, dit-il. Et c'est dur à jouer, Mozart. Je peux mieux Tchaïkovski ou Dvorak. Tu aimes Tchaïkovski ?

Le petit homme le fixa pendant quelques secondes. Puis il leva soudain les mains avec enthousiasme.

— Auriez-vous la bonté de me jouer votre morceau de lui préféré ?

Piotr chercha son souffle. Il ne savait que penser de ce fou mais il avait encore le temps de lui faire ce plaisir.

Le petit homme l'écouta jouer avec un regard qui lui fit comprendre qu'il n'avait effectivement jamais entendu ce morceau. Mais il suivit la musique avec une énorme attention comme s'il voulait en absorber chaque note.

— Merveilleux !

Le type applaudit de nouveau avec un enthousiasme évident.

— Vous pouvez certainement me dire quand cela a été composé.

— Il a écrit ça assez tard, je crois. Vers 1890.

L'homme tressaillit et un petit nuage de vapeur sortit de ses lèvres.

— Dieu du ciel ! 1890 ! Cela date donc de plus de cent années !

Il releva le col de sa veste en laine et regarda Piotr avec un regard presque fou mais son visage se détendit aussitôt.

— Ainsi, vous allez assurément me faire la joie de jouer quelque chose de tout à fait nouveau, quelque chose qui est justement *à la mode** ?

— Non, fini pour aujourd'hui.

Piotr se pencha et remit la bouteille thermos dans son sac à dos en nylon noir. Le petit homme resta sans bouger devant lui. Piotr nota ses tennis déchirées et remarqua qu'il les portait pieds nus. Quels problèmes pouvait bien avoir un type de ce genre en décembre ? Comparé à cela, ce qui l'attendait ne valait presque pas la peine d'en parler.

Tuba mirum

> *Tuba mirum spargens sonum*
> *per sepulcra regionum,*
> *coget omnes ante thronum.*
> *Mors stupebit et natura,*
> *cum resurget creatura,*
> *judicanti responsura.*

À présent, un bleu profond avait chassé toutes les autres couleurs, seuls les arceaux et les guirlandes luisaient triomphalement comme s'ils avaient vaincu la lumière du jour.

Wolfgang sentit de nouveau une vive douleur dans son pied, il serra les dents et grimaça. La plante du pied l'élançait de plus en plus.

Il regarda le violoniste ramasser les pièces dans son étui et y déposer soigneusement son instrument. Il ne tarderait certainement pas à rentrer chez lui et à se trouver bien au chaud. Peut-être avait-il une épouse qui l'attendait avec une soupe chaude.

Le froid gagnait ses mollets. Où aller ? Sa maison ne le connaissait plus, il n'avait pas d'argent en poche et surtout pas de femme avec une soupe. Il sentit les larmes lui monter aux yeux. Constanze ! Que pouvait-elle bien être devenue ? Ah, elle était décomposée ! Mangée par les vers et depuis longtemps tombée en poussière. Il sentit l'effroi le gagner à la pensée de pouvoir maintenant regarder sa vie comme un livre jauni. Un instant, il fut animé par la pensée consolante de ses enfants, des enfants de ses enfants, quelque part il retrouverait bien l'un de ses descendants. Mais il la rejeta ensuite... Au moins huit générations étaient depuis passées. Qui lui accorderait foi, irait même jusqu'à le recueillir chez lui comme l'un des siens ?

Le musicien épaula son étui, fit un signe de tête distrait à Wolfgang et s'en alla.

Wolfgang resta dans le froid, ne percevant que le rythme pulsant, *alla breve*, dans son pied. Il chercha désespérément à retenir la silhouette du violoniste qui disparaissait peu à peu dans l'arrière-plan bleu-noir. Le bourdonnement et le grondement ambiants le pénétraient, s'exacerbaient en lui comme un spectacle insupportablement dissonant. Il n'y avait plus que quelques personnes se promenant sur la place de la cathédrale ; il comprit subitement qu'il n'en connaissait aucune, qu'il ne trouverait de visage familier ni là, ni dans les maisons éclairées tout autour, ni nulle part ailleurs dans cette ville, ni même dans ce monde étranger. Nulle part. Personne qui se souciât de savoir qu'il allait maintenant mourir là de froid.

Instinctivement, il se mit en marche. Boita de son mieux dans la direction où le musicien avait disparu.

En devinant enfin les contours de l'étui à violon qui se balançait, il ralentit le pas. Sa respiration se calma. Il le suivit dans des ruelles qui ne lui étaient pas vraiment étrangères sans pour autant lui être familières, son sens de l'orientation était à ce point troublé qu'il n'aurait su dire s'il allait vers le Danube ou vers la Hofburg. Le violoniste se dirigeait vers une maison d'où une lumière chaude tombait dans la rue par de grandes fenêtres atteignant le sol, et Wolfgang eut l'impression qu'il hésitait à y entrer. Quand il ouvrit enfin la porte entièrement vitrée, un bourdonnement de voix joyeuses s'épancha vers l'extérieur et Wolfgang fut traversé par une onde de joie à la perspective d'entrer dans un café. Il jeta un œil prudent par l'une des fenêtres. Et de fait, c'était une auberge et quelle auberge ! L'intérieur luisait dans une lumière de soleil couchant. Il vit de longues tables nappées de blanc, de l'argent, des verres où se reflétait la lumière des bougies. Debout au centre de la salle, des gens étaient en pleine conversation, la plupart portant des habits sombres et presque sans ornements. Si quelques femmes n'y avaient pas apporté quelques touches de couleur, Wolfgang aurait supposé qu'il s'agissait de participants à un enterrement. Il ne parvint pas à trouver le violoniste. Il se glissa le long de la façade à quelque distance et s'assit sur les marches d'une entrée de maison en face. Prudemment, il étira sa jambe mais son pied était toujours aussi douloureux, comme s'il voulait l'empêcher d'aller plus loin. Avec un mélange de profonde fatigue, d'angoisse et de tristesse, il observa tous ceux qui entraient peu à peu dans l'auberge ; apparemment tout le monde se connaissait, se saluait en se donnant la main ou en s'étreignant. Puis il découvrit enfin le violoniste ; il lui tournait le dos et parlait avec un chauve massif en tablier blanc, qui n'arrêtait pas de gesticuler. Finalement, le musicien traversa la foule, sortit son violon et commença à en frotter les cordes. Malgré les grandes fenêtres, pratiquement aucun son ne passait à l'extérieur et Wolfgang dut observer avec attention pour comprendre ce qu'il était en train de jouer. C'était une simple mélodie, un petit air qu'il ne connaissait pas. Il retira les mains de ses poches et les glissa sous ses fesses. La pierre sur laquelle il était assis était d'un froid mordant. Comme il aurait aimé se trouver bien au chaud dans cette salle, les saucisses de l'après-midi étaient pour ainsi dire oubliées et la pensée d'une chope de bière le rendit presque mélancolique. Ses yeux commencèrent à le brûler, les gens derrière la fenêtre se brouillèrent à sa vue et les mesures encore manquantes du *Domine* retentirent dans sa tête. *Repraesentet eas in lucem sanctam*. Il cligna des yeux, releva le nez et s'essuya les yeux avec sa manche.

Il se redressa dans un sursaut. Il n'avait rien à perdre, au pire on le mettrait dehors et il pourrait toujours continuer à se geler sur ces marches de pierre.

Il resta debout devant la porte, le nez si près de la vitre qu'elle s'embua. Au-dedans, une femme passa comme en rêve. De noirs cheveux brillants ondulaient sur son dos, une étoffe noire moulait le haut de son corps en soulignant chacune de ses formes, elle ne portait en dessous qu'une sorte de pagne dissimulant à peine des fesses rebondies. Une bacchante ! Wolfgang fixa ses jambes luisantes sans fin. Le souffle court, il entra dans le restaurant et se fraya un chemin parmi la foule, le regard toujours rivé sur les belles cuisses. Il se heurta brutalement au dos d'un colosse, un verre se renversa et du vin se répandit sur son bras.

— Pardonnez, je vous prie, se hâta-t-il de dire en frottant sa veste.

Ceux qui se trouvaient tout autour s'écartèrent ; il sentit leurs regards le percer comme de petites piques en bois servant à tourner et retourner un insecte pour l'observer en détail, se regarda de haut en bas, examina sa culotte flottante, son pourpoint crasseux. C'est alors qu'il entendit le violon et qu'il leva des yeux étonnés. Il rendait un son tout à fait différent de celui qu'il avait entendu sur la place de la cathédrale, un son retenu, timide, sans joie et se tut presque aussitôt. En marmonnant une autre excuse, il se faufila entre les clients jusqu'à voir le violoniste. Près de lui se tenait de nouveau l'homme au tablier blanc.

— … pas fiable… contre ce qui avait été convenu…, entendit-il dire celui-ci au musicien.

Le violoniste répondit doucement quelque chose qu'il ne comprit pas.

— Pas de prochaine fois ! rugit le gros homme que Wolfgang supposa être le tenancier. Si ton abruti de pianiste ne se montre pas tout de suite, il n'y aura pas de prochaine fois. C'est vu ?

Wolfgang regarda le visage blême et figé du violoniste puis son violon. Il y avait près de lui un pianoforte noir et lisse. Il ne ressemblait pas aux instruments qu'il connaissait, n'avait pas de pieds, son corps atteignait bien plutôt le plancher. Il lui semblait aussi au moins une demi-fois plus large qu'il n'en avait l'habitude. Il y avait là en effet... sept octaves entières, deux fois plus que d'ordinaire... que de possibilités insoupçonnées s'offraient là ! Sans hésiter, il s'y dirigea et s'assit sur le tabouret.

— Je vous prie le plus poliment d'excuser mon retard qui est certainement la cause des désagréments, dit-il d'une voix si forte que l'aubergiste se retourna en sursaut.

Wolfgang s'installa au clavier, plaqua un accord puis un autre, hésita, s'arrêta et regarda ses mains. Étonné, il frappa quelques touches isolément, puis joua rapidement sur toute la largeur du clavier et secoua la tête en riant. Seigneur Dieu ! Cette chose était au moins accordée un quart de ton plus haut qu'il ne le fallait ! Il avait remarqué la même chose avec le violon sur la place de la cathédrale. Il ne s'agissait donc apparemment pas d'une erreur mais d'une nouvelle mode. Eh bien, on pouvait s'en accommoder. Si les touches étaient aussi nettement plus larges que celles sur lesquelles il avait jusqu'alors joué, ce n'était simplement dû qu'à une façon de jouer. Curieux de savoir quelles extravagances la musique du nouveau temps avait à lui offrir, il sourit à l'aubergiste, écarta un peu plus les doigts et commença. Il reprit d'abord l'air qu'il avait précédemment entendu et broda dessus un mouvement à quatre voix avec un petit contrepoint.

Le violoniste le fixa comme s'il était un fantôme, se cala finalement le violon sous le menton et se joignit à lui. Wolfgang l'entendit murmurer un « merci » dès que le tenancier eut tourné les talons.

Wolfgang respira de soulagement. Il se mouvait enfin sur un terrain à moitié familier même s'il avait sous les mains un instrument en piteux état. Les octaves du milieu étaient si désaccordées qu'il eut du mal à éviter toutes les fausses notes gênantes. Mais ce que le violoniste prétendait aussi lui donner à jouer n'avait pas le charme désiré de la nouveauté : des mélodies assez lentes qui lui rappelaient parfois la musique hongroise ou bohémienne. Peu de choses semblaient avoir évolué. Deux cents ans ? Bon, c'était là une auberge, même de la meilleure sorte. Ce n'était en tout cas pas là qu'il entendrait ce qui l'intéressait. Toutefois heureux d'avoir échappé au froid, il accompagna le violoniste à chaque morceau en tentant d'oublier la délicieuse odeur des plats que l'on servait derrière lui.

Quand le repas fut terminé, qu'on commença à boire et que les voix se firent si fortes dans la salle que Wolfgang, malgré son instrument bruyant, dut jouer de toutes ses forces pour les dominer, le violoniste posa le violon de côté.

— Pause pour moi !

Il souffla fort, but une gorgée d'eau et reposa le verre sur une petite console placée contre un pilier du mur. Puis il disparut derrière une porte au fond.

Wolfgang tira l'un des hauts tabourets vers le pilier en se demandant s'il allait devoir boire l'eau du violoniste ou s'il pouvait espérer quelque chose de meilleur quand son regard tomba sur des papiers joliment imprimés qui brillaient sur la console dans un support de verre. *Découvrez le monde*, pouvait-on y lire. Cela paraissait lui être justement destiné ; il les feuilleta du doigt ; c'était tout un paquet des mêmes imprimés, il devait donc s'agir d'une sorte d'offre. Il jeta un œil discret autour de lui, sortit une feuille, mais ne parvint pas à comprendre ce qui était proposé sous le titre *Programme Bonus Senior*. Un petit carton à lettres d'argent brillant était fixé sur l'offre. Il y était écrit *Max Mustermann*[1]. Wolfgang passa le doigt sur les lettres et s'arrêta, stupéfait. Le papier était lisse, les lettres n'en ressortaient pas du tout comme il l'avait cru. C'était une peinture exécutée avec une telle précision qu'il ne put s'empêcher de la gratter un bon moment et de passer sans cesse son doigt sur la ligne argentée.

— Piotr Potocki de Mrągowo, Pologne.

Le violoniste l'arracha à ses pensées.

Wolfgang saisit la main tendue qu'il sentit sèche et osseuse.

— Wolfgang Mo...

---

[1]. Mustermann, qui signifie « homme exemplaire », est le nom type communément utilisé sur les spécimens.

Il passa par un chaud et froid mais un sourire furtif éclaira ensuite son visage.

— Je m'appelle Mustermann. C'est ça. Mais oui. Wolfgang Mustermann !

— Tu joues splendide, Wolfgang Mustermann. Et tu as beaucoup aidé moi. Je fais pareil quand tu veux aide.

L'aubergiste apporta du café fort et Wolfgang se tordit la tête pour apercevoir la fabuleuse femme à moitié nue dont l'accoutrement inhabituel ne paraissait déranger personne. Elle n'arrêtait pas de fumer de petits cigares blancs et il remarqua qu'il y avait toujours un galant qui s'empressait de lui donner du feu.

— Nous apporteriez-vous aussi un repas ? demanda joyeusement Wolfgang au gros tenancier.

— On a servi à six heures. Fais-moi le plaisir de te pointer à l'heure si tu veux manger.

L'aubergiste disparut en grommelant mais il revint peu après avec une assiette pour Wolfgang. Un risotto avec simplement des petits pois et pas de viande mais Wolfgang n'y trouva pour une fois rien à redire du moment où cela calmerait sa faim.

Quand quelques clients se furent levés et demeurèrent là en petits groupes, Wolfgang s'aperçut que la plupart des femmes montraient leurs jambes nues. Même si ce n'était pas de la même manière que la bacchante, aucune de leurs robes n'atteignait les genoux. Il se tordit sans cesse le cou pour y jeter un coup d'œil. Ces femmes ne paraissaient pas être des filles de petite vertu, les messieurs et les serviteurs les traitaient toutes avec politesse et respect. Il jeta un regard prudent au violoniste mais celui-ci se massait simplement la main et lui fit un signe de tête. Quel monde ! Il revit devant lui les mollets de Constanze qui, à part une exception qui avait failli mener à la discorde, étaient toujours restés vertueusement cachés pour prévenir toute avance déplacée. Il la vit un moment parmi les clients, les mollets nus, et dans son indignation se glissa un picotement voluptueux.

Quand ils se remirent à jouer, des milliers d'impressions se mêlèrent en lui comme dans un rêve bizarre ; il ne parvenait pourtant pas à les resituer dans leur époque et il remarqua à peine que ses doigts perdaient de la vigueur. Ce n'est que lorsque Piotr lui claqua le couvercle du piano au nez qu'il se sentit d'un coup accablé d'une lourde fatigue. Il se leva mais ses jambes flageolèrent. Le sol tangua. Il s'appuya sur le piano et se laissa retomber sur le tabouret.

— Tu peux me le ramener, celui-là, il me plaît plus que le Russe.

Wolfgang distingua vaguement une forte silhouette blanche qui venait vers lui. Ses yeux le brûlaient douloureusement, il les cligna, chercha dans ses souvenirs.

— Si t'es autrichien, tu toucheras brut.

La forme blanche tendit la main et remit à Wolfgang un petit papier.

— D'Allemagne, articula péniblement Wolfgang.

Il rassembla ses dernières forces et se leva. Il faillit culbuter vers l'avant.

— De Salzbourg, ajouta-t-il mais l'aubergiste ne l'entendit plus.

— Ah, tu es allemand, dit-il en lui tendant un autre papier. Alors il faudra me remplir ce papelard pour le fisc pour la prochaine fois. Date de naissance, adresse, etc. À ne pas oublier.

Wolfgang hocha la tête d'un air las et fourra les papiers dans la poche de sa culotte. Hébété, il suivit à tâtons le violoniste dans la rue ; il avait l'impression qu'on lui avait enfoncé des cubes de bois dans la tête.

— Tu vas où ? demanda Piotr en remontant le col de son manteau.

Des flocons de neige tombaient doucement, brillaient dans la lumière immobile d'un lampadaire. Wolfgang leva les yeux, la lampe bourdonnait doucement, mais il pouvait tout aussi bien s'agir du bourdonnement de sa tête troublée.

En guise de réponse, Wolfgang se passa la langue sur ses lèvres gercées et posa en tremblant son pied gauche sur son pied droit pour atténuer la douleur.

— Je ne sais plus, réussit-il à dire.

Il vacilla en fixant les flocons qui se rapprochaient de plus en plus et disparaissaient sans bruit dans le sol noir.

Impitoyablement, des bruits déchirèrent son rêve, un tintement métallique transperça les rythmes audacieux auxquels il tentait de se cramponner. Une odeur de lit non aéré, de café et d'eau de toilette forte lui monta au nez. Ses doigts tâtèrent des coussins de velours côtelé. Il leva la tête, plus lourde que d'ordinaire, gémit, ouvrit les yeux. Il était de nouveau allongé dans une pièce étrangère, cette fois sur un canapé de couleur ocre. Un étui à violon était appuyé sur le mur d'en face. Le souvenir de la soirée précédente lui revint comme un brusque rayon de soleil réchauffant. Aussitôt la vie s'écoula dans son corps encore engourdi de sommeil ; il se redressa d'un sursaut, voulut bondir hors du lit, gémit et retomba sur sa couche. Son pied gauche portait un bandage blanc ; il passa prudemment la main dessus et chercha à passer un doigt sous le tissu ; les élancements avaient disparu, mais, en posant le pied par terre, il sentit de nouveau la douleur lancinante.

Vêtu d'un simple pagne autour de la taille, Piotr apparut à la porte. Wolfgang secoua la tête comme pour se débarrasser de cette image. Sa nouvelle vie allait-elle toujours lui faire rencontrer des hommes à demi-nus le matin ?

— Reste allongé, c'est mieux.

Piotr fit un geste de la main vers lui comme pour l'obliger à rester sur sa couche, puis il attrapa une longue culotte bleue sur le dossier d'une chaise et l'enfila.

— Tu avais beaucoup fièvre, hier soir.

Il tendit à Wolfgang un gobelet de café orné de visages rieurs et entreprit de défaire le bandage apparemment aussi extensible que la ceinture de culotte de Wolfgang.

— Tu m'es ce que je nomme un véritable ami !

Wolfgang fronça le nez en regardant les morceaux de tissu purulents que Piotr lui retirait de dessous le pied.

Piotr haussa légèrement les épaules sans quitter la plaie des yeux.

— L'infection est mieux, tu as chance. Tu vas devoir garder jambe en l'air aujourd'hui.

Wolfgang remonta son oreiller, s'appuya dessus avec un soupir d'aise et souffla doucement dans la vapeur de son café.

— Merci de m'être aussi secourable dans ma peine.

— Pas ici, tu vas chez toi, s'il te plaît.

Wolfgang s'efforça en vain de lui sourire.

— Ah, hmm, pourrais-je peut-être en toute amitié te prier d'avoir l'obligeance de me tolérer encore un petit moment comme invité ? Tu peux être certain que je ne causerai pas de désagrément.

Piotr jeta un œil sur le pied de Wolfgang, le menton remuant comme s'il mâchonnait une réponse.

— Qu'est-ce que t'as fait ?

— J'ai marché sur un éclat de verre.

— Pas avec pied. Avec vie.

Wolfgang retint son souffle. Que pouvait-on voir de ce qui lui était arrivé ? Il avait envie de se débarrasser de son fardeau. Mais se confier à Piotr ?... Cela lui parut trop risqué. Le violoniste pourrait l'injurier et le chasser.

— Ma vie, eh bien, elle est un peu… chamboulée. Je ne m'y retrouve plus moi-même, répondit-il en cherchant à lire sur le visage de Piotr. Je t'assure que tu me rendrais vraiment un très grand service en m'offrant ton hospitalité et que cela plairait à notre Seigneur Dieu.

Piotr balaya le plancher du regard.

— Tu as problèmes avec police ?

— Certes pas !

— Excuse, je pensais juste... Tu as l'air de...

— Oui, tu dois avoir raison, j'ai sans doute l'apparence d'un vagabond. Mais sois assuré que je n'ai aucune faute à me reprocher.

En prononçant le mot « faute », il sentit quelque chose se serrer en lui.

— Je suis un chrétien intègre, probe et honnête et je n'ai rien d'autre en tête que bien me comporter, me raser la barbe, faire mon très honorable travail et...

— Alors, tu peux dire d'où tu viens.

Wolfgang hésita, découvrit une étincelle dans les yeux de Piotr.

— C'est en fait difficile à comprendre, je... j'ai un long voyage derrière moi. Là d'où je viens, tout est véritablement différent...

Il se tut. Devant lui surgirent des images familières : son bureau, le clavier noir ébène du pianoforte, le pendule obstiné de l'horloge murale. Un instant, il crut entendre le bruit cahotant d'un carrosse, et les notes du *Lacrimosa* s'y mêlèrent subitement. Il porta rapidement la main à son cœur.

— Hmm. Je comprends.

La voix de Piotr le ramena à la réalité. Le violoniste se mordilla la lèvre.

— Pareil pour moi, il y a deux ans.
— Tu as…

Le pouls de Wolfgang s'accéléra. Il se pencha si rapidement en avant que du café déborda de la tasse.

— Tu es donc aussi… Oh, Piotr, vraiment ?

Soulagé, il sourit au violoniste qui lui parut tout à coup être quelqu'un de tout autre, un confident. Pour quelle raison avait-on bien pu le faire venir là ? Ses compétences musicales ne pouvaient guère en être la cause.

— Puis-je me permettre de demander en quelle année tu… eh bien… je veux dire…

Piotr haussa les épaules.

— Je suis venu ici il y a deux ans. En 2004.
— Je pensais à l'endroit d'où tu viens.
— N'ai-je pas dit hier soir ? De Mrągowo, petite ville en Mazurie.
— Mais quand es-tu né… pour la première fois ?
— Pour la première fois ? reprit Piotr en riant. Je suis né avril 1970.
— Pas avant ?
— Eh, *przyjaciel*, j'ai pas encore tant de rides dans visage, non ?

Déçu, Wolfgang se laissa retomber sur son oreiller.

— Donc, tu regardes trente-six années derrière toi. Et toujours en bon ordre, une année après l'autre ?

Piotr éclata de rire.

— Tu es une drôle d'oiseau. Bon, c'est l'hiver, c'est l'Avent. Tu peux rester. Mais un pianiste me faut jusqu'à Noël, j'ai engagement presque chaque soir.

Il jeta un regard interrogateur à Wolfgang.

— Tu veux que je joue avec toi ? Avec joie ! Autant qu'il te plaira.

Le visage de Piotr s'éclaira.

— Mais ne fais pas problèmes. C'est logement d'un collègue et j'ai pas autorisation de séjour.

En soupirant, Wolfgang remonta la couverture. Quoi que puisse être une autorisation de séjour – dans le doute, il n'en avait pas non plus lui-même –, comparé à tout ce qui pouvait encore l'attendre dans cette vie étrangère où on l'avait jeté, les soucis de ce violoniste étaient certainement une broutille. C'était un immense honneur qui lui avait été accordé, une énorme tâche l'attendait en tant que compositeur et il s'agissait maintenant de se montrer digne de cette obligation.

— Je peux les voir ? demanda Wolfgang depuis sa couche.

— Bien sûr !

Piotr saisit une pile de partitions qui se trouvaient par terre.

— C'est rien de particulier. Lesquelles tu veux ? Celles-là ?

— Tout ce qui se trouve là. De préférence...

Il hésita, chercha ses mots.

— ... si tu as en ta possession de semblables vieilles œuvres, tout ce qui a été composé depuis l'année 1800. Et naturellement, tout ce qui est *juste à la mode**. Et un peu de papier à musique pour que je puisse faire quelques annotations.

— Beaucoup du dix-neuvième siècle. Tiens ! dit Piotr en lui posant le gros paquet sur les genoux.

Du bout des doigts, Wolfgang caressa respectueusement le papier. Il sentit s'en dégager une température dont il n'aurait su dire s'il s'agissait de froid ou de chaud. Deux cents ans. La chair de poule gagna ses bras. Il fouilla dans les papiers. Deux cents ans…

— Tu peux certainement me dire qui est actuellement le compositeur de la Cour.

— Compositeur de la cour ? C'est quoi ?

Wolfgang hésita, c'était plutôt à Piotr de lui expliquer les choses. Il se contenta donc de hausser les épaules et continua à fouiller dans les papiers. Il en sortit l'*Allegro* que Piotr avait joué devant la cathédrale, passa le doigt sur le papier lisse d'un blanc pur. Toutefois, les notes étaient loin d'être aussi bien gravées que celles des travaux dont il avait encore dernièrement passé commande. Le bord de leur tête était effrangé, comme grignoté par des souris, et un voile recouvrait toute la feuille comme si l'imprimeur avait fait une bavure d'encre.

— Veux-tu jouer cela encore une fois pour moi ?

Piotr plissa le front.

— Je préfère pas. Suis pas bon avec Mozart. J'ai ça sur CD si tu as envie, dit-il en s'affairant auprès de son étagère à livres.

— Dommage, alors je vais bientôt devoir le jouer moi-même, avec ta permission.

Wolfgang se replongea dans les partitions. Mais Piotr semblait s'être ravisé et au bout d'un moment les premiers sons retentirent. Wolfgang tendit l'oreille, surpris de l'entendre jouer avec une telle perfection. Sa technique était d'une virtuosité qu'il ne lui aurait pas supposée. Il n'y avait aucune comparaison avec sa prestation plutôt médiocre sur la place de la cathédrale, il avait sans doute eu trop froid alors. Une onde de chaleur traversa Wolfgang ; il voulut lui faire un signe de tête encourageant, leva les yeux, mais le violoniste se trouvait toujours sans son violon devant l'étagère.

— Eh ! Qui joue là ?

Étonné, Wolfgang balaya la pièce du regard. De stupeur, il faillit faire tomber le verre qu'il tenait en main quand le deuxième violon attaqua lui aussi.

Piotr lui lança une petite boîte plate.

— Petit orchestre de chambre de Moscou, répondit-il d'un ton indifférent.

— Je ne vois pas… d'orchestre, chuchota Wolfgang.

Il fixa Piotr, tourna anxieusement la petite boîte dans ses mains, elle avait l'apparence du verre mais la légèreté d'une plume.

Piotr rit et se reversa du café.

Wolfgang repoussa les papiers de ses genoux et quitta le canapé. Il tendit l'oreille dans la pièce. Même si tout un ensemble jouait – entre-temps, des altos et des violoncelles avaient eux aussi attaqué –, les sons ne provenaient que d'une seule direction. Puis il s'immobilisa. Naturellement ! Il aurait dû y penser tout de suite, c'était de nouveau une mécanique qui cherchait à le narguer. À quatre pattes, il s'approcha de la source des sons : une boîte noire, formée comme une grande miche de pain.

— C'est de là qu'elle sort.

Prudemment, il passa la main sur une fine grille qui vibrait doucement.

— Quelle précision elle est pourtant capable de produire. Peut-elle aussi jouer d'autres morceaux ?

Piotr éclata de rire, mais il posa tout de même un regard craintif sur Wolfgang, qui était toujours accroupi par terre.

— Tu fais plaisanterie, là.

— Ah bon... toujours la même chose ?

— Chaîne hi-fi, mon gars ! D'où tu viens ? De forêt vierge ? Jamais vu lecteur de CD ?

Wolfgang braqua les yeux sur la boîte sonore en se rongeant un ongle. Puis son regard passa sur le visage de Piotr.

— Mais si, assura-t-il en affichant un sourire. Juste hier.

Piotr se détendit et lui envoya un petit coup de pied amical dans les côtes.

— Idiot ! Je pensais que tu sortais d'asile de fous !

Wolfgang encaissa le coup. Il s'imaginait bien ce que pouvait être un asile de fous.

— Mais tu m'as fait peur aussi... Je croyais que c'était toi qui jouais. Car enfin, tu es violoniste, non ?

— Oui, mais pas comme ça. Jamais je peux jouer Mozart si bien... Il m'aime pas, Mozart.

— Mais si, certainement qu'il...

Mozart s'arrêta là. Non. Ce morceau requérait en fait des compétences que Piotr aurait bien du mal à atteindre.

— Ton ami Schittkowsky t'aime bien, lui, n'est-ce pas ?

— Tchaïkovski ? Oui, idiot. Mais je dois aller maintenant, écoute ça sur CD.

Piotr prit sur l'étagère une autre petite boîte et l'ouvrit.

Wolfgang lorgna par-dessus son épaule. Un disque d'argent se trouvait là, l'un de ces objets pour lesquels Jost s'était tant échauffé. Il devait vraiment s'agir de quelque chose de précieux. Piotr pressa sur des boutons de la boîte noire et un couvercle sauta qui lui fit penser au petit coffret qu'il avait autrefois offert à Carl et d'où un pantin coloré surgissait quand on pressait sur le bouton. La mécanique contenait un disque d'argent que Piotr sortit et lui mit dans la main.

— Mets de nouveau dans étui, s'il te plaît.

D'un mouvement de tête, il désigna la couche de Wolfgang où se trouvait encore la petite boîte en verre. Wolfgang opina du chef, mais ne bougea pas, le regard toujours fixé sur le disque qu'il tenait en main.

— Combien de fois est-on en mesure d'entendre cela, dis-moi ?

— Si tu veux, jusqu'à ce que ça ressorte par oreilles, répondit Piotr d'une voix à la fois amusée et méfiante.

Il plaça le disque dans la mécanique, abaissa le couvercle et actionna de nouveau un bouton.

La musique n'avait pas encore retenti qu'il se leva d'un bond.

— Je vais jouer dans Grabenstrasse. Reste couché ici, je reviens le soir.

Bien après que la porte se fut refermée derrière Piotr, Wolfgang, toujours assis par terre, contemplait avec recueillement le disque d'argent dans sa main tandis que les sons fantomatiques d'un concerto pour violons emplissaient la pièce, et il s'efforçait de saisir les pensées qui dansaient la sarabande dans sa tête. Il tournait et retournait la chose brillante, passait son doigt sur son bord. Comment la musique y entrait-elle et en sortait-elle ? Combien de ces disques magiques pouvait-il y avoir ? Dans l'appartement d'Enno, il en avait vu au moins deux douzaines qui traînaient sur le plancher. Et ici, dans le logis d'un musicien ? Wolfgang se redressa soudain, alla à genoux vers l'étagère, rafla toutes les petites boîtes de verre et les étala par terre. Tout cela, de la musique ! À écouter à tout moment et sans cesse ! Sa respiration s'accéléra, ses mains fouillèrent et retournèrent les étuis, il y lut des noms connus comme Haendel, Bach, Corelli et, quand il en trouva enfin un avec le portrait de Joseph Haydn, il le serra fort sur sa poitrine. En revanche, il en chercha vainement d'autres : Kozeluch, von Beecke, Umlauf. Et Clementi, ce *chiarlatano* welsche ! Un mauvais sourire de contentement passa sur son visage. Oui, il y avait une raison pour que certains aient réussi à traverser les siècles et les autres non. Il l'avait tout de suite su. Des courtisans, des idiots !

Puis il lut les titres des autres étuis : des noms qu'il ne connaissait pas du tout. Pour finir, il fit deux petits tas, l'un à sa gauche pour les compositeurs qui lui étaient familiers et un autre, beaucoup plus important, avec le nouveau monde inconnu à sa droite. Il trouva quelques boîtes avec l'inscription « Wolfgang Amadeus Mozart ». Amadeus ! Il grimaça. Sur la place de la cathédrale, il avait encore cru à une plaisanterie. Était-il possible que l'on ait oublié son vrai nom, après tout ce temps ? Toutefois, il garda longuement la petite boîte dans ses mains, l'inscription se brouilla sous ses yeux, il caressa du bout des doigts le boîtier lisse. Puis il accorda généreusement un tas particulier à son propre nom et se pencha sur des titres d'œuvres tout à fait singuliers. Le front plissé, il lut des choses comme *Concerto Jeune homme*, *Sonate La Chasse* et *Symphonie Jupiter*, sans arriver à se souvenir de telles compositions. Pour une raison quelconque, on les avait toutes pourvues d'un numéro précédé d'un KV. Apparemment quelqu'un s'était donné la peine de les classer. Tout ce pêle-mêle ! KV ? Avait-ce été Constanze ? Mon Dieu ! Wolfgang éclata de rire en balayant du regard les trois petites tours. Il allait écouter tout cela et tout de suite. Il viendrait bien à bout de la mécanique, finalement Piotr n'avait rien fait de plus qu'appuyer sur quelques boutons.

Il choisit en aveugle une petite boîte dans la pile des œuvres qu'il ne connaissait pas, pressa sur une touche. La musique s'arrêta dans un léger grattement, et rien d'autre ne se produisit. Quand il eut essayé deux autres boutons, le couvercle sauta et libéra le disque, qu'il échangea aussitôt contre l'autre. Mais il ne parvint pas à le faire retentir, le ressortit donc et l'observa sous toutes les coutures. Peut-être était-il cassé ? Ou s'était-il trompé de bouton ? Il y regarda encore de plus près : sans erreur aucune, il y avait écrit là *play*, ce devait être le bouton qui déclenchait le jeu. Enfin, tout fonctionna avec le disque suivant. Il tendit l'oreille, fasciné : Quel son ! Meilleur que le plus grand orchestre qu'il lui ait jamais été donné d'entendre. Sans le moindre instrument ! Une perfection froide et diabolique. Il jeta un œil suspicieux sur les disques scintillants. Ils réussissaient à obtenir ce que, pendant toutes ces années, il avait vainement exigé de ses musiciens. Fougueusement, il sortit un disque après l'autre de sa petite boîte et, après avoir essayé quelques boutons, il découvrit même comment il pouvait arrêter la musique à tout moment et passer à un autre morceau, l'avancer ou la faire revenir en arrière, selon son bon vouloir et autant qu'il lui plairait. Subjugué, il secoua la tête, caressa les objets brillants, observa les petites boîtes et leurs inscriptions de plus près. Certaines contenaient de petits livrets entiers qui informaient sur le compositeur et sur l'œuvre dans une langue pauvre et chaotique.

Il s'y trouvait des choses tout à fait correctes. Il écouta surtout avec plaisir un quintette d'un doux lyrisme d'un certain Franz Schubert, surpris d'y trouver même une contrebasse. Quelle classe cela avait ! Si ce Schubert séjournait encore parmi les vivants, il lui dépêcherait tout de suite un courrier, arrangerait une rencontre. Mais un regard sur les dates de sa vie lui ravit aussitôt cette joyeuse perspective. Pauvre diable, la mort l'avait pris encore plus jeune que lui. Déçu, il posa la petite boîte de côté.

Piotr semblait tout particulièrement apprécier un certain Frédéric Chopin, cinq disques lui étaient consacrés. Wolfgang trouva son harmonie fort intéressante, mais elle demandait que l'on s'y habitue et, à son avis aussi, quelques corrections. Tout en écoutant avec une impatience grandissante un concerto pour piano en *mi* mineur de cet homme, il inspecta le petit logement de Piotr, tâta les tissus de ses vêtements dans l'armoire murale et observa l'arrangement de deux portraits étonnamment fidèles à la réalité qui pendaient au mur derrière une vitre. On pouvait y voir deux enfants sur l'un et, sur l'autre, il reconnut Piotr à côté d'une femme blonde d'apparence autoritaire. Piotr avait le regard un peu perdu. Contrarié, Wolfgang retourna vers l'étagère et continua à laisser jouer la musique. Seigneur, il compta environ cent cinquante mesures d'introduction ! Comment un compositeur pouvait-il à ce point faire traîner les choses en longueur ?

— Malheureusement perdu, ce monsieur Chopin, chanta Wolfgang. S'il n'était pas aussi fa-ah-ti-gant, il pourrait presque rivaliser avec moi.

Non, ce Chopin pouvait sans doute bien écrire pour le piano, mais il était misérable en orchestration.

Avec une certaine gêne, il écouta les sons secs et abrupts d'un monsieur van Beethoven. N'avait-il pas déjà entendu ce nom ? À en juger par sa musique, il devait s'agir d'un gaillard des plus égocentriques, il semblait se moquer comme d'une guigne des réalités, n'avoir aucun égard pour son public. Un horripilant vague à l'âme s'empara de lui et il sentit que c'était de l'envie.

— Mais qui t'a donc payé pour cela ? s'écria-t-il en s'empressant de changer le disque d'argent.

Plein de joie à l'écoute d'un capricieux *parlando* d'un certain Rossini, il se reversa du café et considéra la cafetière. Comment Piotr avait-il pu préparer du café sans foyer ni feu ? Perdu dans ses pensées, il s'accroupit de nouveau, continua de fouiller parmi les boîtes, écouta toujours de nouveaux morceaux, retint les titres des œuvres. Tout cela était fort passable, voire audacieux par endroits, mais après un temps aussi long, il s'attendait à plus. Mis à part ce Schubert, aucun ne pouvait rivaliser avec lui. Pas étonnant qu'on lui demande encore et toujours ses services !

En soupirant, il s'étira les jambes et s'adossa au mur, mais il ne tarda pas à sursauter et à se retourner, surpris. Son dos le brûlait terriblement, il avait dû s'asseoir contre un poêle. Prudemment, il renifla la boîte blanche placée sous la fenêtre, mais il n'y sentit aucun feu et se recula un peu. Des véhicules sans chevaux, des poêles sans feu, de la musique sans instruments, du café sans foyer ! À quelles nécessités avait-on encore échappé ? Comment, pour l'amour de Dieu, allait-il s'y retrouver dans tout cela ? Pourquoi ne l'avait-on pas pourvu d'une bonne âme serviable à son côté pour l'assister et lui donner des indications ?

Toutefois les fonctions du corps paraissaient encore obéir à des lois d'airain, il se sentait l'envie d'uriner. Cette fois, il ne trouva cependant pas de pot de chambre, ni sous le lit de Piotr, ni dans son armoire murale, ni non plus devant la fenêtre. Il allait descendre en bas et chercher les cabinets. Mais en se levant, il sentit de nouveau une douleur fulgurante dans son pied. Sans hésiter, il tira une chaise jusqu'à la rambarde, grimpa dessus et pissa par la fenêtre. En remontant sa culotte, il entendit des cris perçants et découvrit une grosse femme qui se penchait par la fenêtre d'en face en agitant le poing. Sa voix qui passait d'une tessiture à l'autre se forma dans sa tête en une merveilleuse *aria* comique. Elle devait apparemment s'en prendre au Seigneur Dieu car personne ne lui répondit. Il se hâta de fermer la fenêtre, prit le reste du papier à musique, s'abîma dans la transcription de la mélodie et la titra espièglement *La femme inouïe*.

Pour peu que la musique soit là, il s'accommoderait de n'importe quel monde.

— Choléra !

La voix de Piotr le sortit du royaume des sons musicaux.

— Tu as mélangé tous les CD !

Troublé, Wolfgang releva la tête de son travail et aperçut Piotr agenouillé parmi les disques d'argent éparpillés, les boîtiers et les livrets. CD... mais bien sûr ! Le visage de Wolfgang s'éclaira. C'était ainsi que Jost avait nommé les disques, il s'en souvenait maintenant.

— Je les ai triés et...

— Triés ? fit Piotr en le regardant d'un air hébété. Tout est sens dessus dessous ici.

— Regarde ! expliqua Wolfgang

Il se leva et lui montra la partie gauche du pêle-mêle.

— Ceux-là étaient tous de Mozart. Les autres...

Il fit un large geste vers la droite.

— ... Les autres sont tous d'après. Et Mozart gît là-bas, s'écria-t-il en dansant parmi les CD tout en chantant la mélodie qu'il venait de transcrire. Non, non, non, il ne gît pas, il va, il marche, il boite, il court, il se bat et il boit !

En riant, il se tapa sur les cuisses puis se prit le pied, le visage grimaçant de douleur, et continua à sautiller sur une jambe.

— Mozart, le vieux Mozhart, le Trazom...

Piotr sourit en secouant la tête, puis il lui tendit deux autres CD.

— Si tu aimes tant Mozart, mets ça aussi sur pile.

Wolfgang se jeta en riant dans le fauteuil et regarda les boîtiers. Un frisson d'effroi le traversa.

— Non ! Cela n'était pas du tout achevé ! s'écria-t-il d'une voix éraillée. Qui a complété ça ?

— Quoi ? Le *Requiem* ? demanda Piotr, l'air absent. Un élève de Mozart, Süßmayr, tu sais pas ?

— Pourquoi celui-là, ce crétin ? Il faut que j'écoute ça. Tout de suite !

De ses doigts nerveux, il arracha le CD si violemment du boîtier que les petites dents centrales se brisèrent.

— Eh ! fit Piotr en lui prenant le disque. Tu vas encore me casser le lecteur !

Il introduisit prudemment le CD.

Le premier son coupa le souffle à Wolfgang, tomba comme de la neige sur son âme. Un cor de basset ne pouvait être plus nostalgique. Il serra les lèvres. N'avait-il pas voulu composer la musique la plus triste du monde ? Chaque son n'avait-il pas retenti une centaine de fois douloureusement en lui ? Mais l'écouter vraiment, ainsi, là, c'était tout autre chose.

Avant que le chœur n'intervienne, il cligna des yeux pour en chasser les larmes, se les essuya avec sa manche.

— Non, plus loin, intima-t-il à Piotr, je connais tout cela par cœur. Mets-moi le *La*... !

Non, non, pas le *Lacrimosa*, il ne voulait pas l'entendre, pas cela.

— Le *Sanctus* ! Qu'a-t-il fait du *Sanctus* ?

Piotr jeta un œil sur le boîtier et pressa docilement les boutons.

Wolfgang se calma aussitôt, prêta l'oreille, sentit chaque coup de timbale résonner dans son ventre.

— Mon Dieu, quel bourdonnement ! Scrhrappschrappschrappschrappschrapschrapp ! Ce n'est pas de la musique, c'est une mouche de merde sans cervelle qui vrombit contre les vitres des fenêtres. Au lieu d'écrire des notes, il a juste ramassé les chiures et les a réparties sur le papier. Quel crétin !

Wolfgang s'agenouilla à côté de Piotr devant la mécanique.

— Non ! s'écria-t-il. On n'a pas le droit de forcer comme ça la fin. Écoute-le donc déchirer la mélodie pour imposer le thème, il n'a pas une once de sens musical, cet imbécile, ce lourdaud, ce misérable !

Piotr lui envoya un coup de coude dans les côtes.

— Pourquoi tu cries ? Tu peux mieux que Mozart ?

— Mais je suis M... Ce n'est pas Mozart ! s'énerva Wolfgang. C'est cet hypocrite de Süßmayr qui a commis ça, écoute ce travail bâclé... là, là... tu entends ? Ciel, tout se fane avec lui. Bon sang, cela ne peut pas rester ainsi, je vais devoir le modifier !

— Tu es complètement fou, dit Piotr, le visage défait, comme s'il avait du savon dans la bouche.

— Et j'ai déjà transcrit toutes les notes, poursuivit Wolfgang en agitant le poing. Si seulement je ne les avais pas laissées là-bas à cause de cette crapule de Jost ! Je vais donc devoir recommencer ce pénible griffonnage.

Il se leva, fit les cent pas en boitant dans la pièce. Pas étonnant qu'on soit venu le rechercher ! Le Tout-Puissant ne pouvait pas laisser passer une œuvre posthume mutilée à ce point.

— Bien, Wolfgang Mustermann, tu es fou mais tu peux de nouveau marcher. Nous avons engagement ce soir. Tu vas avoir un pantalon à moi...

Le violoniste fronça le nez et rajouta :

— Mais d'abord, tu dois doucher.

Sur ces mots, Piotr lui mit dans la main un linge épais et doux, puis il le poussa vers l'escalier.

— Salle de bains est là, au bout couloir.

Une salle de bains ! Wolfgang hocha la tête, reconnaissant, il ne s'attendait pas à une telle installation princière dans le logis d'un violoniste de rue. Il ouvrit la porte étroite que Piotr lui avait indiquée et lorgna dans l'obscurité. Sans la lumière d'une bougie, il aurait du mal à trouver son chemin, il repartit donc en trottinant.

— Tu dois faire plus attention à ton argent !

Le violoniste se tenait à la porte et lui tendait un papier brun froissé.

— Mon argent ?

— Oui, c'est cachet d'hier.

Wolfgang prit le papier, le lissa et en examina le fin dessin. Un billet de banque ! Il le tourna, découvrit un cinq avec un zéro.

— Sont-ce des florins ou des thalers ?

— Tu dois avoir beaucoup argent pour faire blagues idiotes comme ça.

— Non, je... c'est seulement que je n'ai jamais eu en mains de tels billets de banque. C'est beaucoup ?

Piotr plissa les yeux mais Wolfgang crut pourtant y lire de la sympathie.

— Jamais eu cinquante euros ? Alors fais attention. Déjà fini dans salle de bains ?

— Oh non, c'est seulement qu'il y fait vraiment très sombre et je n'ai pas de repères. Si je pouvais donc te demander une bougie ?

Piotr se faufila près de lui.

— L'interrupteur est dehors.

Il lui montra une simple rosette placée près de la porte, tapa dessus du plat de la main et la petite pièce fut aussitôt claire comme en plein jour. Wolfgang resta là comme enraciné, les yeux fixés sur une boule brillante au mur.

— Comment as-tu fait ça ?

— Quoi ? Lumière ? Là, avec interrupteur, évidemment.

Le Polonais désigna la rosette de la tête et laissa là Wolfgang. Celui-ci tendit la main vers la décoration, un petit cercle avec un carré à l'intérieur. Finalement, il tapa dessus comme Piotr l'avait fait. Il fit aussitôt sombre. Il tapa de nouveau. Il fit clair. Sombre. Clair. Sombre. Clair. Il tâta la rosette. Sombre. Clair. Sombre. Sans arrêt, jusqu'à s'en lasser. Fasciné, il s'engagea dans l'étroite pièce. Une cuvette d'un blanc brillant était placée au mur, dans le renfoncement à gauche se trouvait un tabouret à siège noir, à droite pendait un rideau, il n'y avait cependant pas de fenêtre derrière mais juste une baignoire plate à même le sol dans laquelle on ne pouvait sans doute même pas se tenir assis – elle n'était apparemment prévue que pour les pieds. Toutefois, on avait oublié l'eau, Wolfgang ne trouva pas non plus de seau qui lui aurait permis d'aller en chercher. Il retourna donc vers Piotr.

— Il n'y a pas d'eau. Si tu voulais bien, s'il te plaît, me donner un seau, je…

— Quoi ? Encore ! soupira Piotr. C'était déjà cassé dernière semaine !

Il marcha à grands pas vers la salle de bains et dévissa un pommeau au-dessus de la cuvette. L'eau s'écoula aussitôt par un tuyau d'argent.

— Ça remarche, déclara Piotr avant de disparaître.

Fasciné, Wolfgang fixa l'eau qui clapotait allégrement ; il mit d'abord un doigt, puis un autre et pour finir tous les doigts dans le jet. C'était chaud, de plus en plus chaud, et il dut retirer ses mains pour ne pas se brûler. Une véritable sorcellerie. Il essaya de tourner le pommeau, remarqua que l'eau coulait alors plus ou moins fort selon le sens. C'était vraiment une pompe raffinée ! Il y avait encore un deuxième pommeau. Peut-être pour l'eau de toilette ? Il le tourna prudemment et quelque chose s'égoutta. Wolfgang y mit son index et le renifla. Déçu, il constata que ce n'était aussi que de l'eau, mais de la froide, ce qui faciliterait le lavage.

Comme la vie était devenue incroyablement commode ! On n'avait pas besoin d'allumer des bougies pour y voir le soir ; on n'avait pas besoin de porter de l'eau ni même de la chauffer. Le monde était plein de miracles. Il inspira profondément, puis se figea... Et personne n'avait plus besoin de manier un archet pour faire de la musique.

Pensivement, il examina l'instrument jaune d'œuf que Piotr lui avait donné avec le linge souple. Il le tint à une certaine distance de son nez, le renifla, le prit entre ses lèvres et souffla dedans, mais il ne produisit aucun son.

En l'examinant de plus près, il remarqua deux minuscules lames d'un côté et se rasa avec soulagement la barbe. Un mince filet de sang s'écoula de sa lèvre.

Piotr passa la tête par la porte.

— Je dérange ? demanda-t-il en montrant le coin où se trouvait le tabouret.

— Mais non, certes pas, j'ai l'habitude de converser un peu pendant ma toilette. Dis-moi donc quel est cet endroit où nous allons jouer aujourd'hui ?

— Restaurant italien mais autre qu'hier. Le patron est plus sympa, il donne toujours bonne pizza avant. Tu mets pas mousse à raser ? Tu es déjà coupé.

Wolfgang jeta un regard au violoniste. Mais celui-ci lui avait déjà tourné le dos et avait relevé le siège du tabouret. Wolfgang s'aperçut alors qu'il s'agissait en fait d'un pot de chambre surdimensionné devant lequel Piotr se tenait maintenant debout et pissait dedans en faisant des clapotis. C'était formidablement pratique ! Pour finir, de l'eau coula avec des glougloutements.

— *Merveilleux !* Peut-on aussi y chier ?

Piotr lui lança un regard contrarié.

— T'arrêtes conneries, oui ? Dépêche, sinon on va être en retard.

Il grommela encore quelque chose d'incompréhensible en sortant, puis il ferma la porte.

En soupirant, Wolfgang s'assit sur l'énorme pot de chambre.

Rex tremendae

> *Rex tremendae majestatis,*
> *qui salvandos salvas gratis,*
> *salva me, fons pietatis.*

Une demi-heure plus tard, les joues propres et rougies de froid et d'excitation, Wolfgang boitillait à côté de Piotr dans les rues pleines d'une neige boueuse, puis il chancela sur un escalier mouvant véritablement ensorcelé pour arriver dans un long couloir souterrain débouchant à gauche et à droite sur un trou noir. Angoissé par toutes ces bizarreries, il hésita à continuer, mais Piotr se tourna impatiemment vers lui et il se retrouva finalement dans une galerie souterraine pleine de courants d'air, très profondément sous la ville. L'air était empli d'un bruissement et d'un bourdonnement maintes fois répercutés par les murs. De hauts bandeaux lumineux éclairaient tout comme en plein jour alors qu'il faisait déjà nuit dehors. Le vent chaud qui y soufflait rappela à Wolfgang des séjours plus au sud.

— Que faisons-nous ici ?

Un grondement se fit et Wolfgang dut répéter sa question.

— Avec ton pied, c'est trop loin pour marcher !

Le grondement s'amplifia comme celui d'une contrebasse, se fit plus aigu comme si un enfant s'exerçait en plus à la flûte traversière. Il semblait provenir de là où le sol de la catacombe en forme de halle descendait en pente forte. Wolfgang fit quelques pas jusqu'au bord et lorgna en bas. De courtes poutres étaient encastrées dans le sol, il devait s'agir de la construction d'un plafond, il y avait donc apparemment un autre étage en dessous. Le bruit infernal provenait-il de là ? Un frisson parcourut sa nuque, puis il se sentit violemment empoigné par le bras et tiré en arrière. Il n'eut pas le temps de se retourner que quelque chose d'énorme fonçait vers lui à une vitesse insensée, un dragon d'argent brillant qui lui passa en flèche devant le nez. Wolfgang poussa un cri, recula en titubant et s'accrocha à Piotr qui lui tenait toujours le bras.

— Qu'est-ce que tu fais ? Idiot ! Déjà assez de vie ?

Paniqué, Wolfgang sentit son cœur s'affoler. Il resta là, comme enraciné, incapable de prendre la fuite qui s'imposait, et fixa le monstre qui s'arrêtait maintenant dans un souffle bref. C'était une énorme boîte oblongue avec des fenêtres et des portes par lesquelles il pouvait voir à l'intérieur. Des gens s'y trouvaient assis ou debout, indifférents, comme s'ils ne craignaient pas le moindre danger. Piotr saisit

Wolfgang et le ramena là d'où il venait juste de l'arracher.

— Allez, viens ! Ça part tout de suite !

— Non, oh non, jamais de la vie tu ne me feras entrer là-dedans !

Wolfgang mit un pied en avant et s'opposa à Piotr avec une telle résolution que le violoniste, pourtant plus grand et plus fort que lui, ne put rien faire.

— Éloignez-vous des bords du quai ! gronda une voix immatérielle comme sortie de l'entonnoir d'un énorme cor.

Le dragon se remit en mouvement dans un bourdonnement croissant, prit de plus en plus de vitesse et fonça dans la gueule noire de la galerie à l'autre bout de la catacombe.

Piotr repoussa d'un geste plus mou le bras de Wolfgang et mit bien en place son étui à violon.

— Que fais-tu, bon sang ! J'ai faim et plus temps pour manger maintenant ! Encore treize minutes pour arrivée de l'autre. Mais cette fois, tu montes tout de suite !

— Il en existe donc plusieurs de cette sorte ?

Sidéré, Wolfgang suivait des yeux le monstre, son cœur battait encore la chamade. Et Piotr attendait de lui qu'il se fasse bouffer par un pareil dragon.

— Où nous emmènera-t-il ?

— Nous devons aller quartier musée, aujourd'hui.

— Et… as-tu déjà fait ça souvent ?

— C'est quatrième ou cinquième fois aujourd'hui, je crois. Le patron est sympa et les clients bien. J'ai eu un jour quarante euros pourboire.

Wolfgang hocha la tête le plus impassiblement possible en s'efforçant de faire le tri dans ses pensées. Apparemment, cet horrifiant dragon ne paraissait pas donner à Piotr le moindre souci. Ce n'était donc rien d'autre que quelque chose d'ordinaire, tout comme les toyotas qui circulaient sans doute par milliers dans les rues de Vienne, qui l'avaient encore effrayé le matin précédent et qui s'étaient finalement révélées être tout à fait confortables. On y voyageait tellement mieux que dans les voitures dont il s'était jusqu'alors servi et qui cahotaient à tel point sur les chemins que les fesses vous faisaient mal le soir comme celles d'un petit chenapan qui se ferait tanner les susdites. Un autre grondement retentit, se fit plus fort, plus strident, et Wolfgang sentit de nouveau sa respiration s'accélérer. Instinctivement, il recula d'un pas.

— As-tu claustrophobie, peut-être ? demanda Piotr.

Son visage marqua de la sympathie, mais il soupira tout de même.

Wolfgang haussa les épaules, quel que fût cela, il n'en disposait sans doute pas – hormis les habits qu'il portait sur lui et la musique dans sa tête, il n'y avait finalement rien qui lui appartienne.

— OK, ferme juste les yeux, je prends ton bras.

Piotr l'empoigna fermement et le dirigea vers ce véhicule devant eux qui ressemblait moins à une voiture qu'à une longue maison basse et avalait les gens.

— Juste quelques stations, dit Piotr.

Tandis qu'ils pénétraient à l'intérieur, il lui tapota le bras, retira ensuite l'étui de son épaule et s'appuya contre une cloison basse tout près de la porte qui se referma toute seule dans un bruit de pet.

À la fois fasciné et horrifié, Wolfgang fixa les deux battants de porte qui se rejoignaient lentement. De fait, il n'y avait là personne qui eût pu les avoir refermés ! Le dragon se mit en marche dans un soubresaut, Wolfgang tituba, fit un pas dans le vide, perdit l'équilibre et se sentit précipité dans le couloir tel un projectile. En agitant les bras, il chercha à se rattraper, réussit enfin à agripper l'une des barres qui se dressaient à côté des bancs et s'enroula autour. Oh là, quelle vitesse ! Wolfgang jeta un sourire crispé alentour, éclata de rire, reprit son équilibre et frappa dans ses mains d'enthousiasme. Devant les fenêtres, il vit défiler les voyageurs qui attendaient et, cette fois tiré dans l'autre direction, il dut se cramponner à la barre, puis le dragon s'arrêta, et les portes s'ouvrirent de nouveau dans un « prout ». Il comprit alors à quoi servaient les boucles qui pendaient du plafond. Il essaya d'en saisir une, dut s'étirer pour l'atteindre.

Piotr surgit auprès de lui avec un faible sourire qui trahissait l'inquiétude. Il fit asseoir Wolfgang comme un médecin invitant un patient gravement malade à garder le lit. Wolfgang l'observa de côté, apparemment ce dragon infernal était son mode habituel de locomotion. Le dragon repartit et il fit bientôt nuit à l'extérieur. Aucun des passagers ne semblait dérangé par ce voyage en flèche dans des couloirs souterrains alors que des maisons et des rues pesaient au-dessus d'eux. Des lumières jetèrent de nouveau des éclairs dehors, Wolfgang vit des gens attendre debout, monter et descendre et sentit un vague frisson d'effroi délicieux. À bien considérer les choses, c'était un vrai plaisir ! Il aurait tellement aimé savoir quelle force invisible poussait ou tirait le véhicule, ouvrait des portes et actionnait des escaliers de sorte que l'on n'avait même plus à bouger les pieds.

— Cela avance... tout seul ? demanda-t-il prudemment à Piotr.

— Que veux-tu dire ?

— Ce véhicule-là, répondit-il en tapant sur la banquette.

Piotr parut réfléchir.

— Il y a sûrement conducteur dedans. Mais ça existe déjà sans, quelque part, peut-être Japon ou ailleurs.

Wolfgang s'efforça d'afficher un air intelligent.

— Où peut-on aller avec ?

Piotr désigna au-dessus de la fenêtre une pancarte où des lignes colorées s'entrecroisaient autour d'un centre invisible.

— Presque ville entière.

Il garda le silence un moment, regarda Wolfgang en hochant doucement la tête.

— Tu viens aussi de campagne, dit-il sans attendre apparemment de réponse. J'étais ici première fois, il y a deux ans. Tout seul. Rien compris non plus.

Il sourit comme un grand-père se remémorant sa jeunesse.

— Tout si grand. J'ai espéré quelqu'un pour me montrer la ville, ajouta-t-il.

Puis il hocha de nouveau la tête, tira Wolfgang vers la sortie, lui posa furtivement la main sur l'épaule.

— Ferons tour demain. Ensemble. Toi et moi.

Mais quand Wolfgang se réveilla le matin suivant, la pluie avait remplacé la neige. Elle tombait en cordes d'un brun sale et faisait des trémolos sur la tôle de l'appui de fenêtre.

Piotr secoua énergiquement la tête.

— Je vais pas plus loin que chez Billa[1] aujourd'hui, *przyjaciel*.

— Dommage !

Wolfgang regarda par la fenêtre. Il avait envie de découvrir des rues et des places, de vieilles choses et des nouvelles, de voir ce qu'il restait de sa Vienne et ce que le diable avait déjà emporté. Mais si Piotr voulait rendre visite à une dame, il ne devait en aucun cas l'en empêcher.

— Viens avec, c'est mieux, tu sauras comme c'est quand tu seras seul ici.

Wolfgang se retourna vite et sourit.

— Regardez-moi ce coquin ! Grand merci, mais j'ai déjà amplement pu faire mes propres expériences.

Il se figea soudain. Piotr n'avait peut-être pas tort. Les femmes qu'il avait rencontrées ces deux derniers

---

1. « Billa » est une chaîne de supermarchés autrichienne, présente aussi en Europe de l'Est.

jours dans les rues et dans les cafés n'étaient pas seulement tout à fait différentes de celles dont il avait l'habitude – soit à moitié nues, soit impossibles à distinguer des hommes –, elles se comportaient aussi d'une manière donnant à penser que quelques instructions ne seraient pas de refus.

— Toutefois... si elle est très jolie...
— Qui ça ?
— Comment l'as-tu appelée ? Billa ?
— Très jolie, caissière ! dit Piotr en éclatant de rire. Allez, viens, je veux acheter pain et il n'y a plus lait non plus.

Étonné, Wolfgang traversa d'innombrables rangées d'étagères de plusieurs mètres de haut, s'arrêtant sans cesse, s'étirant, se penchant et contemplant l'abondance de ce qui était vendu là. On avait tout simplement déplacé le marché dans un bâtiment, ce qui, au vu des conditions hivernales, lui paraissait tout à fait intelligent. Il ne se rappelait guère avoir jamais accompagné Constanze pour faire des achats – de toute façon, elle y avait la plupart du temps envoyé la servante. Mais comme tout était différent ici ! C'était apparemment à la mode de tout emballer dans une sorte de papier vitreux, même les pommes de terre et les pains brillaient sous cette peau collante. Se sentant de l'appétit, Wolfgang chargea du jambon, des saucisses, des bretzels, un gâteau et des fruits, qu'il n'avait encore jamais vus, dans la corbeille scintillante que Piotr poussait devant lui.

— C'est assez. Tu mangeras jamais tout ça.

— Oh, je...

Wolfgang s'arrêta. Devant lui se dressait un mur à peine plus grand que lui où brillaient des boîtes colorées, ornées de dorures.

— Qu'est-ce donc ?

— Des boules de Mozart[1]. Tu connais pas ?

— Des bou... les... de... Mo... zart ?

Wolfgang se tapa sur les cuisses, se tordit de rire.

— Ah, ah, c'est bon ! Des boules de Mozart. C'est à se rouler par terre ! Dis-moi, cela se mange-t-il ?

Il sortit une boîte après l'autre, des rondes, des longues, des rectangulaires, certaines même en forme de violon, jusqu'à ce que Piotr les lui retire.

— Arrête ! Trop cher, ce truc, achète tablette chocolat, meilleur marché.

— Mais Piotr, mon cher ami, tu ne vas pas me refuser Mozart, je ne vais pas le lâcher tant que je ne l'aurais pas bouffé, le Mozart ! Ah ! Ah !

Il fouilla dans sa poche de culotte et en tira le billet brun froissé qu'il avait gagné le soir précédent.

Piotr le laissa et commença en secouant la tête à déposer les achats sur une table noire, où ils glissaient tout seuls. Une jeune femme les prit l'un après l'autre sans les regarder, les soupesa rapidement et les reposa dans un mouvement agrémenté d'un piaulement perçant malsonnant. Ce devait être la dame dont Piotr avait parlé.

---

[1]. « *Mozartkugeln* ». Il s'agit de boules de chocolat fourrées à la pâte d'amandes et au praliné que l'on trouve partout en Autriche et en Allemagne.

— Bonjour, mademoiselle Billa. Un temps affreux aujourd'hui, n'est-il pas ?

Mademoiselle Billa tourna la tête et acquiesça rapidement.

— Quarante-six dix-sept.

Wolfgang lui tendit le billet.

— Mes compliments, je n'aurais certainement pas pu calculer aussi vite. Je vous souhaite une bonne journée, mademoiselle Billa.

— Tu n'as que bêtises dans tête, dit Piotr en riant quand ils se retrouvèrent dans la rue trempée de pluie.

— Mais presque cinquante euros ! constata-t-il en reprenant son sérieux.

Et Wolfgang eut comme l'impression d'avoir déjà connu ce sévère regard de côté.

— Tu veux aller où d'abord ? lui demanda Piotr le lendemain matin.

Dans le métro, il avait toujours vu passer la pancarte *Opéra* quand la rame arrivait à la Karlsplatz.

— À l'Opéra, enfin ! répondit nostalgiquement Wolfgang. Et ensuite partout où l'on joue de la musique !

— Dieu du ciel, ville entière est pleine de musique.

— Je veux entendre quelque chose de nouveau, quelque chose tout à fait *à la mode**. Que donne-t-on cette année à l'Opéra ?

Piotr haussa les épaules.

— Comme toujours. Mozart. Wagner. Richard Strauß...

— Mais c'est juste le *contraire** de quelque chose de neuf ! On doit bien y jouer une musique d'avant-garde ?

— À l'Opéra national ?

Piotr rit et le gratifia de nouveau de ce regard qui l'amenait à se taire.

Et deux jours plus tard, Piotr arpenta avec lui la ville de long en large et lui montra avec empressement tout ce qu'il désirait voir.

— Les touristes vont tous voir Prater et Hofburg et tu veux voir autoroute...

— Que sont donc les touristes ?

Wolfgang dut crier sa question dans le vent et le bruit. Appuyé sur le parapet du pont, il essayait de cracher sur les toyotas qui passaient en bas en grondant. De la Hofburg, il connaissait chaque renfoncement du mur, mais ce qu'il voyait ici était quelque chose de nouveau et de beaucoup plus passionnant.

Piotr émit un petit rire.

— Tu es drôle, *przyjaciel*.

— Ah, Piotr, ne t'apparaît-il pas parfois réjouissant de réfléchir à des choses dont on penserait à tort en avoir déjà fait le tour ?

Et alors que Piotr promenait son regard au loin, il lui vint une idée salvatrice.

— Je te propose un jeu amusant, Piotr. Accorde-moi pour un jour de te poser les questions les plus idiotes que ma tête lasse puisse imaginer et ta tâche sera d'y répondre sans relâche, avec le plus grand sérieux et en toute intelligence. Là, tout de suite. En échange, je t'invite ce soir, après notre travail, à quelques bonnes bières à l'endroit de ton choix pourvu qu'on y joue aussi de la musique. Mais cette fois quelque chose de vraiment nouveau, s'il te plaît !

Quand Piotr lui topa dans la main, il sentit comme une délivrance et commença sans attendre, complètement libéré, d'interroger le violoniste sur tout ce qui lui passait par la tête. Il se garda pourtant de laisser voir qu'il ne connaissait réellement rien de rien, éprouva bien plutôt un plaisir fou en faisant semblant de mettre le violoniste à l'épreuve. Et si celui-ci fut loin de pouvoir tout lui expliquer – le monde était simplement devenu trop plein de questions –, il comprit pourtant ensuite que derrière la plupart des miracles ne se cachait rien d'autre qu'une nouvelle forme d'énergie, que les nouvelles ne mettaient plus des semaines et des jours à parvenir mais tout au plus quelques minutes et qu'il avait plus à craindre la volonté des femmes que celle des monarques. Et après qu'ils eurent le soir accompagné les arias les plus émouvantes de Puccini pour une fête de Noël dans un restaurant italien, Wolfgang eut l'impression qu'en cette seule journée, une maison entière avait été démolie pierre par pierre dans son cerveau et finalement reconstruite d'une tout autre manière.

— Tu vois, Piotr, mon ami, déjà mon bon père, mon très cher père défunt a toujours affirmé qu'il n'y avait pas de questions stupides, dit-il en se plaçant devant lui, plein d'attente. Alors, dis-moi, Piotr, mon ami le meilleur et le plus cher, comment il peut se faire qu'un homme puisse voyager dans le temps.

— Voyager dans temps ? C'est bêtise, personne peut voyager dans temps.

— Certes, Piotr, ça doit marcher, je sais que ça marche, et tu dois m'expliquer comment.

— Tu es fatigant, *przyjaciel* ! soupira Piotr. Je sais pas comment ça marche. Quelque chose avec Einstein et on doit voyager dans vaisseau spatial très vite autour de Terre. Mais c'est foutaise tout ça. J'ai lu sur astronaute russe, il a passé deux ans dans station spatiale et a fait voyage dans temps juste demi-seconde ou quelque chose comme ça.

C'était inutile. Chaque réponse que lui donnait Piotr soulevait encore plus de questions.

— Donc, conclut-il plus pour lui que pour Piotr, notre Seigneur Dieu est sans doute le seul à pouvoir nous amener à tout endroit où nous sommes le plus utile.

— Dieu peut tout, il a pas besoin de machine à voyager dans temps.

— Machine à voyager dans temps ? Qu'est-ce là donc ?

— Connerie, existe juste au ciné. On peut pas construire, pas possible.

— Et pourquoi pas ?

— Ah, je suis musicien, pas technicien.

— Ah, c'est vrai ! Musicien ! Et le jour n'est pas encore fini. Dis-moi donc vite comment la musique arrive sur les disques d'argent et en redescend.

Piotr se fendit d'un sourire.

— Tu as gagné, *przyjaciel*. J'ai beaucoup soif et je sais où aller.

Recordare

> *Inter oves locum praesta,*
> *et ab haedis me sequestra,*
> *statuens in parte dextra.*

Le Blue Notes se trouvait sous une voûte qui aurait fait honneur à un prieuré du Moyen Âge. Les murs et les piliers éclairés de bleu plongeaient le local dans une froide lumière spectrale. Wolfgang n'y vit toutefois, hormis des coudes et des dos, que des lignes luisant de bleu dans un plancher noir et fut heureux que Piotr lui fraie un chemin dans la foule jusqu'à un comptoir également éclairé en bleu. L'air était vicié par la fumée de tabac.

— Pourquoi payer aussi cher pour entrer si c'est pour se trouver ici dans la fumée ?

— Tu vas entendre tout de suite. Super musique.

Dans le bruit ambiant, Wolfgang s'efforça de percevoir quelque chose parmi les bribes de musique qui parvenaient à son oreille. Le regard sceptique, il prit la bière qu'on lui servait.

Soudain, d'autres lumières jaillirent, jaunes cette fois, et elles éclairèrent une petite estrade où trois musiciens prirent place. Wolfgang aurait dû se hisser sur la pointe des pieds pour voir plus que leurs cheveux, mais son pied blessé ne le lui permettait pas encore. Il les entendit accorder leurs instruments. Cela ne s'annonçait pas bien du tout, le piano rendait un son sourd et sans corps comme si une couverture de cheval se trouvait sur les cordes ; on pinçait hasardeusement les cordes de la contrebasse. Des applaudissements déferlèrent et Wolfgang regarda, irrité, autour de lui. Cette musique ne méritait pas d'être applaudie, c'était tout au plus un pêle-mêle de fausses notes qui se succédaient sans le moindre système ! Il se croisa les bras sur la poitrine.

Mais ensuite, de façon surprenante, un superbe son s'éleva au-dessus de l'ensemble, semblable au timbre d'une clarinette, léger et vibrant, fort et souple à la fois, et il se transforma en une mélodie audacieuse. Wolfgang retint son souffle. C'était différent de tout ce qu'il connaissait, délivré de tout ce qui l'avait jusqu'alors limité ! Une joie enfantine le gagna quand il comprit comment cette musique fonctionnait. Il se hissa sur les barreaux de son tabouret de bar pour voir la clarinette enchantée qui produisait ces sons insolemment corporels, voire presque obscènes. Voluptueux et tendrement voilés, ils l'emplirent tout entier. Les yeux écarquillés, il fixa l'instrument étincelant qui semblait être le résultat de l'union entre un cromorne et le ciboire de la Stephansdom. Un cor de basset en or !

— Quelle sorte d'instrument est-ce là ? demanda-t-il à Piotr, tout excité.

— Un saxophone ?

Piotr sourit et tapota, triomphant, sur la petite montre qu'il portait au poignet.

— Minuit est passé, pose plus questions débiles !

En riant, Wolfgang posa le verre sur le comptoir et se glissa plus près de l'estrade. Sax… o… phone. Il observa minutieusement l'interprète et enregistra les particularités de l'instrument scintillant dont le musicien portait encore une version plus courte, d'une tessiture plus haute, qu'il échangeait contre l'autre au besoin. Il sentit des picotements dans son corps, se mit à bouger les doigts et comprit qu'il consacrerait les jours suivants à composer la plus merveilleuse musique pour cet instrument fantastique.

Puis il la vit. L'incarnation de ces sons parfaits. Elle était assise à une petite table haute juste devant la scène et parlait avec sa voisine en soufflant savamment des ronds de fumée en l'air. Il la regarda, subjugué. Ses épais cheveux noirs étaient relevés, son dos simplement couvert de deux rubans noirs qui retenaient sa robe dans la nuque. Il pouvait nettement voir le creux de son dos et il lui semblait passer le bout de ses doigts dessus.

Son visage n'était pas vraiment beau, mais la manière dont elle rejetait en riant la tête en arrière lui fit aussitôt chavirer la raison. Quand elle glissa lascivement un autre de ces nouveaux cigares blancs entre ses lèvres d'un brillant rouge carmin, il ne put faire autrement que se faufiler vers elle.

— Me permettez-vous ?

Avec une galante révérence, il lui prit les allumettes, chercha à se rappeler comment les utiliser, mais dans son excitation la boîte lui échappa. Il se pencha vite et la chercha dans l'obscurité entre les pieds de chaise. Puis il se releva, le rouge aux joues mais sans allumettes.

— Partie ! Enfuie et pfuitt ! Pfoutt !

Le sourire crispé, Wolfgang prit la bougie qui se trouvait dans une coupelle de verre sur la table et la mit sous le nez de la belle.

— Laisse tomber, mon p'tit !

Sans le regarder, elle alluma le cigare sur l'appareil que lui tendait sa compagne et poursuivit sa conversation sans se soucier de lui.

Désappointé, il battit en retraite, jeta un dernier regard sur la superbe nuque, se colla près de Piotr au comptoir et commanda une autre bière.

— T'en fais pas, lui dit le garçon – un Maure aux yeux blancs fantomatiques –, il y en a déjà plein d'autres qui s'y sont risqués. Aux dernières nouvelles, elle est avec le saxophoniste, tu n'as aucune chance contre lui.

Wolfgang encaissa le coup. Avec le saxophoniste ! Fâché, il tendit le cou pour apercevoir le grand échalas blond qui, le regard absent, appuyé sur le piano bleu luisant, sortait les sons le plus divins de son instrument.

— Pourquoi ne jouons-nous pas ici ? demanda-t-il furieusement à Piotr.

— Ici ? Ah, Wolfgang ! Je suis violoniste classique, pas jazzman.

— Ce n'est finalement rien d'autre qu'une question de répertoire.

Irrité, Wolfgang se tourna vers le comptoir et se mit à tambouriner énergiquement sur son verre bleu luisant.

Le bus qui devait conduire Piotr en Pologne partait quelques jours avant Noël. Tout en mettant quelques affaires dans son petit sac noir, le violoniste n'arrêtait pas de donner ses instructions à Wolfgang.

— Porte notes à éditeur ! Tu mourras de faim, sinon ! N'oublie pas encore radiateur dans salle de bains !

Puis, tamisant sa voix et le fusillant du regard :

— Et utilise toilettes !

— Oui, certainement, papa Piotr !

Piotr avait encore du mal à digérer que Wolfgang ait pissé par la fenêtre. La femme inouïe d'en face s'était empressée de le discréditer auprès du concierge de sorte que Piotr se faisait terriblement de souci pour ses bonnes relations dans l'immeuble.

— Et dorénavant, je vais tout à fait bien me comporter, ne pas ouvrir la porte et ne pas laisser des inconnus... Oh, si ! Je le ferai volontiers, avec la plus grande joie, s'il pouvait seulement s'agir d'une dame.

— Idiot ! Où vas-tu, soir de Noël ?

Wolfgang haussa les épaules.

— Je n'arrête pas de considérer si je n'aurais pas le devoir d'aller à la messe pour quelqu'un, du fait que...

— Mais tu dois avoir famille... quelque part.

— Tous morts, dit Wolfgang en souriant. Ainsi, je ne suis, selon toute apparence, redevable à quiconque d'autre qu'à mon créateur, de sorte que je peux tranquillement passer toute une fête de Noël à écrire mon opéra. Tout au plus, si papa Piotr tient à me voir aller à la messe, je m'empresserai de le faire, vite, en toute hâte, à toutes pattes, à carapate, bas les pattes...

— Il faut y aller, Wolfgang ! Au moins à Noël, *przyjaciel*. Tu es tout seul sinon et peux pas fêter fête de notre Seigneur Jésus-Christ.

— Oh, misérable moi ! s'écria Wolfgang en levant théâtralement les bras au ciel. J'ai pourtant eu rien moins que une, deux, trois, quatre, cinq, six, sept, huit, neuf, dix, onze, douze, treize, quatorze, ah, quinze fêtes de Noël dans les – Oh là, quel méchant hasard ! – un, deux, trois, quatre, cinq, six, sept, ah, que dis-je, quinze petits jours passés ! Comment mon cœur et mon âme ne pourraient-ils se sentir lourds le soir de Noël sans *Jingle Bells* et *White Christmas* ?

Il se jeta à genoux devant Piotr en lui tendant ses mains jointes.

— Sauve-moi, Piotr, sauve le salut de mon âme, fête encore avec moi une seule toute dernière fois. Sans ta vielle, mais avec vin et bière à tire-larigot. Fête *Blue Christmas* avec moi. Mon très cher, mon excellent ami Pscheatschil, que cela te soit une obligation !

— Ah, Blue Christmas ! grommela Piotr en lui donnant une légère bourrade. Je sais bien que tu ne veux pas y aller pour bière. Quand femme dans tête, raison s'arrête.

— Et ta raison à toi ? demanda Wolfgang tandis qu'ils marchaient dans la nuit d'un froid coupant.
— Fonctionne. Suis marié six ans.
— Piotr ! Et tu ne m'en as rien dit ! Où la tiens-tu cachée ?
— Chez moi, à Mrągowo.
— Pour quelle raison n'est-elle donc pas ici, auprès de son véritablement fidèle époux ? Quand j'avais encore ma petite femme, qui m'était assurément la plus chère, je voulais la savoir tous les jours auprès de moi.

Piotr baissa pieusement la voix.
— Tu avais femme ?... Morte aussi ?
Wolfgang hocha vigoureusement la tête.
— Morte et enterrée !
— Morte de quoi ? demanda Piotr en baissant la voix et les yeux.
De vieillesse, pensa Wolfgang.
— C'est une longue histoire, triste, funeste, effrayante, sombre, terrifiante. Parle-moi plutôt de ta chère petite femme. Pourquoi te laisse-t-elle partir aussi longtemps ?
— Elle m'a envoyé ici, répondit Piotr en donnant un coup de pied dans un sachet de pain vide. Je préfère maison. Mais ici, je peux gagner plus en trois mois qu'en toute année en Pologne.

Piotr poussa énergiquement la porte vitrée du Blues Notes et Wolfgang le suivit dans le caveau.

Le piano, qui était réellement d'un bleu foncé saturé, dormait déjà dans la pénombre ; quelques tables étaient encore occupées, mais il ne put découvrir nulle part ce qu'il cherchait. Tout cela baignait dans un flux et reflux quasi hypnotique de ces sons étrangers produits, ainsi que Piotr le lui avait expliqué, par une machine, sans nécessiter d'instruments, uniquement par de petites boîtes vibrantes comme il en avait trouvé sur la mécanique de Piotr. Ce dernier lui avait parlé d'oscillations et d'électricité, de cette force, sans doute apparentée au magnétisme, qui avait le pouvoir de faire se mouvoir les métros, d'éclairer, la nuit, la ville comme en plein jour et que Wolfgang n'était pas en mesure de comprendre.

— Ta plus chère ? Certainement celle que l'on voit sur le portrait dans ta chambre. La blonde ?

— Oui, soupira Piotr avant de s'appuyer au comptoir. La plus belle femme dans tout Mrągowo.

Wolfgang les vit tous les deux devant lui, vit aussi le regard sans joie de Piotr et l'observa du coin de l'œil. Mais une porte s'ouvrit alors et il suivit des yeux la chevelure noire qui brillait divinement dans la faible lumière bleutée.

— Et celle-ci est certainement la plus belle femme de tout Vienne.

Puis il reconnut le saxophoniste blond qui posait nonchalamment son bras autour d'elle.

Piotr, qui devait aussi l'avoir observée, jeta un regard sombre à Wolfgang.

— Elle est comme reine de Saba. Et toi, t'es pauvre type !

— Je peux bien lui apparaître comme un pauvre type... mais je dispose de compétences que je me permets de faire valoir comme mes richesses. Le fait que l'on ait supprimé les monarques a donc suffisamment de bons côtés.

La tête haute, Wolfgang marcha tout droit vers le piano abandonné.

Il joua quelques tendres accords, prêt à retirer aussitôt ses mains des touches. Mais contrairement à ses craintes, le piano n'étant ni désaccordé ni défectueux, il s'y installa et commença à tisser une mélodie sur ces sonorités artificielles qui, bien que non sans charme, ne planaient pourtant dans l'air que comme la voix d'un orateur se répétant sans fin auquel depuis longtemps personne n'accorde plus d'attention. Wolfgang fit passer son regard sur les derniers couples étroitement serrés dans les coins, sur le comptoir avec sa quantité incroyable de bouteilles depuis longtemps rebouchées, sur les tables désertées et, pour finir, sur la brillante chevelure noire.

Tout cela reposait déjà dans une sorte de somnolence nocturne, dans un calme donnant à penser que plus rien ne pesait. Et pourtant, il y avait là encore autre chose, une nostalgie, densifiée par les heures, l'essence d'une attente, prête à l'ivresse ou au naufrage, qu'il renvoya maintenant dans l'espace bleu en un thème obstinément montant et descendant, *mi* majeur, qu'il fit presque mourir dans les plus douces modulations pour finalement le ressusciter de plus belle. Il vit Piotr qui s'était retourné

vers lui sur son tabouret et qui l'écoutait. Il vit le
barman noir, la serviette et le verre dans ses mains
inertes, et il la vit, elle, qui se tournait aussi vers
lui, toujours dans les bras du grand dégingandé, et
il lui envoya une variation effrontée en salut. Mais
quand s'arrêta la mécanique qu'il avait intégrée en
basse dans son jeu, la belle était toujours pendue à
son galant. Deux ou trois mesures passèrent, puis
les coups de basse du nouveau morceau issu de la
mécanique déchirèrent brutalement le silence.

Wolfgang se leva, il ne voulait plus jouer là-
dedans. Il envoya un dernier regard à la belle,
remarqua que le barman lui montrait le piano du
menton et s'empressait de couper le son du mécanisme, mais il secoua la tête, s'assit près de Piotr
et chercha sa bière. On applaudit dans les coins,
Wolfgang inclina courtoisement la tête dans toutes
les directions.

Le barman ferma le robinet et glissa à Wolfgang
une bière fraîche.

— Tu joues sacrément bien, mon vieux. T'es un
pro, non ?

Ne sachant quoi répondre, Wolfgang garda le
silence, les yeux fixés sur la mousse de sa bière.

— Eh bien, je retire ce que j'ai dit à propos de ta
chance, dit le barman en désignant le saxophoniste
de la tête. Pour ce qui est de la musique, les choses
ont un peu changé.

Piotr trinqua avec Wolfgang pour le ragaillardir.

— Tu es meilleur pianiste que je connais, *przyjaciel* ! À la tienne et joyeux Noël !

Le logement vide de Piotr donnait des idées noires à Wolfgang et il passa donc toute la journée à errer dans la ville, d'abord en hésitant puis en décrivant de petits cercles autour de la cathédrale, il apprécia le bruit des rues commerçantes, la vive agitation qui lui paraissait presque étrangement familière. Il traversa longuement les parcs hivernaux, évita des personnes qui, montées sur deux roues, passèrent en flèche devant lui sans crier gare, vit d'innombrables petits lits roulants dans lesquels les femmes poussaient partout leur progéniture, resta longtemps indécis devant de larges rues sans pourtant oser les traverser. La roue, à ce qu'il constata, était toujours une roue, même si elle tournait maintenant plus vite que jadis, et le monde ne semblait pas avancer sans cela. Les chevaux lui manquaient. Il se sentait toujours attiré par la cathédrale où des chevaux de fiacre s'ébrouant répandaient leur odeur, le corps fumant – en fermant les yeux, il aurait presque pu se croire à la maison.

Vers midi, dès que la musique dans sa tête demanda instamment à être couchée sur papier, il s'assit dans un café le plus animé possible et sortit son cahier de musique. Après avoir pris l'habitude d'y manger, sa provision d'argent fondait comme beurre au soleil. Le patron d'un restaurant où il s'était produit avec Piotr lui avait offert de l'engager seul aussi. Mais le cachet proposé était si faible que Wolfgang n'y était d'abord pas allé. Il ressentait l'envie de composer, il éclatait littéralement de musique et la pénible transcription lui prenait tout son temps.

Un concerto pour piano avec une voluptueuse cadence de saxophone se trouvait presque achevé sur la table basse de Piotr à côté de deux sonates pour violons qui lui étaient destinées et de quelques petits airs, en fait rien de plus que des notes griffonnées sur un thème qu'il avait entendu dans un grand magasin, et avec également beaucoup d'ébauches, d'idées qui vaudraient à coup sûr pour un opéra. Et enfin, il avait de nouveau réfléchi à son *Requiem*, qui planait toujours au-dessus de lui comme une puissance insoumise, bien qu'il en ait repoussé chaque jour la pensée avec une sérénité grandissante. Car il avait beau se demander pourquoi il se trouvait dans un aujourd'hui qui était en fait un lointain demain et ne lui était pas destiné, il ne découvrait rien qui pût lui donner vraiment de réponse fiable. Il ne pouvait rien savoir avec certitude, ne pouvait rien exclure. Que pourrait-il donc se passer s'il achevait réellement cette *Messe des morts* d'une manière qui rende aussi bien justice à la Terre qu'au Ciel ? S'il se surpassait et se forçait à l'extrême vers ces sons du *Lacrimosa* qui tailladaient son âme avec un tranchant intact, viendrait-il le rechercher, cet archange Michel ? Serait-ce donc alors terminé, sa vie serait-elle achevée, sa tâche remplie ? Et pour finir, l'impensable : avait-il ainsi finalement lui-même la date en main ?

D'un geste énergique, il jeta sur le papier la mesure suivante de l'*Agnus Dei* en s'interdisant ces pensées blasphématoires. Assez ! Il avait à achever cette œuvre non pas parce que le Ciel l'angoissait mais parce qu'il le devait à la Terre et à son honneur avant tout. Il n'aurait pas de repos jusqu'à ce que le minable travail bâclé de cet idiot, qui faisait injure à son nom, disparaisse sous les sons d'une musique véritablement sublime.

— Tu composes comme machine et tu laisses ensuite tout dans coin ! Plein partout ! lui avait reproché Piotr avant son départ et il lui avait noté sur un petit bout de papier jaune l'adresse d'un éditeur de musique.

Wolfgang feuilleta le tas de papiers en désordre. Le violoniste avait raison. L'après-midi même, il se mit en chemin vers la maison d'édition Singlinger avec un porte-documents plein de partitions. Là, on lui demanda de déposer ses œuvres ainsi que quelques renseignements et de se manifester de nouveau en février.

Wolfgang erra alors dans les rues, s'arrêta longuement devant les vitrines de ces grands magasins où des poupées au regard vide présentaient des costumes, des vestes et des manteaux. Si cette étrange mode de longues culottes et de vestes droites lui avait d'abord paru si étrangère au point qu'il n'avait jamais voulu s'en accommoder, elle lui plaisait maintenant de mieux en mieux et, à l'occasion, telle ou telle pièce d'habillement particulièrement belle lui restait même longtemps en mémoire.

Il portait toujours la veste de Piotr et la culotte élimée d'Enno. Dans un tel équipage, il ne réussirait nulle part, il en avait été ainsi de son temps et ça ne changerait pas non plus dans les deux prochains siècles.

Et c'est ainsi qu'il se risqua à entrer : il se trouva parmi des tables et des stands où les vêtements pendaient en ligne sur des tringles, tâta des tissus, examina des boutons et des boucles, prit finalement une chemise blanche avec des boutons en or scintillant et se la plaça devant la poitrine.

— Le rayon des hommes, c'est par là, dit une aimable dame avec des lunettes en lui montrant quelque chose derrière lui.

Wolfgang opina du chef, fixa d'un air honteux le chemisier dans sa main jusqu'à ce que la dame le lui prenne, puis il fit quelques pas hésitants à reculons dans la direction qu'elle lui avait indiquée. Il se heurta à quelqu'un, s'effraya, se retourna en marmonnant une excuse avant de constater qu'il s'agissait d'une poupée de mode. Il se frotta le bras et leva les yeux sur elle. Elle était presque nue, ne portait rien d'autre sur les seins et sur les parties honteuses qu'un fin tulle vert clair fixé sur son corps avec des rubans et des bretelles de la même couleur. Le souffle coupé, il la fixa, puis son regard se déplaça vers la poupée suivante qui portait la même chose en noir. Il baissa promptement les yeux. La simple idée de retirer cela à une femme... Pouvait-il vraiment s'agir de sous-vêtements ? Fasciné, il observa les minuscules pièces de lingerie qui se trouvaient aux pieds de la poupée sur un piédestal, jeta un regard hésitant alentour, mais n'osa tout de même pas les toucher. Il ne put s'empêcher de lever sans arrêt les yeux vers la poupée dont les petits seins fermes luisaient sous le tulle brodé. Une jeune femme passa lentement près de lui, se mit à fouiller parmi les bouts de tissu verts et noirs, en sortit quelques-uns et les examina en détail, s'en plaça un devant le ventre et partit plus loin.

— Puis-je vous aider ?

Wolfgang se retourna en sursaut, revit la dame avec le chemisier et se frotta les yeux. Il lui sembla soudain la voir à travers ses vêtements, jusqu'à sa peau où il aperçut ces excitantes futilités vert clair. *Fa* majeur, ce maudit *fa* majeur frivole ! Il secoua la tête et prit vite la fuite.

Fa majeur ! Tels de petits lutins, des notes vert clair dansaient une ronde exubérante sur une peau nue, s'élevaient en folles enfilades de doubles-croches et cabriolaient malicieusement. Il se mit à fredonner énergiquement, battit doucement la mesure de la main droite et ne retrouva le calme qu'après avoir atteint le rayon des hommes et, dans un énorme effort de volonté, il soumit la musique à un vertueux *andante*.

En hésitant, il caressa du bout des doigts les habits pendus en ligne le long d'un mur, tous gris et noirs, et pensa avec nostalgie à ceux, merveilleux, qu'il avait autrefois possédés. Il en avait eu un splendide en velours vert qu'il avait toujours aimé porter, ainsi qu'un bleu royal en brocart avec un magnifique bordé. Mais le plus beau avait été le rouge qui lui avait toutefois coûté une fortune. Finalement, il trouva tout au bout du mur un portique avec de plus belles pièces, crème, vertes et rouges. Il n'eut pas le temps d'y porter la main qu'un homme se trouvait déjà près de lui.

— Excellent choix, monsieur, tissu mixte facile d'entretien, très agréable à porter. Nous l'avons aussi en petites tailles.

D'une main agile, il sortit un cintre, puis il aida Wolfgang à enfiler l'habit et le poussa devant une glace.

C'était tout de même autre chose que la vieille veste d'Enno ! Wolfgang se tourna, se contempla de tous les côtés. Quelle magnifique couleur, le rouge d'une grenade mûre ! C'est ainsi que devait se montrer un homme respectable.

— C'est une offre à saisir, monsieur, nous faisons quarante pour cent de rabais sur le prix d'origine.

Le vendeur prit une étiquette fixée sur la manche.

— Le costume complet ne fait plus que quatre-vingt-quinze quarante.

Tout heureux, Wolfgang regarda l'homme puis son reflet dans la glace et sentit un sourire sur ses lèvres. Il avait justement sur lui un billet de cent euros. Quelques minutes plus tard, il fut l'heureux propriétaire d'un costume et, pour la première fois depuis longtemps, il se sentit vraiment un homme.

En considération de cet état, il loua pour ses dernières pièces une toyota jaune crème et se fit conduire à la maison, sur un petit bout de chemin, dans la ville qui s'éclairait peu à peu.

D'abord, il n'osa pas regarder par-là. Collée au mur d'une maison comme une apparition, elle lui souriait tandis que de fines bulles d'eau glissaient de son nez le long de son corps, sur ses épaules, sur la naissance de sa poitrine nue, sur ses hanches et pour finir sur son derrière bien formé, si rebondi et si lisse qu'il ressentit aussitôt des picotements dans le ventre et plaça par mesure de sécurité le sachet de vêtements devant son entrejambe. Le cocher toutefois ne montrait qu'une mine endormie sur son siège rembourré et salua un collègue qui passait à côté. Dès la fin de la course, Wolfgang ne put résister à l'envie de refaire le chemin à pied et de contempler encore la femme entièrement nue, certes uniquement du coin de l'œil et depuis l'autre trottoir. En tout cas, les hommes qui passaient près de lui ne se retournaient même pas. En secouant la tête, il prit le chemin de la maison. Dans quelle époque infâme l'avait-on envoyé, où nulle jambe de femme, nulle épaule nue, ni même une femme entièrement nue ne suscitait d'indignation ! Il jeta à la dérobée un dernier regard aux cuisses brillantes, baissa les yeux et se hâta de fuir.

Mais il y avait certes des choses plus importantes que des cuisses nues, même pour aussi nues qu'elles puissent être. Au cours d'une de ses flâneries, Wolfgang avait en effet découvert que le programme de l'Opéra affichait en grosses lettres noires *La Flûte enchantée*. Dès lors, il attendit fébrilement cette date, délaissa Puccini, Wagner et Verdi, renonça même au casse-croûte dans le café, dans le seul but de conserver pour cet événement les trois derniers billets de banque bleus qui lui restaient. Plus d'une fois, il se demanda s'il ne devrait pas se présenter à l'Opéra et proposer ses services que personne d'autre ne saurait évidemment accomplir à sa manière, et si Piotr avait été présent près de lui, il en aurait peut-être eu le cœur. Il ne fit donc rien d'autre que prendre son mal en patience jusqu'au soir en question où il tendit ses billets au caissier. « C'est complet, désolé », lui dit simplement celui-ci et Wolfgang serait mort de désespoir si on ne l'avait pour finir adressé à la caisse des places debout.

Son pouls battait en croches rapides quand il grimpa l'escalier de pierre de l'Opéra et se faufila au bord de la balustrade. La barre de laiton qui séparait les places debout des places assises lui pressait fortement le ventre mais il ne perçut rien d'autre que le clair chant supraterrestre de Pamina qui se débattait dans ses chaînes sur une maigre scène. Quelle voix !

« *Der Tod macht mich nicht beben...* »

Sa Pamina, sa musique, sa *Flûte enchantée* ! Des centaines, non, des milliers, des milliers et des milliers de fois, elle avait dû être jouée ici et il n'avait pourtant mis son nom sur la dernière page que quelques mois auparavant. Mais aucun arbre, aucun buisson, aucun ciel peint ne se voyait dans le décor, seuls deux murs nus marquaient le royaume de Sarastro, une lumière colorée plongeait la scène dans différentes ambiances. Wolfgang frissonna. Ce qui, dans tous les endroits qu'il avait fréquentés les jours précédents, ne s'était révélé qu'un vague sentiment devenait ici tangible, impérieux, réel : il avait devant lui une scène dont l'apparence s'était transformée au point d'en être méconnaissable, les récitatifs se faisaient dans cette langue brève et rapide dont le rythme le heurtait et dont il ne parvenait pas à s'habituer à la maigre sonorité. Sans musique, il aurait été perdu ici, sans repères et étranger. Mais la musique, sa musique, était restée ! On n'en avait pas changé une seule note, tout était produit dans la plus grande pureté et la plus grande perfection. Son temps était venu, le monde était enfin mûr pour sa musique. Et oui, il écrirait un nouvel opéra, une œuvre qui embrasserait les mondes et les temps et, cette fois, il assisterait même au triomphe qui lui serait réservé.

Il vit aussi *La Flûte enchantée* dans les jours suivants, trouva tout au plus quelques toutes petites variations dans l'intonation, tout était presque de la même perfection immuable de sorte qu'il n'aurait guère su dire ce qui différenciait une représentation de la précédente. L'ensemble avait dû répéter incroyablement longtemps. Des jours, des semaines peut-être ! Quel monde merveilleux ! Si l'on accordait autant de temps pour s'exercer aux chanteurs et aux musiciens, il pouvait peut-être lui-même envisager de vivre dans de meilleures conditions. Une œuvre accomplie en prenant tout son temps se trouvait sous une bien meilleure étoile que tout ce qui devait être composé à la va-vite.

Dès que le dernier rideau était tombé et que, dans la cohue, il se trouvait poussé en bas de l'escalier, il se sentait chaque fois, tel un papillon de nuit aveugle aux couleurs, attiré plein d'espoir vers le caveau bleu. Il y restait ensuite assis dans son costume rouge grenat, imaginant sans cesse de nouvelles compositions, réfléchissant à son opéra, s'offrant de la bière avec ses toutes dernières pièces et savourant le souvenir de la nuque nue de sa reine de la nuit, le regard fugace qu'elle avait posé sur lui, le soir où il l'avait saluée avec le piano bleu… Et il savait qu'il devait l'avoir, coûte que coûte. Même si, pour le moment, il n'avait que sa seule musique à offrir.

Bien qu'il ne détestât rien tant que ce genre de requêtes, il fit un effort sur lui-même par un soir misérable, alors que le bar était certes animé mais la scène abandonnée, se dirigea résolument vers le comptoir bleu luisant, s'adressa au Maure du bar, lui expliqua ce qu'il voulait et demanda à voir le propriétaire du local.

Le patron qui avait l'air d'un enfant devenu trop grand dut rentrer la tête en passant la porte.

— Sommes au complet, grommela-t-il sans regarder Wolfgang avant de taper sur sa caisse enregistreuse.

— Cher monsieur, avec tout le respect qui vous est dû…

Wolfgang se plaça sur la barre repose-pieds du comptoir, s'étira le plus haut qu'il put et se mit la main derrière l'oreille.

— Celui qui joue là aujourd'hui est un incapable qui n'entend pas plus la musique que le Malin n'entend la prière du soir. Écoutez donc, là ! Avez-vous entendu ses fautes ? Quoi ? Rien ? Vous n'avez rien entendu ? Étrange…

Le patron pointa le menton en avant.

— Je peux me foutre de ma gueule moi-même.

— Oh, certainement, monsieur, croyez bien que je n'ai pas la moindre petite miette d'un misérable doute, mais je puis vous assurer que je m'y entends incomparablement mieux.

Wolfgang lui fit un bref sourire en coin puis s'inclina légèrement.

— Euh… à jouer, monsieur l'aubergiste, à jouer.

— T'es un super clown, hein ? Mais c'est pas un cabaret ici. Et j'ai plus besoin non plus de musiciens. Presque toutes nos soirées sont programmées et j'ai suffisamment d'intervenants. Ça vaut pas le coup d'en avoir plus dans la semaine pour les quelques clients.

— Eh bien, en supprimant la musique, on ne tarde pas à chasser aussi les derniers, remarqua Wolfgang.

Il regarda avec insistance ce costaud en pull à col roulé noir.

— Je vais jouer trois fois pour vous, juste pour le couvert et la bière. Si vous n'en voyez pas ensuite l'avantage, nous en resterons là et vous pourrez refaire travailler celui-là, dit-il en montrant de son bras tendu le piano endormi. Serait-ce là à votre *gusto* ?

Le patron vint vers lui, le sourcil soupçonneux, le doigt pointé sur sa poitrine.

— Tu penses bien que ça fait longtemps que nous t'attendons ! As-tu une idée du nombre de gars dans ton genre qui n'arrêtent pas de nous solliciter ?

Wolfgang n'eut pas le temps de répondre que le Maure au comptoir se tourna vers l'aubergiste et lui parla, suite à quoi ce dernier se mit à fixer Wolfgang comme s'il le voyait pour la première fois. Il haussa les épaules.

— Bon, d'accord.

D'un hochement de tête, il désigna le piano bleu.

— Il dit que tu t'y connais. Alors fais-nous entendre quelque chose de correct.

Et Wolfgang joua. Il joua ce qui lui passait par la tête. De vieux airs, des nouveaux et les deux à la fois, improvisa de plus en plus audacieusement, oublia le temps et, peu à peu, les places se remplirent autour de lui. Il lui sembla que le local s'animait. Ce n'est que lorsqu'il se leva, la gorge sèche, et qu'il partit au comptoir sous de grands applaudissements qu'il s'aperçut que plus personne n'était assis dans le fond du Blue Notes et que tous les clients s'étaient rassemblés autour du piano bleu. Le patron se tenait aussi parmi eux, le regard au loin, un livre devant lui, les pages ouvertes rêvaient sur la table.

Wolfgang se hissa comme il put sur un tabouret, se sentit alors comme un petit enfant cherchant à grimper sur une chaise de cuisine et se tourna vers le Maure au bar.

— Ainsi, monsieur l'aubergiste peut bien s'imaginer que s'il veut avoir des clients, il lui faut un bon claviériste.

De la tête, il désigna le tenancier derrière lui.

— Voilà, j'ai fait au moins ma partie et j'ai bien gagné qu'il fasse la sienne et m'offre une bière pour étancher ma soif ?

Le Noir acquiesça en riant.

— L'affaire est dans le sac. Je pense qu'il va t'en donner toute la semaine.

Il lui glissa un verre et lui tendit la main.

— Czerny.

Réjoui, Wolfgang prit sa main.

— Moz…s-termann. Wolfgang Mustermann.

— Regarde, Wolfgang, là-bas, c'est Adrian, il est pour nous comme notre musicien maison.

Czerny fit signe de venir à un jeune homme.

Wolfgang se souvint de lui, il l'avait récemment entendu pincer une contrebasse comme une guitare.

— Il vient à jours fixes et il ramène toujours de nouveaux musiciens. Tu devrais discuter avec lui.

Adrian s'approcha, fit un signe de tête à Czerny, tapa dans la main de Wolfgang.

— Vachement bien, mec ! Je m'appelle Adrian. Tu vas venir jouer assez souvent ici, j'ai entendu dire.

Wolfgang risqua un acquiescement et serra la main du bassiste tout en ayant l'impression d'être monté dans le mauvais métro. Musicien dans une boîte de nuit, était-ce là sa vraie destinée ? Ne devait-il pas plutôt se trouver dans la fosse de l'Opéra national et y serrer la main de tous les musiciens à tour de rôle ?

Bon, tout cela devait avoir un sens. Après tout, sans ses errances occasionnelles dans les catacombes sous la ville, il ne serait pas arrivé dans beaucoup d'endroits qu'il avait explorés au cours des semaines précédentes et il y avait certainement quelque chose à découvrir également en ce lieu. Et là où on faisait de la musique, ce ne pouvait pas vraiment être une si mauvaise place.

— Mais tu ne viens pas du jazz, n'est-ce pas ?
— Je, hmm...

Wolfgang jeta un regard désemparé à Adrian. Il se trouvait de nouveau devant un petit tas de mots comme devant une langue étrangère.

— De Salzbourg.

Mal à l'aise, il observa son vis-à-vis.

Adrian hocha la tête.

— Ah, tu as étudié le classique, c'est bien ce que je pensais en voyant la vélocité de tes doigts.

— Les Viennois d'aujourd'hui n'en disposent-ils donc plus ?

Adrian éclata de rire.

— T'es un marrant !

Il adressa à Wolfgang un regard complice.

— Mais sérieusement, reprit-il, parmi les jazzmen qui sont d'habitude ici au piano, aucun ne peut plus faire quelque chose de génial avec la main gauche, n'est-ce pas ? De plus, je n'ai encore jamais joué avec aucun classique qui s'entende bien avec nous.

Quand ils n'ont pas de partition, ils ne savent pas quoi jouer.

Il dévisagea Wolfgang.

— Qu'est-ce que tu fais, sinon ?

— Oh, moi, hmm, eh bien... au petit matin, je me lève, je bois un café afin de pouvoir bien aller au petit endroit, comme ça c'est plus facile pour composer et manger des petits pains ; et en mangeant aussitôt après un petit pain...

— C'est bon, mon gars, pas la peine de me raconter tout en détail. Mais tu sais quoi ? Vendredi nous rejouons ici. Une batterie, ma basse et un trompettiste. Alors, si tu n'as encore rien d'autre en vue... Nous pourrions bien aussi avoir besoin de quelqu'un comme toi.

— Nous devons donner une musique ensemble ? fit Wolfgang en esquissant une révérence. Très volontiers, ce sera un vrai plaisir pour moi. Je viendrai certainement. À quelle heure devrai-je être là ?

— Dix-neuf heures serait parfait. Tiens, je te note mon numéro, au cas où.

— Dix-neuf heures ?

Wolfgang plissa le front, saisit le papier tendu.

— Ma montre n'indique en fait que douze heures...

— Ah, c'est bon ! rit Adrian en lui tapant sur l'épaule. C'est pareil pour moi. Allez ! Salut ! À vendredi !

Wolfgang leva la main en signe d'au-revoir, la porta ensuite pieusement vers sa bière, but et s'essuya la mousse des lèvres. Il se rappela vaguement la perturbation qu'il y avait eue à l'époque chez les Welsches. Ils avaient raté quelques rendez-vous, son papa et lui, parce qu'on utilisait là-bas les horloges d'une manière à laquelle on ne pouvait que difficilement s'habituer. Apparemment, ce n'était pas différent en ce nouveau monde. Il avait l'impression de marcher sur des œufs, il n'arrivait pas à poser un pied ferme par terre, tanguait en produisant sans doute une danse grotesque, dans la crainte perpétuelle que la couche fine pût se briser au pas suivant et le livrer au vide. Si seulement Piotr revenait bientôt pour le conduire sain et sauf sur l'autre rive.

Il était presque midi quand Wolfgang se leva enfin et prit le chemin du café dans des chaussures froides et humides. Frissonnant de froid, il se hâta dans les ruelles, laissant son regard errer sur les étalages des magasins. Il s'arrêta brusquement. Une énorme clé de sol scintillait dans une vitrine décorée pour Noël. Il colla son nez à la vitre, vit des violons, des altos et des violoncelles ; des cloches, des timbales et des trompettes planaient sur toute cette splendeur comme des anges de Noël.

Liebermann & Fils ressortait en lettres d'or sur la haute porte vitrée dépourvue de cadre. Wolfgang entra sans hésiter. L'immense tapis bleu pigeon qui se trouvait sous ses pieds telle une lourde toile à voile n'atténuait que faiblement le craquement des planches. Il y avait une odeur de bois et de vieux papier. Il passa doucement la main sur le vernis d'un piano brillant comme un miroir, plaqua quelques accords. Un timbre fantastique, puissant, clair et plein, et pourtant doux. Quel instrument divin ! Il y a bien un paradis, pensa-t-il en se laissant tomber sur la banquette capitonnée et en faisant glisser sa main sur les touches. Une onde de contentement le parcourut, passa dans ses mains et retentit dans la pièce.

— Le Bösendorfer vous plaît ?

Plaire ! Quelle expression insuffisante ! Il était fantastique, céleste, merveilleux ! En réponse, Wolfgang martela quelques vifs staccatos, puis il regarda en ricanant le vendeur de grande taille. *J. Liebermann jun.*, lut-il sur une petite plaque dorée au revers de sa veste.

— N'avez-vous rien de plus correct ?

Indigné, J. Liebermann jun. redressa le dos et invita Wolfgang à le suivre plus au fond de l'espace de vente.

— Je pourrais encore vous montrer un très beau Steinway, mais il coûte toutefois son prix.

— Combien ?

— Quarante mille, répondit le vendeur en regardant les chaussures crasseuses de Wolfgang.

— Ouuuiiiille, presque quatorze mille deux cent quatre-vingt-dix petites saucisses. On pourrait s'en rassasier longtemps !

— Le Bösendorfer vous reviendrait à vingt-huit, répliqua le vendeur en levant le nez.

— Mais ça ferait tout juste dix mille ? rayonna Wolfgang.

— Certainement pas, nous avons des prix fixes.

— Petites saucisses, précisément dix mille petites saucisses.

Wolfgang passa tendrement sa main sur le porte-partition.

— Malgré tout : trop cher !

— Combien voulez-vous donc mettre ? demanda le vendeur.

À entendre sa voix, on aurait dit qu'il lisait le journal pendant la conversation.

— Pour l'heure, je n'avais rien d'autre en tête que de jouer un peu. De surplus, si ce cher monsieur veut bien, hmm, s'en assurer lui-même, il n'y a – saperlotte, misère ! – rien là-dedans.

Wolfgang mit la main dans ses poches de culotte et les retourna. Du papier froissé, un ticket de métro et deux bonbons gélifiés racornis en tombèrent. Il ramassa le tout, s'essuya les doigts sur sa culotte, s'assit sur le tabouret et fit résonner toutes les touches du clavier. C'était assurément un excellent piano, clair et brillant, mais son timbre velouté, d'une féminité excitante, l'avait encore plus conquis.

— Désolé, monsieur, mais ces instruments haut de gamme sont réservés à nos clients.

— Bonjour, monsieur Liebermann ! retentit la voix affectée d'une femme à l'entrée, qui résonna en Wolfgang et lui provoqua aussitôt un sourire narquois.

— Monsieur, chuinta la voix assourdie de J. Liebermann jun., je vous prie de...

Wolfgang se leva et quitta à reculons le Steinway avec les petites révérences d'un valet de chambre. Il s'inclina de nouveau en passant près de la cliente emmitouflée de fourrures et s'installa avec un roucoulement d'aise au premier piano. Les voix perçantes de femmes étaient toujours bonnes pour des idées musicales ! Et il se lança aussitôt dans un *capriccio* débordant, joua sa voix en contrepoint de celle de Liebermann et y ajouta une basse grondante. Il venait juste de faire sauter audacieusement son idée merveilleusement drôle du *do* dièse mineur au *la* dièse quand des voix énervées lui parvinrent.

— ... n'est pas une salle d'exercice pour des pianistes sans moyens. Demain, il va m'en arriver trois comme ça et je n'aurai plus qu'à faire accorder sans cesse.

— De la sorte, tu n'en trouveras même pas un deuxième. Il ne dérange personne, au contraire, à moi, il me fait plaisir.

— Alors, invite-le chez toi, des types comme ça n'ont rien à faire ici.

D'un pas énergique, J. Liebermann jun. quitta le magasin en jetant au passage un regard mauvais en direction du piano. Stupéfait, Wolfgang le regarda partir.

Quelqu'un soupira doucement près de lui.

— Il ne le pense pas vraiment, le seul qui le dérange vraiment, c'est moi.

Un homme qui s'appuyait sur une canne vint vers Wolfgang et lui tendit la main.

— Liebermann. Senior. Je vous en prie, ne vous laissez pas déranger.

Était-ce la canne ou sa peau qui ressemblait à du bon cuir longuement porté... Quelque chose en Liebermann rappelait à Wolfgang une cordialité depuis longtemps disparue, une sonate, quand l'avait-il composée ? Il dédia un sourire à Liebermann et se plongea dans des variations sur le thème de cet *andante*.

— Bravo, dit doucement mais résolument le vieil homme quand Wolfgang en eut terminé. Fantastique. J'aime Mozart, moi aussi.

— Ainsi donc, vous l'avez reconnu ?

Wolfgang sentit comme la chaleur d'un feu près de lui.

— Certainement.

Liebermann contourna posément le piano en le caressant au passage.

— Ça lui fait du bien d'être correctement utilisé. Sur quoi jouez-vous en ce moment ?

— Oh, sur des banquettes de fenêtre, sur des bords de table, sur tout ce qui se présente.

Le vieil homme eut un bref sourire, puis son regard se fixa sur Wolfgang.

— Sérieusement ? Dois-je comprendre que vous n'avez aucun instrument ?

Wolfgang acquiesça sans un mot.

— Vous ne vivez donc pas de la musique ? Cela m'étonnerait.

— Oh, certes, je ne vis de rien d'autre, elle est pour ainsi dire le sang qui coule dans mes veines !

Wolfgang posa les mains sur les touches et entonna un battement de cœur en *ut* majeur.

— Mais, pour le moment, elle ne remplit que moyennement mon ventre…

Il passa en *fa* mineur, se leva finalement, s'inclina.

— Wolfgang Mustermann, compositeur.

Liebermann émit un marmonnement.

— Com-po-si-teur. Tiens donc !

Il s'assit sur un tabouret et étendit une jambe devant lui.

— Jouez encore un peu pour moi, monsieur Mustermann, continuez à jouer Mozart, il n'y a rien de plus beau.

Il se releva peu après, visiblement avec difficulté, et disparut derrière une porte. Et bien qu'il restât un long moment parti, Wolfgang sentit sa présence près de lui ; il savait qu'il le suivait avec une attention sans partage et qu'il ne lui échappait pas qu'il s'amusait parfois à dévier des notations séculaires.

— C'est malheureusement tout ce que je peux faire pour vous pour le moment.

Liebermann était revenu et tendait un papier à Wolfgang ; il était plus ferme que ce qu'on lui donnait partout et pas aussi blanc non plus. Deux noms suivis chacun d'un long nombre y étaient notés.

— Tenez, vous pourriez donner là des cours. Dites que vous venez de ma part.

Wolfgang humecta un doigt et le passa sur l'écriture bleue. De fait, c'était de la belle encre correcte. Il remercia d'un sourire, s'inclina courtoisement et glissa la carte dans la poche de sa culotte où elle rejoignit les oursons gélifiés.

*

— Ravitaillement !
Jost donna un coup de hanche pour fermer la porte de l'appartement et porta la caisse de bière dans la chambre d'Enno.

— Tiens ! Ah, si vous ne m'aviez pas... Et même toute fraîche !

En se retournant, il vit que d'autres visages s'étaient ajoutés, il y avait là aussi un type à lunettes qui avait l'air myope comme une taupe.

— C'est Gernot. C'est Tom qui l'a amené.
— Salut !

Jost enleva les fringues d'Enno d'un fauteuil et s'y laissa tomber.

— Tu travailles avec Tom ?
— Non, je suis musicien. Pour le moment encore au conservatoire, je passe mon diplôme le semestre prochain.

— Musicien, ah, ah ! Quelque chose de ce genre ? dit-il, la bouteille à la main, en dessinant en l'air un violon.

— Non, je joue du piano, mais mes matières principales sont la composition et la direction.

— Comp...

Jost pouffa de rire en postillonnant un peu de sa bière.

— Enno, t'as entendu ? Un com-po-si-teur !

Enno, assis sur le lit, étroitement collé à une beauté blonde, leva les yeux vers lui.

— Bien, mais alors il ne faut pas qu'il touche au cocktail.

Gernot rentra légèrement la tête dans les épaules.

— Je rigole ! dit Enno.

Il se pencha et lui tendit une bouteille de bière décapsulée ; la condensation y avait déposé une pellicule d'humidité.

— Mais nous avons eu dernièrement la visite d'un soi-disant com-po-si-teur. Il s'est bourré la gueule à fond et nous avons eu vraiment peur de le voir crever. Nous l'avons collé au lit et après il n'a pas arrêté d'écrire des notes jusqu'au lendemain après-midi. Tout un paquet. Pas la moindre idée de l'endroit d'où il débarquait.

— Eh bien, de Steinhof, où pourrait-il avoir été sinon ? intervint Jost. Il a raconté des trucs complètement fous et, pour finir, il a déclaré s'appeler Mozart ! Un sacré numéro, celui-là !

— Mais alors, en tout cas, c'est le premier de tous les Mozart ressuscités l'année dernière qui sache écrire des notes, constata la taupe avec un sourire timide derrière ses lunettes. Ça en jette tout de même !

— Pfff, qui sait ce qu'il a gribouillé là ?

— Eh bien, en tout cas, il pourra certainement nous le dire, lui !

Enno désigna Gernot du menton, se leva et fouilla dans son étagère à livres.

— Ne me dis que tu as conservé cette merde ! fit Jost en se frappant le front. Bon sang, t'es vraiment une daube !

Enno sortit une liasse de feuilles blanches, souffla dessus en envoyant danser des grains de poussière dans la lumière du lampadaire et chercha avec insistance à écraser quelque chose de noir qui se réfugia sous la bibliothèque. Finalement, il fit passer les papiers.

— Voilà, de la part de ton collègue Mozart. Je vais aller voir où en est le chili.

Il tendit la main à la blonde et disparut avec elle par la porte.

Gernot jeta un œil sur les feuillets posés sur ses genoux, passa le doigt dessus. De fait, les portées étaient tirées au crayon, toutes fines au début de chaque ligne, plus larges à la fin. On y avait écrit dessus au stylo à bille, certaines des croches et des doubles-croches étaient tachées. Gernot sourit à la vue de l'autographe d'une authenticité trompeuse, se retira dans le fauteuil près du lampadaire, se plongea dans les notes, s'abîma dans la musique, n'eut plus d'oreille que pour cette composition qui, bien qu'écrite d'une manière presque baroque, avait un son si insolemment audacieux et une telle virtuosité qu'il sentit de nouveau en lui quelque chose le ronger. Non, ce n'était pas de la jalousie, mais seulement de la résignation. Il pressentait que de telles œuvres dont, Dieu merci, il ne pouvait exister beaucoup, l'amèneraient un jour à retourner en Carinthie, dans l'auberge de son père, pour verser du vin et de l'eau-de-vie et écouter chaque samedi soir un joueur de Hackbrett divertir les touristes.

Quelqu'un l'arracha à ses pensées.

— Tu veux rien manger ?

Gernot leva les yeux. Remit ses lunettes en place, rassembla les feuillets et suivit les autres dans la cuisine où, tous debout, ils mangeaient à la cuillère de la soupe dans des bols à café ou des coupes à muesli. Au bout d'un moment, le type près de lui, qui s'appelait Enno, tapota sur le papier.

— Et alors, qu'est-ce qu'il a dans le ventre, notre Mozart ?

Gernot haussa les épaules.

— Rien, naturellement. C'était sans doute un fou, c'est plus ou moins du n'importe quoi.

— Ah, ah, dommage en quelque sorte.

Enno s'enfourna une cuillère de chili.

— Humm, c'est bon.

Gernot sortit une feuille.

— Ce type a vraiment perdu la boule, regarde, il a apposé l'autographe de Mozart en bas.

Il attrapa une bouteille de vin ouverte sur la table, se chercha un verre.

— Tu permets que j'emporte ça, mes potes du conservatoire vont mourir de rire en le voyant.

— Pas de problème, prends ça avec toi si c'est bon pour la poubelle.

Gernot glissa prudemment les papiers enroulés dans la poche intérieure de sa veste. Puis il trouva enfin un verre.

*

À son retour à la maison, Wolfgang avait les jambes fatiguées d'avoir longtemps erré. Toutefois, ce n'était pas la durée mais bien plutôt la nature du chemin qui l'éprouvait, la pierre dure qui, contrairement au sol argileux des ruelles d'autrefois, lui faisait sentir chaque pas. Sur sa route, il avait passé plusieurs stations de métro, s'était cependant toujours promis de s'arrêter à la suivante, sans le faire, bien que Piotr, par précaution, lui eût acheté un abonnement et conseillé d'en faire ample usage. « Sinon, ça vaut pas le coup », avait-il dit. Mais la fatigue n'était rien en comparaison de la crainte que Wolfgang éprouvait de se perdre dans l'obscurité de ces tunnels labyrinthiques et d'en sortir du mauvais côté de la ville.

Il considéra longuement la carte de Liebermann. Il ne parvenait pas à comprendre pourquoi le propriétaire du magasin de musique lui avait noté des chiffres plutôt qu'une adresse. Il réfléchit à ce que ces chiffres pouvaient bien signifier, demanda le lendemain directement à la boulangère si elle était capable de déduire une adresse à partir de chiffres. Mais elle ne fit que le regarder sévèrement en grommelant quelque chose à propos de protection des données. Encore autre chose dans l'océan des termes abscons qui déferlaient sur lui de toutes parts.

Arrivé devant sa maison, il se frappa la tête. Dire qu'il n'y avait pas pensé tout de suite ! Liebermann avait chiffré les adresses tout comme il l'avait si souvent fait lui-même dans sa correspondance ! Il se hâta de grimper l'escalier pour résoudre le problème à l'aide de l'alphabet et de son plan de la ville. Mais il eut beau faire avec les chiffres, les déplacer, les élever à une puissance supérieure, les multiplier, les diviser ou les additionner, rien d'utile n'en ressortit. En ruminant, il balaya le plan de la table. Il s'agissait peut-être donc d'une énigme musicale, d'une épreuve imaginée par Liebermann ? Et de fait, cette deuxième rangée de chiffres rendit une mélodie merveilleusement mélancolique quand il les aligna un par un sur les notes de la gamme en *mi* majeur. Curieux, il procéda avec le nom en tête de la même manière dont, enfant, il l'avait souvent fait avec son père, fit des lettres des chiffres et des chiffres des sons et ajouta un contrepoint à la suite qui en résulta. Grandiose ! Ce Liebermann était un renard. Wolfgang poursuivit la composition avec ferveur jusqu'à se trouver au milieu d'une sonate pour piano tout à fait sublime. Le soir tomba sur le troisième mouvement et Wolfgang dut plisser les yeux pour pouvoir distinguer les portées. Finalement, il se leva pour chercher une bougie, s'arrêta et laissa pendre ses bras, se figea un instant dans la pièce étrangère, dans l'époque étrangère, sentant encore la chaise au creux de ses genoux. Pour finir, il réfléchit, alla vers la porte, appuya sur l'interrupteur, et l'ampoule au plafond plongea aussitôt la pièce dans une lumière de plein midi.

Wolfgang reprit place en soupirant et jeta un œil sur la voix de basse qui par le nombre contrapuntique de Liebermann avait acquis une touche tout à fait particulière, presque insolente. Satisfait, il étira ses jambes. Il passerait certainement la moitié de la nuit à reprendre encore la première des deux séries de chiffres de Liebermann ; ça ne l'étonnerait pas d'y trouver caché un petit trésor de la même sorte.

Dès le lendemain, il se hâta de passer de nouveau la haute porte vitrée aux lettres d'or. Il n'y avait personne dans le paradis musical de Liebermann, seule une voix assourdie provenait d'un bureau. Wolfgang s'assit donc au merveilleux Bösendorfer et esquissa doucement le thème chiffré, puis il y ajouta la deuxième voix. Mais à la place de la sonate qu'il avait imaginée la veille, il se décida pour une fugue, joua un moment à cinq voix et y superposa audacieusement le thème issu de la première série de chiffres de Liebermann, juste au moment où le vieux monsieur surgit près de lui avec sa canne.

— Monsieur Mustermann !

Liebermann appuya sa canne contre un fauteuil et applaudit doucement.

— C'est somptueux !

— Oui, n'est-ce pas ? répondit Wolfgang avec un sourire complice. Nous faisons sans doute une bonne paire, tous les deux.

Il laissa là les touches, se leva d'un bond et tendit la main à Liebermann.

— Maintenant que l'énigme est sans doute résolue à votre convenance, puis-je espérer avoir les adresses ?

Liebermann le regarda sans comprendre.

— L'énigme ? Les adresses ? C'est vous qui parlez par énigmes, mon cher.

Par précaution, Wolfgang afficha un sourire en cherchant vainement le même sur le visage de Liebermann. Quel âge pouvait-il avoir ? Ses cheveux étaient tout blancs, il devait certainement avoir passé depuis longtemps les soixante-dix ans. Était-ce donc étonnant qu'il oublie ce qui lui était venu à l'esprit la veille ? Wolfgang sortit la carte chiffrée de la poche de sa culotte, la déplia et la tint avec un sourire attentionné devant les lunettes de Liebermann.

— Eh bien, certainement, cher Liebermann, mon cher monsieur, vous souvenez-vous de ces élèves que vous pensiez me confier ?

Liebermann prit le papier, y jeta un bref coup d'œil, puis regarda Wolfgang.

— Oui, n'avez-vous donc pas appelé ?

Appelé ? Wolfgang chercha ce mot dans sa mémoire mais rien de convenable ne lui apparut. Appelé... Piotr avait-il déjà utilisé ce mot ? Des pensées, des mots et des sons culbutaient dans son crâne comme dans un tiroir mal rangé.

— Hmm... Eh bien...

Il n'osa pas regarder Liebermann, baissa plutôt les yeux sur le clavier et glissa l'index dans l'intervalle entre *fa* dièse et *sol* dièse.

— Appelé, oui, bon...

— Ah, mon Dieu, vous, les artistes !

Liebermann se leva en soupirant et secoua légèrement la tête.

— Vous ne donnez pourtant pas l'impression d'être aussi timide, monsieur Mustermann.

Il fit signe à Wolfgang de le suivre dans le bureau, y saisit un petit objet noir et tapota dessus. Il devait s'agir d'un instrument de musique, car il émettait de légers pépiements qui auraient plutôt convenu à un jouet d'enfant qu'à faire de la musique. Finalement, Liebermann se mit l'instrument à l'oreille.

— Ici Liebermann, bonjour. Comment allez-vous ?

— Parfaitement, répondit Wolfgang, étonné.

Mais le vieil homme ne le regardait pas, il fixait plutôt un point quelque part au-dessus de la porte.

— J'aurais un professeur de piano pour vous. En avez-vous encore besoin ?

Wolfgang raidit le dos.

— Je peux assurément vous témoigner que mes compétences au piano sont de telle sorte qu'il n'en existe guère qui soient en mesure de m'en remontrer.

Liebermann agita furieusement la main en direction de Wolfgang.

— Le mieux serait d'en parler directement avec lui, je l'ai juste ici près de moi. Un moment, s'il vous plaît.

Wolfgang prit l'objet noir d'une main hésitante, le tint suspicieusement entre le pouce et l'index. L'instrument avait cinq fois trois touches marquées de chiffres, des signes anguleux y étaient notés dans un rectangle vert lumineux, avec au-dessus l'inscription « Siemens ». Wolfgang palpa les touches, appuya prudemment sur le cinq, entendit un pépiement, puis il appuya sur le quatre. L'appareil pépia dans le même simplet *mi* dièse. Déçu, Wolfgang rendit l'instrument à Liebermann.

Celui-ci fronça les sourcils, commença à chuchoter.

— Eh bien, parlez-lui donc, elle n'a encore jamais mangé personne.

— Allô ? dit une douce voix métallique. Allô !

— Bonjour, répondit Wolfgang en collant la chose à son oreille.

— Qui est à l'appareil ? s'impatienta la voix.

Wolfgang écarta la chose de son oreille et la regarda, stupéfait.

— Ça parle, dit-il à l'adresse de Liebermann.

— Allô ! Monsieur Liebermann !

— Non, Mustermann. Je m'appelle Mustermann. Même si je suis assurément aussi un cher homme, ah, ah !

— Qui ça ? Mustermann ?

Une mécanique qui répondait ! Wolfgang la pressa fortement sur son oreille. Cela commençait à l'amuser.

— Mustermann, tout à fait. Wolfgang Mustermann. Compositeur de Vienne. Et toi, quelle machine es-tu donc ?

Liebermann se frappa le front et regarda Wolfgang d'un air hébété. Wolfgang se ravisa. Peut-être était-il souhaitable de s'adresser poliment aussi à un tel appareil.

— Je requiers humblement votre pardon, chère, hmm, dame.

— Auerbach, parvint la réponse d'une voix plus mordante. Je doute que vous soyez la bonne personne pour mes cours de piano. Repassez-moi monsieur Liebermann.

Quelque chose avait mal tourné. Wolfgang tendit l'objet à Liebermann et tenta un sourire tandis que Liebermann parlait à l'appareil d'une voix conciliante et prit ensuite des notes sur un bout de papier. Il conversait réellement avec une personne humaine. Mon Dieu... C'était certainement encore l'une de ces bizarreries, pareilles à la mécanique de Piotr, qui rendaient possibles des choses qu'il avait jusqu'alors tenues pour exclues. Cet appareil était-il réellement en mesure de porter la voix d'une personne qui n'était pas là à un autre endroit lointain ? Il se rappela soudain qu'il s'était récemment étonné à la vue d'une jeune femme qui, toute seule dans la rue, discutait ardemment en tenant toujours quelque chose à l'oreille. Wolfgang lui avait envoyé un sourire de pitié en croyant qu'elle n'avait pas toute sa raison. Instinctivement, il porta encore une fois la main à ses sourcils jusqu'à ce que Liebermann repose l'appareil.

— Vous êtes vraiment un drôle d'oiseau, Mustermann. Vous ne pouvez tout de même pas parler ainsi à une Auerbach. Estimez-vous heureux qu'elle comprenne la plaisanterie, dit-il en lui glissant un nouveau papier dans la main. Allez la voir et comportez-vous correctement. Elle vous paiera certainement vingt euros la leçon.

Wolfgang quitta docilement le bureau derrière Liebermann, se retourna tout de même encore et prit l'étrange appareil. Qu'y avait-il donc vu écrit ? S-I-E-M-E-N-S. C'était facile à se rappeler. Il en sourit de contentement. La prochaine fois, il devrait se montrer sans faille.

Wolfgang comptait les jours jusqu'au retour de Piotr. Le petit calendrier qu'il s'était fabriqué avec une feuille de papier ressemblait au mur d'un cachot. Il y portait soigneusement au début d'une ligne le nom de chaque jour nouveau et y notait le soir, avant d'aller au lit, ce qu'il avait composé dans la journée. Il y avait inscrit en rouge ses engagements du soir au Blue Notes qui le reliaient comme des fils tenus à ce nouveau monde vacillant au-dehors. Et, tout comme il se glissait avec précaution chaque matin à la fenêtre pour vérifier que rien n'avait changé depuis la veille au soir, il s'assurait aussi plusieurs fois par jour que l'écriture rouge ne s'était pas effacée d'un instant à l'autre. Tout lui semblait possible, plus rien n'était assuré.

Il avait certes noté au jeudi la date du cours à donner chez Mme Auerbach, mais une semaine plus tard que convenu. Il savait qu'il ne serait pas en mesure d'y aller aussi tôt. Une fois qu'elle l'aurait entendu, elle serait certainement disposée à lui pardonner cette petite inexactitude.

En revanche, il attendait avec grande impatience la prestation avec Adrian et ses amis. Car depuis deux jours son argent avait été complètement dépensé de sorte qu'il n'aurait même pas pu s'acheter un petit pain sec, sans parler du goûteux gâteau aux pommes qu'il s'était souvent offert au petit déjeuner la semaine précédente. Dans la froide armoire à provisions de Piotr ne se trouvaient plus que ces quelques boîtes de conserve qu'il appréhendait d'ouvrir depuis qu'il s'y était coupé le pouce. Et il ne toucherait certainement plus les pâtes dont Piotr avait prétendu que c'était un jeu d'enfant de les cuire. Que pouvait produire ce feu que l'on ne voyait pas ? Il avait essayé de les cuire dans l'eau chaude qui s'écoulait de la conduite à toute heure du jour et de la nuit. Mais ainsi, il pouvait tout au plus se faire un petit noir avec la poudre de café magique de Piotr ; les pâtes étaient juste devenues une bouillie dégoûtante qui lui avait laissé un pavé sur l'estomac quand, poussé par la faim, il s'était tout de même résigné à les avaler.

Comme il était tout aussi peu envisageable de se rendre dans une auberge ou à l'Opéra, Wolfgang resta à la maison, mangea des soupes en boîte et des sardines à l'huile et se força à travailler. Il avait poussé la petite table de Piotr sous la fenêtre, celle depuis laquelle il s'était soulagé, et, en jetant un œil au dehors, son regard rencontrait de vieux toits d'ardoise bombés. Un coup d'œil furtif lui donnait l'illusion agréable d'être chez lui. Il lui arrivait parfois le soir d'oublier que de douces boucles brunes ne l'attendaient pas sur les oreillers d'à côté et il croyait de temps à autre entendre les pleurnicheries d'un enfant qui se refusait au sommeil. Il sursautait alors et mettait en marche la mécanique, bravait le poison bruyant de la solitude qui menaçait de lui ravir les sons de la tête.

Il travaillait ainsi jusqu'aux heures encore sombres du matin. Quand il éteignait finalement la lumière en pensant que c'était le moment où il avait autrefois l'habitude de se lever, il sentait sa gorge se serrer. Il fermait le rideau pour ne pas avoir la lumière du réverbère. Sa nouvelle habitude provenait sans doute uniquement de la lampe de bureau qui éclairait comme en plein jour et le tenait éveillé, différemment de la lampe à huile d'autrefois dont la lueur nerveuse lui donnait le sentiment d'une vie à son côté. Ou même de la bougie insolente qui s'était tous les soirs glissée dans ses compositions avec sa flamme de lutin vacillante pour – une fois le travail effectué – se faire plus petite de la même manière que ses yeux se faisaient eux aussi plus petits, invitant ainsi au repos de la nuit dans un dernier signe de fatigue.

Un matin, alors que Wolfgang avait l'impression d'avoir enfin réussi à trouver le sommeil, il fut réveillé par le cliquetis attendu du trousseau de clés de Piotr.

— Quelle joie, Piotr ! Mon cher ami Pscheatschil. Te voilà donc de retour, sain et sauf, Dieu soit loué ! J'espère que ton voyage n'a pas été trop pénible ?

Avec un soupir de fatigue, le violoniste se laissa tomber dans un fauteuil.

— Roulé vingt heures, cinq personnes dans Golf. Ai besoin café, maintenant !

Piotr se leva, fit couler de l'eau dans la bouilloire et prit le bocal de café vide. Il émit un grognement, ouvrit la porte du réfrigérateur et en sortit la dernière boîte d'un vague cassoulet à demi pleine. Il se retourna lentement et regarda Wolfgang comme s'il examinait un animal exotique.

— C'est tout ce que t'as laissé ?

Wolfgang fit un grand sourire.

— Petits pois, haricots, lentilles font péter le trou du cul !

— Mais y a plus de café ici. As-tu acheté nouveau ?

— Ah, cher Piotr, très cher ami, mes circonstances sont momentanément telles que je me suis vu contraint, à tout dire, de penser à ton retour avec la plus grande impatience.

— Quoi ?

Wolfgang sentit une onde de chaleur le traverser en lisant l'incompréhension sur le visage de Piotr. Naturellement, le Polonais rentrait juste de son pays, il n'avait parlé pendant des jours et des jours dans aucune autre langue que la sienne et il n'était apparemment pas doté du don de passer sans problème d'un idiome à l'autre.

— Regarde, Piotr, on ne fait rien avec rien, n'est-ce pas ?... J'ai dû acquérir du nouveau linge de corps et faire toutes les autres dépenses nécessaires, bref, cela n'a pas suffi.

— Mais tu avais gages plus de trois cents euros. Et engagement chez Italien. Qu'as-tu fait ?

— Ah, Piotr, n'as-tu pas dit toi-même que ce Welsche était une crapule et un bon à rien de surcroît ? Pourquoi se commettre avec quelqu'un de la sorte si l'on prétend être un honnête homme ? Le peu que l'on pourrait en gagner n'en vaut pas la peine.

— C'est mieux avoir moineau dans main que canari sur toit.

— En aucune façon ! J'aurai bientôt toute une cage pleine d'oiseaux ! Dadaramdam, dadadadaramdamdam – daram, daram, daramdamdam... Tu vas être réjoui d'entendre que tout a pris un bon cours et que j'ai trouvé un emploi et d'autre part...

— Emploi ?

— Très certainement, concernant ce local, le bleu où tu m'avais conduit.

— Au Blue Notes ? Dans caveau à jazz ? Par Dieu, Wolfgang !

— C'est un excellent endroit, on n'a qu'à pianoter quelques morceaux en laissant librement jouer son imagination, il ne s'agit donc pas d'un travail mais d'un plaisir à bon marché. Et de bière à volonté. De plus, on est très heureux là-bas de m'entendre jouer et on m'apprécie. Tu devrais venir une fois avec moi, Piotr, mon cher ami, ça te fera aussi du bien de t'amuser gentiment.

— J'ai déjà dit que je suis pas jazzman.

Wolfgang se leva d'un bond, fila vers la table, feuilleta ses partitions des jours précédents.

— Patience, mon ami, tout est permis là-bas, et j'ai déjà quelques petites compositions pour toi.

Tout radieux, il tendit à Piotr ce qu'il avait composé après sa prestation dans le caveau bleu. Quelques fantaisies audacieuses qui conviendraient bien au talent du violoniste pour les parties lentes et ne révéleraient pas son incapacité à produire un jeu véritablement libre.

— Combien ils donnent cachet, là-bas ?

— Oh, Piotr, cher ami, pourquoi se soucier de ce pénible argent si nous pouvons trouver notre joie dans la musique. Achetons du café et fêtons ton retour !

Piotr lui rendit les partitions en secouant la tête, un papier en glissa et tomba par terre. Le billet de monsieur Liebermann ! Wolfgang se pencha vite et le glissa de nouveau dans le paquet.

— De plus, cher ami, j'ai eu dernièrement la grande joie de rencontrer un très galant homme. C'est un marchand d'articles de musique, un vrai connaisseur et un véritable ami, ce qui me vaut d'avoir tout de suite deux élèves par sa recommandation.

Wolfgang observa prudemment Piotr du coin de l'œil avant d'ajouter :

— Ainsi m'en a-t-il assuré, ce cher monsieur Liebermann, en pensant certainement à m'aider encore avec une autre recommandation.

— Des cours de piano, hmm. Tu dois trouver autre travail, Wolfgang, c'est honte sinon. Tu es meilleur pianiste que je connais... Mais bon, c'est début, au moins jusqu'à attraper canari.

Piotr insista pour que Wolfgang l'accompagne chez ce dédaigné tenancier de moineaux en déclarant une maladie comme cause de son absence. Ils firent le tour de tous les établissements où Piotr avait jusqu'alors joué, mais à la fin ils ne récoltèrent que quelques maigres engagements pour les semaines suivantes. Par-dessus le marché, Piotr, à la grande déception de Wolfgang, était loin de partager son enthousiasme pour le costume nouvellement acquis.

— Je t'ai dit : après Noël, beaucoup plus difficile pour travail. On ne doit pas donner argent pour bizarre costume quand on a pas engagement.

— On ne peut que difficilement en obtenir un si l'on ne se soucie pas de son apparence. D'autre part, c'était une occasion !

Piotr fronça le nez.

— Tu ressembles à maître d'hôtel avec ça. Tu es musicien, pourquoi tu achètes pas costume noir ? Ou gris au moins ?

— Mais tout le monde circule ainsi, avait répondu Wolfgang en caressant l'étoffe fine.

— Tu n'es pas tout le monde. Va échanger cette horreur !

Fâché, Wolfgang avait pourtant tenu à garder ce tissu de couleur vive et avait ainsi réussi, comme Piotr dut le concéder plus tard, à ce que, malgré sa petite taille, personne n'oublie de le voir au moment de la distribution des pourboires. Cependant cela suffisait souvent tout juste au nécessaire et Wolfgang voyait bien que Piotr surveillait avec méfiance ses dépenses. Le cachet du Blue Notes se révéla aussi plus maigre que ce que Wolfgang avait espéré, mais il bénéficiait maintenant d'une entrée libre tous les soirs et Czerny le gratifiait de bon cœur avec de la bière et des petits plats dont il profitait amplement tant qu'il n'avait pas d'autres obligations. Il se sentait bien là-bas. Le bourdonnement incessant des voix et la musique étaient propices à la composition, le piano était tout à fait correct – il s'y installait même assez souvent tard le soir alors que les derniers noctambules prenaient le chemin du retour et il oubliait le temps jusqu'à ce qu'il ne restât plus que Czerny. Le barman noir était l'un de ces auditeurs dont l'attention était si entière et si véritable qu'elle pouvait sublimer le jeu du pianiste.

Avec l'aide de Piotr il s'habitua si bien au métro qu'il perdit peu à peu son appréhension de ces dragons infernaux et, alors qu'un soir il se trouvait dans l'un d'eux pour aller au Blue Notes, il se plongea soudain si profondément dans un *adagio* de Schubert qu'il venait d'entendre qu'il laissa passer la station. Il faisait sec, l'air était inhabituellement tiède et le ciel n'avait pas encore perdu complètement sa couleur. Wolfgang décida donc de retourner à pied à la station ratée.

La région lui était étrangère ; comme il n'avait pas son plan de la ville sur lui, il marcha au petit bonheur dans la pénombre des rues en notant leurs noms pour pouvoir s'y retrouver à l'avenir. Soudain, il s'arrêta. Quelque chose dans cette rue lui parut étrangement familier. Des véhicules stationnaient étroitement serrés entre des troncs d'arbres et, en levant les yeux vers les cimes nues qui se détachaient spectralement dans la lumière des lampadaires, il en fut certain : ce devait être la rue d'Enno ! En son temps, il avait regardé ces branches noueuses, il se rappelait aussi une pancarte d'un rouge vif. Ses partitions ne devaient donc pas être loin. Trouverait-il la maison ? Dans sa quête, il alla de porte en porte jusqu'à découvrir enfin l'entrée de la maison grisâtre aux maigres ornements.

Il dut attendre que les phares d'une toyota éclairent la sonnette en passant. Courageusement, il y posa son doigt. Personne n'ouvrit. Il sonna encore, repartit finalement dans la rue.

Le soir suivant, il refit le même chemin, avec cette fois, par mesure de précaution, le sac en plastique blanc d'Enno même s'il n'avait certainement pas besoin d'un prétexte.

Quand il eut sonné, une voix inconnue lui répondit, sortie d'une petite boîte métallique comme celle qui se trouvait à l'entrée de la maison de Piotr.

— Je sollicite très poliment de pouvoir entrer, étant donné que j'aurais quelque chose à remettre à monsieur Enno et…

Le déclic de la porte l'interrompit et il grimpa l'escalier en espérant que Jost ne serait pas chez lui. La porte de l'appartement était entrebâillée, il avança à tâtons sur les planches craquantes du couloir. Une faible lumière brune l'environna, et, comme venue de loin, planait là une douce musique tout à fait merveilleuse, une simple mélodie, telle une ligne, libre, détachée, au-delà de toutes les harmonies.

Mais Wolfgang s'arrêta subitement et jeta un regard troublé autour de lui. Un étrange sentiment de stupeur le saisit et, si on lui avait alors demandé en cet instant précis d'où il venait ou ce qu'il voulait, il n'aurait pas su quoi répondre. Rien de ce qu'il voyait ne lui était familier. Où se trouvait-il ? Et comment était-il arrivé en cet endroit ? Son cœur battait à tout rompre. Tout ce dont il se souvenait, c'était d'avoir mangé une soupe à midi avec Piotr. Et maintenant ? Il lui semblait avoir été placé soudain à un endroit on ne peut plus étranger.

Une tendre voix, vibrante et mélodieuse, le fit sursauter. Et d'un coup, il reprit ses esprits, comme si l'on avait ouvert un rideau.

— Enno n'est pas encore là.

Une mignonne femme était sortie de la cuisine. Son fin nez, recourbé vers le bas, lui donnait l'apparence d'un petit oiseau. Ses yeux étaient deux pierres noires, ses longs cheveux brun foncé étaient retenus sur son front par un tissu à motif.

Il lui sembla qu'il venait de se réveiller et un sentiment de joie le parcourut. Une joie pure et claire à propos de cette femme qu'il ne connaissait pas le moins du monde. Il répondit à son regard, se figea, un peu trop longuement. Découvrit un sourire, aussi petit qu'elle-même, plongea son regard dans les yeux exotiques, n'osa pas s'approcher. Était-ce la femme d'Enno ou même celle de Jost ? Ou simplement la servante dont on avait tant regretté l'absence dernièrement ?

— Es-tu un collègue d'Enno ?

— Je, euh, vous demande pardon, dit Wolfgang en s'inclinant. Je m'appelle Wolfgang Mustermann. Enno a eu la bonté de m'aider dans une gêne temporaire... avec quelques affaires dont je n'ai plus besoin.

Il tendit le sac en plastique à la femme aux yeux en amande, sentit la chaleur de ses doigts en effleurant sa main.

— S'il vous plaît, veuillez me recommander à lui avec mon merci le plus obligeant pour sa générosité. J'étais monté ici dans l'espoir de faire moi-même ma visite à monsieur votre époux, toutef...

— Monsieur mon époux ? Enno ? Dieu m'en garde ! C'est juste une coloc' ici. Nous sommes quatre... Enno, Jost, Barbara et moi.

Elle hésita, son regard était un *glissando* en chaudes couleurs lumineuses.

— J'ai fait du thé. Enno ne va sûrement pas tarder à rentrer.

Elle désigna la cuisine de la tête. La seule pensée du thé l'épouvanta mais il l'aurait suivie même si elle lui avait proposé de l'eau de lessive.

— Et... Jost ? demanda-t-il par mesure de prudence avant de réfléchir à ce que pouvait bien signifier le mot « coloc ».

Elle jeta un œil sur une minuscule montre à son poignet et prit une tasse qui se trouvait retournée sur l'égouttoir.

— Il rentre le plus souvent vers six heures, il devrait donc en fait être déjà là depuis un bon moment.

Wolfgang resta planté sur le seuil de la porte ; son regard se glissa le long de son magnifique dos droit, caressa ses épaules. Il s'enfonça nerveusement l'ongle du pouce dans la paume.

— Pourrais-je... revenir une autre fois ?... Pour le thé ?

Elle sourit !

— Pas le temps ?

Wolfgang leva vite les mains.

— J'allais justement me mettre en route pour mon travail et comme il y a longtemps que je voulais lui rendre cela, l'idée m'est venue de lui demander une chose dont j'ai un besoin urgent.

— Ah, ah ! De quoi s'agit-il ? Je peux peut-être t'aider.

— Eh bien, le fait est que j'ai terminé une composition dans cette maison qui est la vôtre et que je l'ai oubliée étant donné que mon retour chez moi a dû se passer de façon un peu trop rapide.

— Une composition ? Hmm, es-tu musicien ? demanda-t-elle d'un air qui pouvait tout aussi bien marquer la moquerie que l'intérêt. Et où travailles-tu ?

— Dans un caveau, pas très loin d'ici. Un endroit tout à fait singulier où tout est entièrement bleu, mais on y joue une musique qui...

Elle acquiesça rapidement.

— Le Blue Notes, je connais.

De nouveau son regard, il était posé sur lui comme une main qui ne voulait pas lâcher, et son cœur se mit à battre *vivacissimo*. Elle baissa ensuite timidement les yeux, détourna la tête et affecta de jeter un coup d'œil dans la cuisine.

— Des partitions se remarqueraient ici. Où les as-tu laissées ?

— Là-bas, répondit-il en montrant la porte derrière laquelle il avait dormi, dans la chambre que l'on a eu la si grande amabilité de me laisser pour une courte nuit et j'étais…

— Oh, mince !

Elle pinça les narines, se mit les mains sur les hanches et recula d'un pas.

— C'est toi le clodo que ces idiots finis ont laissé dormir dans mon lit ! Et tu oses te pointer ici après avoir pissé dans ma tasse de thé ! Espèce de porc !

Wolfgang blêmit d'un coup.

— Je vous demande pardon, je… la cause en est que j'étais sans doute tout à fait persuadé que c'était un pot de chambre et…

— Un pot de chambre ? Tu dérailles, non ? Fiche-moi le camp !

En agitant les bras, elle chercha à le chasser de l'appartement.

Wolfgang resta sur place. C'était donc la femme dont il avait occupé la chambre. Instinctivement, il se rappela le parfum évanescent, se représenta son corps entre les draps pourpres et crut sentir sous ses doigts une peau douce et duveteuse. Un sourire éclaira son visage.

— Certainement pas avant d'avoir rassemblé mes partitions !

En quelques pas il fut dans la petite chambre, puis il jeta un regard sur le secrétaire et commença à fouiller dans les papiers.

— Eh, ça va pas, non ? Laisse ça ou j'appelle la police.

Elle lui décocha un coup de coude étonnant qui le fit tituber et tomber sur le lit. Devant lui se dessinait la courbe de ses fesses sous l'étoffe brillante de sa jupe ; il sentit une bête s'élever en lui, s'effraya et, haletant, se releva du lit avec ce qu'il lui restait de maîtrise. Sans plus rien dire, il quitta l'appartement et claqua la porte derrière lui.

Non, il ne reviendrait plus jamais là, il ne se laisserait pas encore une fois jeter dehors. D'un pas ferme, il marcha dans la rue. Il écrirait de nouveau cette maudite partition ou il l'oublierait simplement ; de toute façon, ce qu'il avait écrit ce matin-là était depuis longtemps obsolète, dépassé par des idées beaucoup plus audacieuses. Pour le seul *Agnus Dei*, il avait écrit quatre versions dans les semaines précédentes parce qu'il était sans cesse assailli par des impressions dont la vivacité faisait déjà pâlir ce qu'il venait d'écrire. Cependant, tout en marchant, il se sentit de plus en plus accablé par une tristesse rongeante. Était-elle due aux compositions restées là-bas ou au thé de la femme-oiseau qui commençait déjà à lui manquer ?

— Piotr, quelle heure est-il ?

Piotr jeta un œil sur sa montre-bracelet.

— Trois heures et demie. Tu demandes ça déjà dix fois aujourd'hui.

— Bon, la cause en est que je ne veux pas manquer l'arrivée de dix-neuf heures.

— Tu as encore trois heures et demie temps.

— Ah, voilà ! C'est bien ce que je pensais. On compte donc jusqu'à la vingt-quatrième heure, qui est au milieu de la nuit, et ensuite on repart au début avec la première.

Wolfgang, accroupi par terre devant la table basse, avait l'intention d'écrire un solo de trompette pour la mise en ambiance du soir mais ce solo lui donnait du fil à retordre. Cependant, la mélodie ne le lâchait pas, elle continuait à se déployer, retentissait avec un timbre de basson jusqu'à ce qu'il remarque qu'il avait enfin trouvé une voix de bois véritablement digne pour le *Confutatis*.

— *Voca me cum benedictis*.

— Quoi ?

— Le basson. Dans le *Confutatis*.

— Tu dis de nouveau grande sottise.

— Mais oui, ce doit être ainsi – au milieu de la nuit et ensuite on reprend depuis le début, toujours douze mesures – hmm, hmmmmm, hmm… !

Profondément satisfait, Wolfgang prit le soir le chemin du Blue Notes, le seul qui lui fût maintenant familier aussi bien à pied qu'en métro et qui, dans son imagination, serpentait comme un ruban bleu dans une partie de la ville devenue si gigantesque. Chaque fois qu'il en avait le temps ou la hardiesse, il se risquait à s'en écarter en quelques escapades, d'abord petites puis s'élargissant peu à peu jusqu'à se trouver de plus en plus assuré dans les rues et les places avoisinantes.

Le salut d'Adrian fut chaleureux et le comportement des deux autres musiciens lui donna à penser que l'on se rencontrait entre amis pour organiser simplement une légère musique de chambre.

Étonné de voir que personne ne portait de partitions sur lui, Wolfgang dévissa le tabouret vers le haut, vérifia la hauteur du siège, et continua à dévisser consciencieusement.

Adrian déposa avec précaution sa basse contre un pilier.

— Georg a proposé de ne jouer ce soir que des choses portant des couleurs dans le titre, tout sauf bleu parce que sinon il va finir par vomir ici. J'en suis.

— Eh, c'était juste pour rire !

L'homme qu'Adrian avait appelé Georg était assis sur une chaise au bord du podium ; il avait tiré sa manche de pull-over sur sa main et astiquait sa trompette avec.

— Et alors, c'est amusant, non ? Des propositions ?

Personne ne répondit. Czerny glissa un plateau sur le bord de l'estrade.

— *Black Coffee*.

Le troisième musicien qui était en train de visser ses tambours jeta un regard à la ronde.

— *Black Nile !*
— *Schwarzbraun ist die Haselnuss*[1].

Georg gémit.

— Arrêtez, les gars, ça ne donnera rien.
— *Mood Indigo*, dit Adrian avec un large sourire.
— Mauvais joueur. *Quand refleuriront les lilas blancs.*

Adrian agita les hanches, attrapa sa basse et se mit à chanter d'une voix de fausset :

— Mon petit cactus vert...
— Vous déraillez tous, faites ce que vous voulez, dit Georg.

Puis avec un signe de tête à Wolfgang :

— Alors, nous allons jouer tous les deux *Black Nile*. OK ?

Wolfgang sourit à la ronde, s'inclina légèrement.

— Si je puis me permettre, messieurs, il me semble que dans ce groupe chacun voudrait s'efforcer dans l'art du jeu libre, ce qui me sera aussi un vrai plaisir pour peu qu'on veuille bien m'en interpréter un tout petit bout, une toute petite mesure, une toute petite bribe mesurée, je m'en arrangerai certainement.

Wolfgang remarqua le regard que le trompettiste envoya à Adrian.

---

[1]. « La noisette est brun noir » est une chanson populaire allemande du dix-neuvième siècle. Entre autres versions, elle a été reprise en 1977 par le Golden Gate Quartet.

— Il débloque, là ?

Adrian leva une main conciliante, commença doucement par une mesure chuintée et joua une suite de notes pincées, le batteur s'y joignit aussitôt en frottant de son balai un splendide rythme décalé sur les tambours. Fasciné, Wolfgang hocha la tête et introduisit la mélodie, à peine l'eut-il saisie, très légèrement et doucement, joua un contrepoint de la main gauche qu'il plaça audacieusement dans le rythme et déplaça de-ci de-là. Finalement, il céda la place au trompettiste, accompagna son jeu et il en alla ainsi à tour de rôle, chacun se mit un moment en évidence avec son instrument jusqu'à ce que tout se fonde de nouveau dans un ensemble.

Wolfgang sentit ses joues rougir, exécuta des cabrioles de plus en plus audacieuses, telles les pirouettes d'un enfant, et il eut l'impression d'éclater dans ce foisonnement d'idées que le jeu lui inspirait. À l'accord final, il rejeta la tête en arrière en poussant un cri de joie.

Le bar avait beau être plein, Wolfgang ne perçut qu'à peine des silhouettes sombres dans la lumière bleue tamisée, la scène était devenue un espace clair d'où, avec les trois musiciens, il envoyait ses sons dans la nuit. Ils jouèrent d'autres morceaux, chacun se mettant en évidence à tour de rôle, jusqu'à ce que ce fût à lui.

— Eh bien... messieurs...

Avec entrain, Wolfgang fit un tour de manège sur le tabouret, révélant à chacun de ses passages rapides devant les touches une mesure du solo transcrit l'après-midi.

— J'ai eu dernièrement une idée mais comme je pouvais cependant l'utiliser pour une autre certaine chose où je suis engagé, je ne l'ai pas notée pour vous.

Il jeta un regard interrogateur à la ronde.

Georg plissa le front, mais Adrian saisit son instrument et joua une ligne de basse en pinçant les cordes.

— Un peu *strange*, mais pourquoi pas ? Bon, fais voir la suite.

Wolfgang mena le thème dans ce rythme fascinant qui le saisissait tout entier, lui ajouta une autre voix, puis une autre encore, une quatrième et une cinquième et les fit chacune chasser l'autre, les laissa se mêler et se dénouer de nouveau, se cabrer et s'arrêter pour donner aux autres l'occasion d'entrer en jeu. Mais personne ne le fit, le silence s'établit dans le bar, Adrian s'était déjà tu depuis longtemps et Wolfgang poursuivit, enchaînant les temps forts qu'il faisait se heurter comme le rythme le faisait avec les temps et les contretemps.

Quand il eut terminé, il y eut un tonnerre d'applaudissements, le public poussa des cris et il entendit son nom retentir si fort qu'il en fut effrayé.

— Wolfgang de Salzbourg... aujourd'hui au piano pour nous !

La voix d'Adrian se frayait un sillon dans les applaudissements, toutefois elle ne provenait pas de la scène mais des deux grosses boîtes qui s'y dressaient de chaque côté. Wolfgang se leva, s'inclina courtoisement et fit quelques pas curieux de côté, vers l'objet qui ressemblait à un porte-partition coupé et dans lequel Adrian avait parlé. Il l'examina en détail, tapota dessus. Des pas éléphantesques traversèrent la salle.

— Quelle est donc cette étrange chose magique que vous avez là ?

Horrifié, Wolfgang se recula quand sa voix lui revint de façon troublante par tous les côtés. Des rires éclatèrent et Adrian lui prit le porte-partition.

— T'es vraiment un guignol ! dit Adrian en lui tapant sur l'épaule et en lui montrant la salle du regard. Mais t'es sacrément calé. Allez, continuons à jouer.

Et les idées de Wolfgang fusèrent. Avant d'avoir joué la fin d'un morceau, il en avait déjà deux nouvelles en tête. Il n'avait certes pratiquement jamais manqué d'inspiration, mais il lui semblait maintenant être arrivé à une source d'autant plus bouillonnante qu'il y puisait.

— Une bière ne me déplairait pas maintenant, déclara-t-il quand Adrian leva finalement les mains en riant et mit sa basse de côté.

Wolfgang retira de son front ses mèches trempées de sueur. Il suivit les autres au comptoir où un monsieur noblement vêtu se trouvait entre deux remarquables beautés blondes qui buvaient du vin pétillant dans des verres à long pied. Wolfgang attrapa résolument une bière.

— Ouf ! fit Adrian en se glissant sur le tabouret près de lui.

Puis, lui montrant les dames scintillantes, il lui dit en baissant la voix :

— Dans une prochaine vie, je serai aussi manager ou quelque chose du genre et j'en aurai trois de cette sorte.

— Dans une prochaine vie ?

Wolfgang se figea, oublia de respirer et fixa le bassiste avec de grands yeux.

— Ainsi... tu es... tu peux...

Il chercha ses mots, ne put cependant sortir aucune phrase.

— Quand ?

— Malheureusement, les chiffres et moi, ça fait deux. Donc, rien à espérer de ce côté-là, dit Adrian en se penchant en avant pour avoir une vue dégagée sur les jambes des dames à côté de lui.

Wolfgang se hissa sur un tabouret. De quel siècle Adrian pouvait-il bien venir et dans lequel s'en irait-il ?

— Tu es venu en voiture, là ? demanda soudain le bassiste.

— Je... euh... J'ai une carte d'abonnement pour le métro.

— Mais là, il est fermé maintenant. Si t'as loin à aller, je vais te ramener chez toi.

Wolfgang acquiesça, soulagé. Ils vidèrent leurs verres, attendirent que Paul ait rangé ses instruments, portèrent les caisses par une sortie de derrière et chargèrent le tout dans la toyota de Paul qui stationnait là. Des flocons blancs mouillèrent les cheveux et le visage de Wolfgang. Il suivit le bassiste, heureux de ne pas devoir retourner chez lui à pied. L'asphalte était trempé de neige mouillée, les semelles d'Adrian y laissaient brièvement leurs empreintes. Finalement, Wolfgang rassembla son courage et retint le bassiste par la manche.

— Adrian, mon cher ami, s'il te plaît, je veux, non... je dois te demander quelque chose... Voilà, écoute donc... ta prochaine vie, comme tu disais... quelque chose de certain t'est-il déjà réservé ? demanda-t-il à voix basse.

— Ma prochaine vie ?

Wolfgang fit oui de la tête en attendant sa réponse mais son espoir commençait déjà à fondre quelque part à ses pieds.

— Ah, ah ! C'est amusant, n'est-ce pas ? Qui aimerais-tu être dans une prochaine vie ? demanda-t-il avec un pauvre sourire.

— Hmm, répondit Adrian sans s'arrêter de marcher. Musicien, quoi d'autre ? Mais avec des parents riches. Et toi ?

Wolfgang demeura perplexe. Combien de vies avait-il encore ? Et pouvait-on choisir ?

— Une vie qui ne serait pas celle d'un musicien ne devrait certainement pas être la mienne. Même si je m'en souhaite une qui me réserve moins de désagréments que maintenant.

Adrian le perça du regard.

— Je ne peux pas croire que tu sois aussi miséreux que tu veux bien le montrer. Avec le talent que tu as !

Il chargea sa basse à l'arrière de sa voiture et pria Wolfgang de s'asseoir à l'avant.

— Attache-toi, s'il te plaît.

Adrian se passa une large ceinture sur le ventre et la fixa au siège dans un clic.

Wolfgang se mit à chercher le même genre de ceinture de chaque côté de ses genoux.

— Là-haut, dit Adrian d'une voix neutre.

Wolfgang lui envoya un sourire gêné.

— Je te demande un peu d'indulgence, seulement je ne m'y connais pas dans ces toyotas...

En soupirant, Adrian indiqua d'un regard insistant le côté de la voiture jusqu'à ce que Wolfgang découvre enfin la ceinture et la tire vers le bas. Mais à peine l'eut-il lâchée qu'elle repartit vers le haut. Finalement, Adrian se pencha sur lui, tira la ceinture et la fixa d'un coup.

— Ce n'est pas une Toyota, mais une Volvo, fais attention à ce que tu dis !

— Oh ! Une volevo ? Une volo même ? Elle vole donc aussi ? s'écria Wolfgang en s'agrippant ostensiblement au siège. Oh là, je suis le volevogang. *Volglio un volo* dans une volvo. Ah !

Il écarta les bras et commença à brailler cet air atroce qu'il avait dernièrement entendu dans un bar italien, en l'agrémentant de pets sonores :

— Vooooooooolare... prrrtt... cantare... prrrtt... nel blu... prrrt... dipinto di blu... prrrtt...

Adrian secoua la tête.

— Dis-moi, tu ne m'as pas encore précisé où tu te produis, sinon. Je veux dire, quelqu'un comme toi joue dans une tout autre ligue. Je n'arrête pas de me demander si tu ne joues pas au con ici et si tu ne te fous pas de nous sous un faux nom. En réalité, tu fais partie des très grands, non ?

Wolfgang se gratta le nez. Son portrait, quand bien même réalisé à une époque où il n'avait pas existé et donc avec une trop grande fantaisie, s'exposait partout sur les affiches de concert, les livres et les boules chocolatées. Adrian l'avait-il reconnu ?

— Eh bien, hésita-t-il à répondre, qu'en penses-tu ?

Il risqua un regard prudent vers Adrian.

— Comme tu peux le voir et donc te l'imaginer, vouloir t'en assurer et le vérifier, m'examiner, considérer, t'en persuader certainement, je suis tout mais assurément pas parmi les plus grands. Par conséquent, Piotr, qui en ces jours est mon bon, mon cher ami et camarade, a découvert que ce ne sont aucunement deux mètres, ni un mètre quatre-vingt-dix, ni un mètre quatre-vingt, ni aussi un mètre soixante et onze, ni même un mètre soixante et un. Non, il m'a mesuré un mètre cinquante-neuf, même si j'ai un tout petit peu soulevé les talons, ce qu'il n'aurait certes pas remarqué, Piotr, car il a beaucoup de délicatesse. Ainsi puis-je, le cœur pur et la conscience tranquille, prétendre de moi être l'un des petits. Donc il pourrait tout au plus se faire que je... sois... disons... Mozart ? Le Mozart volant ? Le Volvozart ? Si bizarre ? Quel hasard !

Il se mit à rire à en faire trembler son ventre.

— Ah, ah, ah ! Oui, je pourrais bien être lui... Tu veux certainement m'entendre dire que je suis Mozart, ce rouspéteur, cette tête de chien et tête de bois.

Il jeta un regard angoissé au bassiste.

Celui-ci esquissa un sourire.

— OK, alors plutôt pas, je te laisse tranquille. Ce ne sont pas non plus mes affaires.

Puis après un petit rire.

— Mozart !

Wolfgang s'enfonça dans son siège, tira sur son sourcil et scanda du pied le rythme des éclairs de lumière que les lampadaires envoyaient à travers les vitres sur le visage d'Adrian.

Le cliquetis d'une petite flèche verte rompit le silence.

Adrian arrêta la voiture au bord du trottoir. Le grondement se tut. Wolfgang sentit encore un moment le regard du bassiste posé sur lui puis il laissa passer l'occasion.

Wolfgang hurla.
— *La... Do* !
Et encore une fois :
— *La... Do* !

Il leva les bras en l'air, gesticula fougueusement, mais la femme sur la scène n'arrivait pas à produire les sons corrects, chantait *la... fa* dièse, toujours *la... fa* dièse et il lui criait : *La... Do* ! Il s'aperçut alors que ce n'était ni la voix d'une femme ni celle d'un castrat. À chaque son produit, de minuscules disques d'argent sortaient de sa bouche comme des bulles de savon, s'élevaient en l'air et retombaient finalement en pluie sur le sol.

— *La... Do !*

Wolfgang s'arrachait les cheveux d'impatience.

— *La... Do !*

Dans un bond téméraire, la personne qui chantait se jeta tout droit dans la fosse d'orchestre.

— *La...* Tabout ! Wolfgang !

Les décors s'effondrèrent.

— Debout, Wolfgang, tour à toi pour chercher petit déjeuner.

À moitié réveillé, Wolfgang se recroquevilla sous la couette, mais Piotr ne le lâcha pas.

— Déjà huit heures.

— Oh, Piotr, ne sois pas un tel monstre.

Engourdi de sommeil, Wolfgang s'assit dans le lit et se frotta les yeux.

— Suis pas monstre mais j'ai faim.

Wolfgang bâilla. Il se rappela le papier que Piotr avait collé deux jours plus tôt sur le buffet de la cuisine et qui fixait précisément les jours et les heures auxquels chacun devait aller chercher les petits pains, faire le repas ou le ménage.

— Ainsi, il n'y a plus de pain à la maison ?

Piotr fit signe que non. Il était déjà habillé, correctement rasé et se promenait la bouilloire à la main.

— Bon, je ne vais donc pas faillir à ma tâche nécessaire et je vais aller vite chercher tes petits pains ; toutefois, te serait-il possible, mon très cher

Piotr, mon meilleur ami, de m'aider avec quelques toutes petites pièces ?

Piotr s'arrêta, la bouilloire à la main, et se tourna vers Wolfgang. Ses yeux avaient rétréci.

— Mais tu avais engagement hier, dit-il.

Puis, baissant la voix, il ajouta, comme se parlant à lui-même :

— Tu as déjà dépensé tout l'argent, nuit dernière ?

— Nullement ! Certainement pas, je n'ai pas utilisé le moindre misérable kreuzer, Piotr !

Wolfgang tira de sous un coussin la chemise qu'il portait la veille, examina les plis et s'efforça de les lisser.

— Seulement, on ne m'a pas encore payé. Ce que le contrebassiste, qui est véritablement un honnête homme, va certainement très bientôt réparer.

— As-tu adresse de ce collègue ?

— Ah, Piotr, un homme peut-il cacher son véritable cœur quand il te tend la main et parle avec toi ? Quand la musique lui est un ami ? C'est pourquoi il n'a pas pu dissimuler sa courtoisie et tu peux bien me dire crétin s'il n'en avait pas. Sois sans crainte, Piotr, il a un véhicule à lui et j'ai pu jouir de son hospitalité et de suffisamment de bière jusque tard dans la nuit.

Piotr fronça les sourcils.

— Sois plus prudent avec ces gens. Trop de bière donne mauvais caractère.

Il alla vers la porte, chercha ses chaussures.

— Tu as pas besoin bière, tu as besoin argent. Et la maison d'édition ?

— La maison d'édition ?

Oh, Dieu, la maison d'édition ! Il aurait dû s'y présenter depuis des semaines.

— Oui, certainement, Piotr, la maison d'édition, j'y ai tout porté bravement.

— Et alors ?

— Eh bien, il faut laisser le temps nécessaire, on ne doit pas non plus trop précipiter les choses si l'on veut se montrer sous un bon jour.

— Idiotie, tu y vas, aujourd'hui, juste après petit déjeuner.

Sur ces mots, Piotr lui lança sa veste à la tête, chercha un billet de cinq dans son porte-monnaie et le tendit à Wolfgang avec une petite carte bleue.

— Qu'est-ce là ?

Wolfgang examina l'étrange chose. C'était encore plus petit qu'une carte à jouer et dans cette matière dont était fait tout ce qu'il ne connaissait pas. On y voyait trois petits pains souriants avec des traits noirs en guise de bras et de jambes.

— Prends ça, c'est carte réduction boulangerie au coin, va là-bas.

— Et à quoi ça sert ?

— C'est carte réduction, tu connais pas ? Tu achètes pain pour trente euros et tu as baguette gratuite.

— Piotr, nous n'achèterons jamais du pain pour trente euros ! Qui le mangerait ? Il faut aussi penser aux économies. Une telle offre ne peut avoir de sens que si l'on en tire un certain avantage.

— Pas d'un coup, idiot ! On doit montrer carte et collectionner. C'est enregistré sur carte toujours quand tu achètes, valable toute l'année.

— Ah !

En acquiesçant, Wolfgang glissa l'argent et la carte dans la poche de sa culotte. Il trouverait bien quelqu'un pour tout lui expliquer. Et d'ici là, il n'avait juste qu'à acheter des petits pains.

Justus Singlinger nettoyait ostensiblement ses lunettes en regardant les partitions de Wolfgang étalées sur un imposant bureau noir.

— Belle écriture, dit-il d'un air distrait avant de s'éclaircir la voix et de lui montrer une page écrite avec aisance, nous aimerions en faire un recueil pour des élèves pianistes de niveau avancé. Pourriez-vous retravailler cela en conséquence et le compléter par des choses plus simples. Disons, encore cinq autres morceaux plus faciles pour deux mains et un pour quatre mains ?

— Une école de piano ?

Wolfgang regarda l'éditeur puis les papiers. On voulait bien de ces petites ritournelles pour grands magasins ? Quelle horreur ! Ce n'étaient que des gamineries, il avait dû les glisser par mégarde dans son porte-documents.

— Il y a là aussi deux excellents concertos pour piano. Ils devraient être bien plutôt à votre convenance.

Singlinger grogna en balançant la tête.

— Avec ce genre de chose, ce ne sera pas facile. Ne le prenez pas mal, mais vos concertos sont très exigeants. Et d'autre part...

— Très exigeants ? répliqua Wolfgang en avalant ces mots comme du jus de citron. Il faut pourtant bien souhaiter que la musique ait une exigence, faute de quoi elle est alors fade et vide, sans esprit, pour des gens qui ne savent pas écouter.

— Certes, monsieur Mustermann, certes. Ce ne serait pas là non plus le seul problème. Mais ce que vous avez composé, ressemble, hmm..., eh bien... un peu trop à Mozart.

— Un peu trop à Mozart ? Formidable ! Un peu trop à Mozart !

Wolfgang éclata de rire, se tapa sur les cuisses, en eut les larmes aux yeux.

— En quoi Mozart est-il un problème ? N'est-il pas l'un des plus grands compositeurs de tous les temps ?

— Pas de demande, monsieur Mustermann, pas de demande. Je suis moi-même l'un de ses plus fervents admirateurs. Mais pour une telle musique il n'y a plus de marché aujourd'hui. Et ce que vous voulez au final, c'est gagner de l'argent.

Wolfgang se leva d'un bond.

— Mais on joue Mozart partout. On pisse même sur son rythme dans les toilettes du métro.

— Sur celui de Mozart, oui. Parce qu'il est une icône et que ses œuvres sont inséparables de sa personne. Mais ce sont les œuvres de Mozart et pas les vôtres, monsieur Mustermann ! dit l'éditeur en passant sa main sur les partitions étalées. On ne jouera pas les vôtres, même si elles sont excellentes et sonnent cent fois mieux que celles de Mozart. Parce que vous n'êtes pas Mozart.

Il se radossa, marqua une courte pause et ajouta d'une voix plus basse :

— Détachez-vous de lui, monsieur Mustermann, et vous aurez un avenir brillant devant vous.

Wolfgang s'affaissa sur sa chaise rembourrée qui ressemblait au fauteuil de boudoir de sa belle-mère ; il se frotta les cuisses et fit passer alternativement son regard sur ses notes et sur Singlinger.

Il avait envie de lui lâcher la vérité mais à quoi bon ? Deux cents ans ! Il pensa à la toute première représentation de *Così fan tutte*. Personne n'avait voulu voir l'opéra, personne n'avait compris l'œuvre, tout le monde l'avait considérée comme immorale et cynique. Pourtant, à l'époque, il avait mis en scène rien d'autre que la vérité. Et maintenant, cet opéra dédaigné était donné continuellement sur toutes les scènes. Quel fou il avait été de croire que le public serait enthousiaste s'il continuait exactement là où il avait dû s'arrêter, juste parce que tout tournait encore autour de la musique qu'il avait composée il y avait bien longtemps. Deux cents ans. Les gens n'étaient plus les mêmes, ils ne connaissaient pas le monde qu'il avait connu et écoutaient sa musique comme on ouvre des conserves, pour se plonger un moment dans le goût d'un temps passé. Pouvait-on leur en tenir rigueur ? Ils s'accrochaient à ce dont ils avaient l'habitude.

Comme cela avait été différent à son époque où le public voulait toujours entendre les toutes dernières nouveautés. Et n'était-ce pas la raison de sa présence ici ? N'y avait-il pas suffisamment de friches à cultiver, une musique réellement nouvelle à créer, qui serait entendue au lieu de tomber en poussière ? D'un bond, il se leva et rassembla ses partitions.

— Monsieur, vous aurez votre école de piano… et beaucoup plus encore ! J'ai abondamment d'idées pour cela. Ainsi, je pourrai certainement en recevoir profit très bientôt, n'est-ce pas ?

Wolfgang eut l'impression d'entendre Singlinger légèrement soupirer quand ce dernier lui glissa un formulaire sur la table.

— Je vous prends dans notre pool d'auteurs, monsieur Mustermann, et je vais vous envoyer un contrat. Si vous m'apportez d'ici la fin du mois quelques morceaux utilisables, je pourrai peut-être vous accorder une petite avance.

Quand Wolfgang quitta la maison d'édition, le soleil l'aveugla si brusquement qu'il en éternua. Il ouvrit sa veste jusqu'à la poitrine et laissa le soleil briller sur sa chemise, pensa à son père qui l'avait familiarisé dès le plus jeune âge avec ces lois qui, du temps de son ancienne vie, l'avaient énervé au plus haut point, qu'il avait même si souvent souhaité pouvoir faire définitivement voler en éclats quand bien même elles lui avaient toujours servi de repères et de points d'ancrage. Et maintenant ? Comme s'il avait soudain débarqué d'un bateau sans terre en vue, il dérivait dans un canot beaucoup trop léger, dans la houle. Tant de chemins l'attendaient, tant de possibilités, tant de libertés. Il marcha d'un pas lourd dans la rue et le sol tangua sous ses pieds.

Confutatis

*Confutatis maledictis,
flammis acribus addictis,
voca me cum benedictis.*

D'une manière ou d'une autre, il avait dû perdre du temps, il en manquait comme si on lui en avait volé un bout. La ville bleuissait déjà. Avait-il dormi ? Affalé sur un banc de parc, il remarqua qu'il avait froid, prit quelques inspirations avant de s'orienter. Il ne connaissait pas cet endroit. Quand il se mit en route, les paroles de Singlinger lui revinrent comme en rêve, fragments vaguement émergents après le réveil. Ses partitions ! Il repartit vite en courant vers le banc de pierre, chercha dessus, dessous et à côté. Les avait-il laissées chez Singlinger ? Il courut vers la maison d'édition, surpris d'en connaître le chemin, mais elle était déjà fermée. Finalement, il trouva le porte-documents gris près d'un platane en face de l'entrée de la maison d'édition et il décida de ne plus perdre son temps à penser à des idées perdues.

Il avait bien d'autres soucis : comment allait-il expliquer à Piotr pourquoi il rentrait de nouveau les mains vides ? En fait, il avait eu l'intention de rendre visite à mademoiselle Billa et de se gagner la bonne humeur de Piotr avec assez de bière, du pain et du jambon. Le mieux, décida-t-il, serait de ne pas se montrer tout de suite à Piotr mais de partir directement au Blue Notes. Czerny lui avait demandé d'intervenir le soir : un collègue, le pauvre garçon, s'était brisé les doigts en refermant la porte d'une toyota. Czerny lui fournirait certainement un bon souper – et même une avance, avec un peu de chance.

Le barman noir semblait faire partie des meubles, il était déjà là quand Wolfgang surgissait avant l'heure, se rappelait chaque client et restait jusqu'au départ du dernier. Apparemment, il n'avait pas de jour de repos et Wolfgang n'aurait pas été étonné d'apprendre qu'il logeait sur un matelas sous le comptoir. Ce jour-là encore, dès que Wolfgang eut frappé, il vint vers la grande porte vitrée et l'ouvrit.

— Déjà là de si bonne heure ?

— J'étais justement dans les parages et j'ai pensé : Pourquoi ne pas aller là-bas au plus vite et tenir un peu compagnie à cet excellent Czerny ? Je pourrais donc déjà jouer quelque chose, si cela ne te déplaît pas.

— Bien sûr que non, je m'en réjouis.

Le cœur soulagé, Wolfgang s'installa sur le tabouret. Le fait de ne pas devoir le remonter l'emplit d'une nostalgie bienfaisante et, ainsi tranquillisé, il posa les mains sur les touches.

Jouer au Blue Notes était comme une promenade en forêt, reposant et vivifiant à la fois. Car Wolfgang n'y faisait finalement rien d'autre que jouer librement sur un thème qu'il avait composé un jour tout en imaginant au plus profond de lui de nouvelles compositions tout à fait différentes et de plus en plus audacieuses. « Ça travaille dans l'arrière-chambre tandis que le musicien joue bravement ses concertos dans la pièce de devant », avait-il un jour expliqué à Constanze en se tapant sur la tête.

Les paroles de l'éditeur résonnaient en lui comme s'il lui avait enfin accordé la permission si longtemps espérée d'enfoncer toutes les portes qu'il n'avait jamais osé ouvrir et derrière lesquelles, il le savait depuis sa plus tendre enfance, se cachaient des mondes entiers de sonorités. Ainsi absorbé, il ne remarqua Adrian que lorsque celui-ci lui tapa sur l'épaule en lui désignant sa basse d'un regard interrogateur. Wolfgang le laissa avec joie l'accompagner sur quelques mesures et lui ouvrit ensuite une petite cadence. Ils continuèrent à jouer ensemble jusqu'à ce qu'une odeur de rôti rappelle sa faim à Wolfgang et ils partirent alors tous les deux au comptoir.

— Dis-moi, tout ça, c'était encore de toi ?

Le doute se lisait dans les yeux d'Adrian.

Wolfgang rit.

— Eh bien, il devait bien avoir aussi un peu du vieux Mozart !

— T'es vraiment un phénomène ! Ce que tu as joué hier, c'était du reste prodigieux.

— Hmm, hier, laisse-moi me rappeler...

— Eh bien ce, hmm... dammm-dida, dabidda di dadamm...

— Ah, oui, certainement, je l'avais presque oublié.

Il jeta un regard reconnaissant à Czerny qui posa une assiette devant lui, puis il saisit sa fourchette et s'attaqua à ses knödels fumants.

— Mais tu devrais transcrire ça, mon pote, c'était tellement bon !

— Tu as raison, mon ami, on devrait avoir un papier pour le noter rapidement. Toutefois, c'est assurément plus facilement imaginé que transcrit.

Adrian alla vers l'estrade, fouilla dans son étui, puis revint au comptoir avec du papier à musique.

Wolfgang prit une feuille et esquissa ce qui lui était venu à l'esprit en rentrant chez lui, la veille. En relevant pensivement la tête, il aperçut la brillante chevelure noire et son cœur changea de rythme. Il ignora qu'il ne battait plus maintenant que des noires au lieu des doubles-croches de la dernière fois, rassembla tout son courage et se dirigea vers sa table, les jambes en coton.

— Mon compliment, mesdemoiselles, les salua-t-il en s'inclinant d'abord devant elle puis devant sa compagne. Pourrais-je peut-être aujourd'hui espérer avoir l'insigne honneur de pouvoir vous inviter, mademoiselle, à un verre de bon vin ?

Sans le regarder, elle répondit :

— Nous ne sommes pas intéressées. Nous avons déjà ce qu'il nous faut.

Avec une boule à l'estomac, une autre dans la gorge et encore plus de coton dans les jambes, il repartit au comptoir et vit Adrian et Czerny échanger un regard.

— Pourquoi prendre cet air-là ? Elle ne veut pas, voilà tout.

Adrian grimaça.

— Tu n'arriveras à rien comme ça.

— Et, d'après toi, comment devrais-je m'y prendre ?

— Eh bien…, fit Adrian en examinant la veste de Wolfgang. Il vaudrait peut-être mieux ne pas mettre ce genre de costume !

Il était minuit quand Wolfgang rentra à la maison. Dans la lueur de sa petite lampe de lecture, Piotr, assis sur le lit, les jambes croisées, releva le nez de son livre. Les ombres partageaient son visage en mont et vallée noire.

— C'est trop tard pour travail maintenant !

Le ton de Piotr était rude, voire mordant.

Wolfgang sourit faiblement en cherchant une explication sur le visage de son ami. Il ne comprenait parfois la façon de s'exprimer du Polonais qu'après l'avoir un peu mieux regardé.

— Mon travail est depuis longtemps terminé.

— Ah bon ? Tu as terminé travail, hein ? répondit Piotr d'une voix brutale. J'ai travaillé seul aujourd'hui !

Wolfgang sursauta. L'engagement chez le Welsche !
— Oh, mon Dieu, Piotr !
Il se laissa tomber si fort sur le canapé que celui-ci le renvoya en l'air.
— J'ai oublié ! J'ai tant de travail dans la tête que ma tête ne travaille plus.
En riant, il se balança d'avant en arrière sur le canapé.
— Pourtant tu devrais me féliciter parce que j'ai si bien travaillé, joyeusement joué et que j'ai transcrit beaucoup de compositions pour mon ami Adrian.
— C'est même ami qui a pas payé prestation ?
— Ah, Piotr, je t'assure que je n'ai rien d'autre en tête que mon argent, mais on doit d'abord se faire les bonnes relations et j'aurai bientôt de la monnaie sonnante. Regarde...
Il tira de sa poche le billet que le patron du Blue Notes lui avait donné.
— Elle sonne déjà. Elle sonne bien, n'est-ce pas ?
Piotr soupira.
— As-tu entendu comment sonne aubergiste quand je viens sans pianiste ?
Pianiste. Piotr accentuait toujours ce mot sur le premier *i*, de sorte que Wolfgang pensait chaque fois automatiquement que l'instrument dont il jouait devait s'appeler Pia.
— Dis-lui que le PIA-nist a dû jouer sur la Pia, il le comprendra certainement. Ah, ah, car celui qui connait la Pia arrive tout de suite en courant. Le PIA-nist qui est auprès de la Pia.

— Arrête, c'est pas drôle, Wolfgang. C'est déjà troisième fois. Tu sais que je compte sur toi.

— Piotr ! Allez, ça ne se reproduira certainement plus, je promets une amélioration, je jure sincèrement de m'amender, je le promets haut et fort.

— Pas parler ! Faire !

Piotr referma bruyamment le livre qu'il avait sur ses jambes, se remonta la couverture au menton et éteignit la lumière.

Wolfgang resta assis sans rien dire, sentit le canapé continuer à faire ressort sous lui et fixa les contours qui commençaient à se détacher peu à peu de l'obscurité. La troisième fois. Que voulait dire Piotr ? Il ne se rappelait pas avoir déjà fait faux bond au violoniste. Il se glissa vers la fenêtre, observa les derniers yeux éclairés des maisons d'en face et eut pendant un moment l'impression de planer dans le vide. Quelque chose, au plus profond de lui, le rongeait avec ténacité et lui faisait savoir qu'il eût été injuste de traiter Piotr de menteur.

*

— Bonjour, Gernot !

Le professeur Michaelis retira ses lunettes, tendit la main à l'étudiant emprunté et l'invita à prendre place de l'autre côté de son bureau.

— Avez-vous avancé dans votre travail ?

— Je... euh... oui bon, j'ai réfléchi au sujet de ces symphonies, voilà, hmm, c'est un sujet que tant d'autres ont déjà traité pour leur diplôme de fin d'études et alors, bon, j'ai pensé à autre chose que je ferais plus volontiers.

Il posa sa serviette sur ses genoux et commença à répartir des liasses de papiers sur le bureau.

— Vous voulez changer de sujet ? Mais c'est beaucoup trop tard.

— Voilà, expliqua Gernot sans se laisser démonter, il s'agit du *Requiem* de Mozart.

— Le *Requiem* de Mozart ? Mon Dieu, mon Dieu…

Il arrivait de temps à autre qu'un étudiant bute sur un projet et le rejette mais il avait vraiment envie de savoir ce qui pouvait bien avoir provoqué ce revirement des plus curieux. En tout cas, ce Gernot ne semblait plus souffrir d'un manque d'assurance.

— Êtes-vous sûr de ne pas viser un peu trop haut ?

Gernot ignora l'objection et lui glissa des papiers marqués de couleurs.

— J'ai pensé notamment à un remaniement des parties manquantes, bon, pas tout l'ensemble, mais je me suis proposé d'en prendre trois en exemple, à savoir la rouge ici, qui est la version de Süßmayr, la jaune, qui concerne des ébauches connues de Mozart, et la verte ici, celle-là, voilà, c'est celle que j'ai faite à partir de tout ça…

— Un moment, ne nous emballons pas.

Le professeur écarta les papiers. Le *Requiem* de Mozart recelait certes des possibilités inépuisables d'étude, toutefois une refonte faite par des étudiants équivalait à ses yeux à un sacrilège. Il l'aurait en tout cas autorisée à ceux qui se faisaient remarquer par leur talent extraordinaire... mais Gernot n'en faisait pas partie.

— Un remaniement. Et selon quels critères ?

— Eh bien, il devra se trouver au plus près de l'intention réelle de Mozart...

— C'est ce que tout le monde veut faire, Gernot. Le problème est simplement que Mozart a emporté son intention dans la tombe.

Cela devrait remettre les choses en place, ce Gernot n'avait rien d'un compositeur doué d'un talent exceptionnel et il échouerait probablement comme chef d'orchestre, mais jusqu'alors il n'avait jamais été prétentieux.

Michaelis prit la feuille du dessus et la survola, puis il s'arrêta et la lut plus à fond. La relut. Prit une feuille après l'autre et examina les voix soigneusement menées tout en entendant l'étudiant remuer sur sa chaise. Le *Requiem* de Mozart... Il n'y avait pratiquement rien d'aussi sacré pour Robert Michaelis. Il y sacrifiait une grande partie de son temps, en connaissait chaque note. Ils étaient déjà si nombreux à avoir essayé d'achever cette *Messe des morts*... et ils avaient tous échoué. Personne à part Mozart lui-même ne serait en mesure de vraiment l'achever.

Et maintenant, ces notes se trouvaient devant lui...

Il abaissa les feuilles.

— C'est bon, Gernot. C'est même très bon. Excellent.

Il marqua une pause, vit le jeune homme rougir.

— Et maintenant, mon cher, dites-moi qui a écrit cela.

Gernot se tut.

— J'ai… voilà…

— Arrêtez, Gernot ! Nous savons tous les deux que jamais de la vie vous n'en seriez capable. Je ne vous en veux pas de vouloir vous parer des plumes d'un autre, mais je vous en veux certainement de me prendre pour un idiot.

Il attendit vainement une réaction.

— Écoutez, je vais vous faire une proposition. Nous allons oublier cette histoire et je vous aiderai à réussir honnêtement votre examen avec votre sujet initial. Mais révélez-moi maintenant qui a écrit cela.

Gernot garda obstinément le silence.

— Bien, comme vous voulez. Le *Requiem* de Mozart comme sujet d'examen… Nous verrons bien au plus tard lors des épreuves orales comment vous sont venues ces… inspirations.

Comme il s'y attendait, l'étudiant ne mit pas plus de trois secondes pour baisser les yeux.

— Alors ? J'écoute. Qui a écrit cela ?

— Je… je ne sais pas.

— Pardon ? D'où tenez-vous cela, sacré bon sang ?

Gernot se rongea l'ongle du pouce.

— Bon, c'est je ne sais quel idiot qui a copié ça au cours d'une cuite…

— Gernot ? Qu'est-ce que c'est que ces bêtises ?

— Ce ne sont pas des bêtises, répondit l'étudiant, proche des larmes. Un type a laissé traîner ça. Après une fête chez des amis à moi. Je ne l'ai pas cru moi-même, mais si vous pouviez voir les originaux…

— Alors, il faudra justement me les montrer. Et me donner le nom de l'auteur. Me suis-je clairement exprimé ?

Gernot tendit la main vers les papiers mais le regard de Michaelis le fit s'arrêter, et il disparut du bureau sur un salut gêné.

*

— Qu'est-ce là ? demanda Wolfgang en regardant d'un air las les deux grandes feuilles marquées de traits verts et de gros P et W rouges, que Piotr collait sur le buffet là où s'était déjà trouvée auparavant la liste pour le petit déjeuner.

— Un planning. Nous écrivons dedans tous les engagements et tu oublies plus jamais.

— Ah, ah !

Wolfgang s'approcha, passa un doigt sur les colonnes.

— Mais là, c'est jeudi !

— Oui, on retourne dans quatrième arrondissement, tu sais ? Où est piano japonais.

— Hmm. Oui, mais là, j'aurais dû jouer avec Adrian et les autres messieurs…

— Wolfgang, arrête avec ces gens-là, tu peux aller assez souvent les jours libres.

Wolfgang voulut protester mais, en voyant Piotr secouer si énergiquement la tête, il préféra s'abstenir.

— Écris aussi dedans heure de piano, tout de suite.

— Heure de piano ?

— Oui, où tu as deux élèves du marchand de musique.

— Oui, oui, certainement.

Wolfgang secoua la thermos, se versa un restant de café et commença à rassembler ses vêtements.

— Quand fais-tu heure ?

— As-tu vu mes chaussettes ?

— Là-bas, dans fauteuil, sous journal. J'ai demandé heure.

L'opiniâtreté de Piotr fit soupirer Wolfgang.

— Oh, le jour n'est pas encore fixé.

— Et alors ? Tu dois appeler, Wolfgang !

— J'ai besoin d'un siemens pour ça.

— Hein ?

— Un siemens. Pour parler dedans, n'est-ce pas ? Je n'en ai pas.

— Je peux pas rire de blagues débiles aujourd'hui.

Piotr fouilla dans son sac à dos noir, en sortit un petit siemens et le lança sur un fauteuil.

— Prends Nokia, idiot, et appelle élève. Tu dois travailler plus, tu pourras aussi acheter téléphone.

Fasciné, Wolfgang prit le minuscule appareil. Il était à peine plus grand que la paume de sa main et luisait d'un bleu fantomatique comme les murs du Blue Notes. Il caressa les touches avec précaution. Té-lé-phone ?

— Où est numéro ? s'impatienta Piotr.

Wolfgang haussa prudemment les épaules en se demandant fébrilement ce que Piotr voulait bien dire.

— Tu as montré papier avec numéro téléphone, là, dans fouillis. Papier beige, je sais exactement.

Wolfgang se figea. L'énigme chiffrée de Liebermann ! Il commençait à comprendre. Il fouilla nerveusement dans le tas de partitions mais sans trouver la carte de Liebermann.

— Je... hmm... je finirai bien par la trouver, Piotr, sois sans souci, mon ami.

— Sans souci, sans souci ! Je fais toujours souci parce que tu en fais pas. Tu fais comme tu veux, mais tu veux pas travailler.

Wolfgang se retourna brusquement. Qui était ce Piotr ? Une épreuve ?

— Ce n'est certes pas vrai et Notre Seigneur au ciel m'est témoin que je ne rechigne pas au travail ! Mais oui, il sait bien que je suis, certains jours, du matin au soir en train de composer ! Ce n'est pas ma faute si l'on n'est pas payé pour le bon travail honnête, si ce n'est qu'il procure du plaisir et qu'il a l'art véritable comme but. Il m'apparaît cependant que l'on ne se montre digne de gagner de l'argent que quand on accomplit les choses les plus déplaisantes et les plus pénibles dont l'on soit capable. Les temps n'ont vraiment pas changé. Et moi encore moins !

— Où vas-tu ? J'ai déjà acheté petits pains, Wolfgang !

— Où je vais ? Je m'en vais travailler, et vite ! Avant que tu ne me l'interdises encore avec l'un de tes décrets verts ! répondit Wolfgang en prenant sa veste. Ou faut-il t'en demander la permission ?

Puis, prenant une voix de fausset, il ajouta :

— S'il vous plaît, très honoré meilleur papa Piotr, puis-je le plus obséquieusement possible espérer obtenir le droit de sortir aujourd'hui ?

Sans attendre de réponse, il inclina la tête en signe d'au-revoir et quitta la pièce.

Il prit directement le métro pour le centre-ville et parcourut ensuite les rues jusqu'à s'être calmé. Pourquoi s'affliger ? Il avait maintenant devant lui la richesse de toute une journée, se sentit bientôt un voluptueux besoin d'activité et les idées fondirent sur lui sans relâche. Ici, c'était une fenêtre ouverte d'où grondaient des basses ; là, le bruit d'enfer d'une machine qui mordait le trottoir comme un clou dansant en soulevant la dure croûte noire ; et parmi tout cela, les fanfares stridentes des toyotas, des volvos et de tout autre nom qu'elles pouvaient peut-être encore porter. Tout cela, jusqu'au plus petit rire d'une femme au loin, se joignait en un grand ensemble, en une symphonie qui continuait à résonner en lui, le traversait pour ainsi dire, sur le rythme effréné de cette nouvelle époque. Empli de sons à en éclater, il se laissa tomber dans l'un des fauteuils placés devant un café en hommage au premier soleil du printemps. Rien, hormis peut-être l'ivresse de l'amour, n'égalait cet état où tout en lui et autour de lui se muait en sons, des sonorités qui le pénétraient et sortaient de lui comme d'une source. Oui, il était lui-même la source. C'était le plus profond de lui-même, il était fait pour ça et il ne serait heureux qu'avec ça.

Il déroula vite ses cahiers de musique, passa commande à la serveuse et commença à écrire.

Il ne s'arrêta que pour un très bref instant nostalgique, pensa à l'amour en sentant une brûlure, mais il se repencha vite sur son travail.

Il écrivit toute la matinée, bien emmitouflé dans sa veste, commanda un vin chaud et ne se replia à l'intérieur du café que quand il commença à pleuvoir, en début d'après-midi. Stimulé par les odeurs de cuisine, il commanda quelque chose pour le déjeuner et s'adossa, satisfait, dans les coussins. Trois cahiers étaient entièrement remplis ; çà et là, il avait dû encore tracer des lignes là où la place manquait. Dès que la pluie s'arrêterait de tomber, il s'achèterait un nouveau cahier.

Son regard se perdit sur les gens qui, à la recherche d'un rendez-vous ou avec le regard maîtrisé des solitaires, entraient et sortaient du café. Quand une dame d'une remarquable élégance passa devant sa table, il constata que les culottes bleues que tout le monde semblait porter ne valaient nullement que comme une légère tenue de jour. Le tissu s'adaptait comme une seconde peau à son appétissant fessier de sorte qu'il put y glisser son regard comme une main, et pourtant on n'aurait pas pu prétendre qu'elle était nue. Durant ses premiers jours dans ce nouveau monde, il avait ressenti de l'indignation à la vue d'un tel arrière-train et, maintenant qu'il lui fallait voir des jambes dénudées et des bas-ventres emballés comme dans de la peau de saucisse, il commençait à en éprouver du plaisir et ne se reconnaissait plus. À l'abri de la table, il se tâta le côté jusqu'aux hanches. À peu près vers le milieu, il sentit sa chair encore molle, elle débordait de la ceinture de sa culotte, mais ce n'était en rien comparable avec le corps bouffi qui avait été le sien l'année précédente, dans la vie précédente. Tout en lui était alors boursouflé et sans force, c'était sans doute dû à la maladie qui l'avait emporté à cette époque.

En tout cas, dans les jours suivant son arrivée – en esprit, il nommait cela de temps à autre « sa résurrection », en ayant honte d'une pensée aussi sacrilège –, il avait dû perdre énormément d'eau et repris peu à peu des formes. Comment lui irait une telle culotte bleue ? Il se rappela les paroles d'Adrian et son regard moqueur envers son costume grenat. Adrian, Czerny, Piotr et même le grand échalas de saxophoniste que les femmes courtisaient manifestement, tous portaient une culotte bleue. D'un élan décidé, Wolfgang se leva, paya au comptoir et quitta le café. Il fit des allées et retours sur le Graben, s'engagea dans quelques ruelles et contempla les vitrines des magasins d'habillement et les gens qui y entraient et en sortaient, puis il se décida pour l'un d'eux où apparemment la femme aux cheveux noirs aussi bien que la grande asperge achetaient eux aussi. De fait, des tas de culottes bleues s'empilaient sur des tables. Wolfgang apprit qu'elles portaient le nom de « jeans » et qu'elles existaient en de nombreuses variantes. Il en essaya pendant des heures sans en trouver une seule à sa taille.

— Y a qu'à couper, dit un vendeur en haussant les épaules, un jeune homme aux cheveux hérissés, avec un anneau dans le nez. Quand ça s'effrange, ça fait encore plus cool.

Quand il entra au petit matin dans le Blue Notes, l'intérieur de ses cuisses était déjà blessé par le tissu inhabituellement rugueux.

Ainsi irrité, il lui vint l'envie de mettre le monde harmonique sens dessus dessous, comme il l'avait déjà fait le matin sur le papier. Il reprit quelques airs d'enfant sur toutes les tonalités, transforma ses idées de la matinée en formes encore plus audacieuses et travailla finalement le piano sur toute sa tessiture depuis le plus grave, où il rendit des sons sourds et grondants, jusqu'au plus aigu dans les sons secs et cristallins, jusqu'à ce que cela ne lui suffise plus non plus.

Au bout d'un moment, il remarqua qu'une femme aux cheveux blonds hérissés n'arrêtait pas de le fixer de ses yeux clairs insolents. Un sentiment joyeux l'envahit et, à peu près toutes les dix mesures, il sirota son regard comme un vin qui l'enivrait peu à peu. Fougueusement, il se laissa aller à des suites d'accords dissonants qu'il laissait simplement en suspens dès qu'elle le regardait.

— Eh, s'écria Czerny entre deux morceaux en lui tapant sur l'épaule, le visage encore plus sombre que d'ordinaire. Là, tu pousses un peu trop tes acrobaties. Passe une vitesse inférieure, tu en demandes trop aux gens.

Wolfgang balaya du regard la foule animée des clients et leva les yeux au plafond.

— Oh, Dieu du ciel, les pauvres ! Prenez pitié ! On pourrait facilement leur en demander un peu trop, n'est-ce pas, pour qu'ils se servent de leurs oreilles... et de leur cerveau de surcroît. Oh, non. Cela n'arrivera pas, mon très cher, mon excellent Czerny, sois tout à fait sans inquiétude.

Il lui fit ensuite un pied-de-nez et joua en traînant la valse du *Beau Danube bleu*. Ses dents grinçaient en mesure. Quand quelques clients commencèrent à brailler, il ne put s'empêcher de rire et se laissa finalement tomber dans ce doux phrasé lancinant qui lui calmait chaque fois l'esprit.

Il passa la dernière demi-heure à improviser sur toutes les valses de Strauß qu'il avait entendues sur les CD de Piotr. Tout en laissant distraitement la musique courir sous ses doigts, il se demandait comment transposer en opéra la découverte qu'il avait faite chez Singlinger.

Quelque chose lui fit dresser l'oreille. Quelqu'un lui répondait. Un saxophone ! Depuis combien de temps déjà ? En levant la tête, il vit deux yeux rivaliser en éclat avec le métal. La salle entière lui sembla plongée dans de l'or et il sentit des fourmillements dans tout son corps.

Elle jouait avec une insolente élégance. Il lui lança quelques sons et elle les attrapa, les mania comme un jongleur et les lui renvoya d'emblée. Wolfgang sentit sa respiration s'accélérer, un sourire presque béat s'installa sur son visage, et il envoya ses sons de plus en plus près jusqu'à croire pouvoir en toucher son corps. Puis il changea de rythme, laissa la musique caresser légèrement ses bras minces et passer doucement sur sa nuque.

Elle regarda Wolfgang, infiniment longtemps à ce qu'il lui sembla, puis elle se consacra de nouveau à son instrument, et sa bouche tressaillit légèrement comme dans un sourire.

Wolfgang se sécha les mains sur son jean. Mais elle se remit aussitôt à le provoquer par des suites de notes follement insolentes. Eût-elle été un homme qu'il se serait livré à un incroyable duel avec elle mais il lui laissa galamment la préséance et la soutint là où il aurait dû la défier.

Au bout d'un moment, elle s'arrêta.

— *Fatigué** ? demanda-t-elle d'un ton moqueur.

Son regard lui donna l'impression d'être plus vieux qu'il aurait dû l'être. Depuis longtemps, il n'avait plus entendu parler français, cela semblait être passé de mode.

Il fit signe que non en secouant lentement la tête tout en la fixant dans les yeux.

— On ferme !

La voix de Czerny rompit le charme. Il tendit une enveloppe à Wolfgang.

— Continuez à jouer chez vous, j'ai déjà fait les comptes.

Wolfgang se retourna, étonné, et s'aperçut que la salle était vide et que l'on avait déjà mis les chaises sur les tables. Sans quitter sa proie des yeux, il referma le piano, mais il hésita à se lever. Quand il se risqua enfin à passer derrière l'instrument, il remarqua avec soulagement qu'elle ne le dépassait que de peu. Elle ne dit pas un mot, le regarda simplement en lui indiquant la sortie d'un signe de tête. Quand il lui tint la porte, elle l'effleura de son bras en lui laissant un soupçon de parfum dont il sut qu'il se souviendrait encore longtemps. Czerny cria encore quelque chose derrière eux mais il y avait maintenant un ailleurs d'où plus rien ne lui parvenait. Ils se trouvaient dans le froid de la nuit, toujours sans rien dire, puis il marcha instinctivement à son côté.

De temps à autre, elle tournait le visage vers lui, à la lueur des lampadaires. À chaque nouveau réverbère, il se sentait de plus en plus oppressé. Il remonta son cache-nez. Le trottoir s'étendait devant eux, désert, animé seulement çà et là par quelques pancartes lumineuses. Il compta les faisceaux de lumière des réverbères, impatient de voir le suivant, en se demandant s'il aurait la force de la suivre jusqu'au bout de la rue.

— Où ?...
— Chut...

Elle porta un index à ses lèvres et marcha jusqu'au coin de rue suivant sans plus le regarder. À chacun de ses pas, il entendait le frottement du saxophone contre son manteau. Finalement, elle sortit une clé de sa poche et ouvrit la porte d'une maison au-dessus de laquelle le mot « Hôtel » brillait en lettres blanches.

Wolfgang la suivit dans un couloir où la lueur verdâtre d'une petite boîte au mur ne laissait distinguer que des contours. En la suivant dans la chambre, il se sentit trembler, ferma la porte et s'y appuya. Une lumière blême, provenant sans doute de l'inscription lumineuse sur la façade, s'infiltrait par la fenêtre ; la silhouette de la jeune femme s'y détachait comme en ombre chinoise. Wolfgang la vit jeter son manteau sur un fauteuil et expédier d'un coup de pied ses chaussures en dessous.

Sans bruit, il laissa glisser sa veste par terre. Seules sa respiration et la serrure de l'étui du saxophone se firent entendre. Puis, soudainement, un son emplit la pièce : doux et chuchotant comme un souffle d'air, il enfla et se lia comme une ombre au suivant. Fasciné, Wolfgang fixa la femme. Elle n'était que musique, à la voir jouer ainsi une mélodie vert argenté, si douce et si sonore qu'il eut envie d'y répondre, puis de nouveau avec de petites variations soudaines comme pour se moquer de lui. Il s'approcha, le sol moelleux absorba le bruit de ses pas. Un très long moment, il resta derrière elle, leva les mains et se figea pourtant, n'osant pas la toucher ; il inhala plutôt son parfum, se pencha plus près de sa nuque, sentit sa chaleur et posa, enfin, les mains sur ses épaules. Elle continua de jouer, imperturbable ; il sentit chaque son traverser son corps, swingua avec elle tandis que ses mains tâtonnaient vers l'avant, à la recherche de son décolleté et que, lentement, bouton après bouton, elles ouvraient son chemisier. Elle ne portait rien en dessous, pas même l'un de ces fins soutiens de poitrine qu'il avait admirés dernièrement dans le magasin d'habillement. Presque mélancoliquement, il caressa ses petits seins nus. Elle joua un brusque *glissando* descendant et se pencha tellement en arrière sur un interminable et sombre *si* bémol que le chemisier glissa de ses épaules.

Puis, de façon tout à fait dissonante, elle joua un *si* bécarre ; Wolfgang se figea jusqu'à pouvoir comprendre ce qu'elle faisait. Elle ne jouait le vibrato que d'une main tout en secouant l'autre bras pour en faire glisser la manche et elle répéta l'opération sur le côté gauche avec la même ravissante évidence. Cette fois, un *do* dièse retentit dans l'espace bleu noir. Fasciné, Wolfgang la regarda en se demandant s'il pourrait désormais penser à un *do* dièse sans revoir cette scène devant lui.

Je t'aime, se sentit-il poussé à chuchoter, mais il ne fit que poser ses lèvres au creux de son cou, défit le chemisier sous la courroie de l'instrument, épousa le mouvement de son corps, celui de sa musique. Ses mains glissèrent à la recherche de ses hanches ; elle se tordit légèrement, le son chevrota comme si elle poussait de petits rires dans l'instrument. Un court instant, il se détacha d'elle, déboutonna, les doigts tremblants, sa propre chemise et la jeta loin de lui, serra sa poitrine nue contre son dos, au rythme de ses sons, puis son ventre, et finalement son bas-ventre, le jean étroit lui fit mal là où il aurait voulu sentir du plaisir. Ses mains se firent plus impatientes, il chercha nerveusement le bouton de sa culotte, le tripota et le tira jusqu'à ce que, en tenant de nouveau un long *do* dièse, elle posât sa main sur la sienne et lui vînt en aide. Il put alors faire glisser la peau bleue sur ses hanches et, soulagé, il arracha presque le bouton de sa propre culotte. La pression torturante de l'étroit jean céda aussitôt la place à un désir impérieux, comme s'il s'était réellement langui d'une femme pendant plus de deux longs siècles. Un court instant, il se rappela Constanze, mais il se débarrassa de cette pensée avec l'illusoire assurance qu'elle était depuis longtemps morte et décomposée et qu'il ne lui devait plus rien. Résolument, il passa sa main sous l'ourlet de la petite culotte, poussa ses doigts plus loin, sentit à sa grande surprise une tendre peau piquante, gémit et tâtonna vers cet endroit sombre et chaud où tout se résolvait. Imperturbable, elle ne lâcha pas son instrument tandis qu'il écartait ses fesses et cherchait à la pénétrer.

Elle cessa soudain de jouer.

— *Attends** !

Elle se tourna souplement vers lui, laissa glisser le saxophone par terre et passa sa main sur sa poitrine et ses épaules.

— As-tu un... comment ça s'appelle ?... Caoutchouc ?

Son accent était ravissant. Il glissa de manière pressante le bout de sa langue sur ses lèvres. Elle se déroba, l'interrogea du regard.

— Caoutchouc ? *Mais oui, ma chérie, j'en ai...**

Il sourit, heureux de savoir de quoi il s'agissait, pressa un baiser sur sa joue et partit vers la porte, trouva près de sa veste le sachet de papier avec sa culotte et le papier à musique. Les feuillets qu'il avait achetés dans l'après-midi étaient reliés avec l'un de ces anneaux élastiques qu'il avait déjà vus dans la cuisine de Piotr, dans un tiroir. Il le retira, laissa là les feuilles sans s'y intéresser... C'est alors seulement qu'il se sentit mal à l'aise. Que voulait-elle donc faire avec ça ? Comme par hasard, il porta une main protectrice au-dessus de son petit ami qui se dressait plein d'espoir et il tendit en hésitant l'anneau de caoutchouc à sa belle.

— *Tu te fous de moi** !

Dans la lueur falote qui entrait par la fenêtre, il trouva sur son visage cette expression douloureusement moqueuse qui lui rappelait si souvent que le sol sous ses pieds n'avait rien de stable. Il risqua un sourire par mesure de précaution.

Elle sembla réfléchir un instant, étira l'anneau de caoutchouc entre son pouce et son index et Wolfgang sentit aussitôt une toute petite douleur piquante sur sa poitrine.

— *D'accord. Mais écoute**, tu dois faire attention, OK ?

Wolfgang respira de soulagement et la poussa vers le lit. Enfin. Évidemment qu'il ferait attention, il s'y entendait bien, il l'avait toujours fait.

Ses doigts se glissèrent dans les siens, il la renversa doucement en arrière jusqu'à l'avoir étendue devant lui et pouvoir poser le visage entre ses seins. Il perçut les battements de son cœur, sentit sa peau, apprécia son parfum, sa chaleur, ses tressaillements, et vit son corps se cambrer vers lui, tel un instrument attendant que l'on en joue. Dès qu'il commença – *legato* –, il se perdit – *crescendo* –, ne sentit plus d'autrefois ni d'aujourd'hui, juste un pur être-là, sombra dans un *staccato* et, avec son dernier reste de volonté, honora finalement sa promesse, s'acharna le plus possible dans le creux de son cou et resta pourtant seul avec son plaisir.

Quand il se réveilla, la pénombre emplissait la pièce. Il sentit une peau chaude sous sa main, caressa sa hanche et perçut le parfum de son sommeil. Contempla son visage, suivit du doigt ses lèvres jusqu'à ce que son réveil fasse entrer le jour.

— Je ne sais même pas ton nom, chuchota-t-il en français.

— Alors, donne-m'en un.

— Machère, Mabelle, Mapomme, Mapêche, Ma… Non. Dis-moi ton vrai nom, Madouce.

— Mado. Enfin, Madeleine, mais c'est aussi le nom d'une pâtisserie chez nous et je ne suis pas un gâteau.

— Mais si délicieuse ! Hmmm, Mado… !

Il se replia dans la chaleur sombre de la couverture et lui mordilla le nombril.

— Tu es certainement le gâteau le plus exquis que j'aie jamais eu le droit de goûter. Puis, empoignant lubriquement son postérieur, il ajouta :

— Et tu as le plus fin troufignon de prune, Maprune.

— Pardon ?

Il lorgna par-dessous la couverture.

— Ah, tu es la musique la plus sublime qui me soit jamais venue à l'esprit, merveilleuse Mado. Je vais te l'écrire et nous la jouerons chaque jour, n'est-ce pas ?

— Tu travailles toujours dans ce bar bleu ?

— Jouons-y ensemble, Mado, nous allons ensemble comme le ver dans la prune !

Avec fougue, il enfonça son doigt dans sa vulve. Elle se tordit, croisa les jambes.

— C'était ta musique, hier, n'est-ce pas ? Es-tu vraiment heureux du travail que tu fais ?

— Tu me rends heureux, petite Mado. Je jouerai ce que tu veux !

— Tu ferais mieux de jouer ce que tu veux, toi.

Mado se tourna sur le dos et croisa les bras sous sa tête.

— Quand je joue, je veux être libre, faire la musique qui me plaît, sans simuler.

— Et où peux-tu le faire sans mourir de faim ?

— Il y a de bons clubs de jazz à Paris.

— Paris...

Il revit vaguement la ville en mémoire. La ville détestée.

— Je n'ai pas été heureux à Paris.

— Que s'est-il passé ?

— Ma mère y est enterrée. Et tout ce que j'avais en tête a échoué dans cette ville.

Il caressa la joue de Mado, son visage effaça ses pensées sombres.

— Mais si c'est ta ville, Mado, j'aimerai même Paris !

Wolfgang prit sa main, la baisa, mais elle la lui retira et s'assit au bord du lit.

— Je dois partir.
— Il n'est même pas neuf heures...

Elle haussa les épaules en guise de réponse.

— Vas-tu répéter ? Laisse-moi t'accompagner, Mado.
— Non.

Elle se leva et alla dans la salle de bains. Il vit ses petites fesses fermes et son désir revint aussitôt ; il l'entendit actionner la douche et s'imagina la prendre tandis que l'eau chaude coulait sur leurs deux visages, mais il savait qu'elle pourrait le renvoyer et c'était plus qu'il n'en supporterait.

Lacrimosa

Lacrimosa dies illa...

Le matin avait une odeur de terre et d'eau claire. Wolfgang sentait à peine ses pas comme s'il était juste porté par l'air sous ses semelles. Mado ! Il était encore tant empli d'elle que rien d'autre ne trouvait de place en lui. Ce qu'il entendait, il croyait le percevoir avec ses oreilles à elle, ce qu'il voyait, le voir par ses yeux, et ses pensées, à ce qu'il lui semblait, ne pouvaient être que les siennes.

Il faisait frais mais le soleil printanier chauffait sa veste, et le ciel bleu se reflétait dans les flaques d'eau près du caniveau. Il s'arrêta, rejeta la tête en arrière, et contempla les bribes de nuages blancs qui passaient étrangement vite au-dessus de sa tête. Ce n'est qu'en grimpant les marches menant à l'appartement de Piotr qu'il remarqua qu'il avait fait tout le chemin à pied.

Il se jeta à plat ventre sur le canapé, s'efforça de remonter les manches de sa veste et renifla ses avant-bras en quête des restes de son parfum.

La voix de son père l'arracha brutalement à ses rêveries.

— Tu vas aller tous les jours dans bar bleu, maintenant ?

Il se redressa dans un cri et aperçut Piotr dont le visage ressemblait à du granit gris.

— Dieu du ciel, tu m'as fait une de ces peurs !

Wolfgang poussa un grand soupir, se laissa retomber sur le canapé et dut se secouer pour chasser cette image.

— Ah, Piotr, grogna-t-il avec volupté.

Là, au creux du coude, il avait découvert une trace de son parfum, il n'avait qu'à passer doucement la main dessus.

— J'ai demandé pourquoi tu es pas venu au travail !

Wolfgang plissa les yeux. Il était si loin de tout qu'il avait de la peine à rejoindre le monde de Piotr. Et puis, la mémoire lui revint.

— Mon Dieu ! Quel idiot ! s'exclama-t-il en se frappant le front. Piotr, s'il te plaît, ne fais pas cette tête, ça n'arrivera plus. Réjouis-toi plutôt avec moi !

— De quoi réjouir, si j'ai plus job chez Italien ? Nous avons engagement !

Wolfgang s'appuya sur les coudes.

— Il t'a jeté dehors ? Ah, Piotr, ne t'en fais pas, on trouvera quelque chose d'autre ! Le patron là-bas était plutôt un infâme crétin, un horrible escroc et, de surcroît, un stupide ignare ! Et si ce n'est pas la raison la moins chère de se réjouir, l'amour en est une incomparablement meilleure.

— As-tu enfin séduit reine noire de la nuit ?

Piotr esquissa un sourire, crispé, mais au moins il sourit.

— Blonde, Piotr. Elle est blonde comme la claire étoile du matin et elle joue du saxophone comme le soleil lui-même.

Dans un grognement, il se laissa retomber sur le canapé.

— Blonde ? Tu fais aussi pagaille avec femmes, maintenant. Tu parles pendant semaines de femme aux cheveux noirs. Plus belle femme du monde. Et alors ?

— Oh, Piotr, arrête ! Mado est... merveilleuse. Toi aussi, tu la trouverais merveilleuse et tu en oublierais tout.

— Je trouve aussi femmes merveilleuses. Mais j'oublie jamais travail pour ça.

— Je n'oublie pas mon travail, Piotr. Avec mon cœur plein d'amour, ma tête est pleine de la plus belle musique. Tu entendras comme elle est merveilleuse.

— Tu as femme une nuit dans lit et tu parles amour. Es-tu idiot, *przyjaciel* ! Tu as toujours tête pleine étoiles, mais vie est ici-bas sur terre.

— Oh, Dieu, Piotr, cela peut-il être une vraie vie, sans étoiles, sans amour ? Attrape toi aussi quelques étoiles, mon ami Pscheatschil, un peu de joie égaiera aussi honnêtement ton cœur.

— Je veux pas attraper étoiles, *przyjaciel*. Je veux payer loyer et manger et réparer conduite d'eau dans maison. Et toi ? Tu traînes partout avec étoile dans main sans centime.

— Bon sang, oui ! Et je m'en sens bien, sacrément bien. Je suis content. Joyeux. Heureux. Aux anges. Enivré. Animé. Amoureux ! Oui ! C'est la vie ! Qu'attends-tu donc de moi ?

— Je veux que tu penses à matin suivant. Et semaine suivante et année suivante. Tu auras besoin appartement et lit et réfrigérateur.

— Mais nous ne manquons de rien, Piotr.

Piotr fixa tristement Wolfgang.

— Mais tu es sur mon canapé, *przyjaciel*, dit-il en baissant la voix.

Sans un mot, Wolfgang se leva, sortit de l'armoire un sac poubelle et commença à y fourrer des liasses de partitions qui se trouvaient éparses dans la pièce.

— Quand moi parti un jour, Wolfgang, retour en Pologne, que fais-tu ?

Sans lui prêter attention, Wolfgang fourra ses quelques autres affaires dans un deuxième sac.

— Tu fais bêtise maintenant, où veux-tu aller sans argent ?

— Chez quelqu'un pour qui je ne serai pas une charge.

Piotr n'eut pas le temps de répondre que Wolfgang avait déjà atteint le premier palier de l'escalier.

— Attendez ! Vous allez où comme ça ? retentit une voix éraillée dans l'étroit couloir.

— En haut.

Wolfgang se retourna et continua à monter à reculons. Une grosse femme avait surgi dans l'entrée. On aurait dit un éléphanteau avec un tablier sur le ventre.

— Mais vous n'êtes pas un de nos clients.
— Je viens voir mademoiselle Madeleine.
— Tiens donc ! s'écria-t-elle en se mettant les mains sur les hanches.

Sa voix s'étira comme un élastique.
— Mais la demoiselle est déjà partie ailleurs.
— Partie ailleurs ? Mado...
Sa gorge se serra. En toute hâte, il traversa le couloir, grimpa l'escalier et s'arrêta brusquement devant la chambre ouverte de Mado. Elle était déserte. Les duvets fanaient par-dessus le bord du lit et les rideaux, tirés sur le côté, livraient son royaume étoilé à la dure et froide lumière du jour. Sur la table de chevet se trouvait encore le billet qu'il lui avait écrit. Par la porte entrebâillée de la salle de bains, il vit une jeune femme qui était justement occupée à jeter les serviettes utilisées dans un sac à linge bleu.

— Non !
D'un bond, Wolfgang fut près d'elle ; il ressortit vite les serviettes et les porta à sa joue.

— Je vous l'avais bien dit, il n'y a plus personne ici, haleta la propriétaire derrière lui.
— Je vais rester ici.
— La chambre n'est pas prête. Mais je peux vous en donner une au rez-de-chaussée.
— Non, c'est celle-ci que je veux, en l'état actuel.
Il poussa l'employée hors de la salle de bains.

— C'est bon. Arrêtez !
La jeune femme le regarda comme s'il lui avait fait une proposition malhonnête, chercha ensuite sa patronne des yeux. Celle-ci haussa les épaules.

— Mais il faut que je vous enregistre.
— Je descendrai après...

Un fol espoir le fit s'interrompre.

— Elle a certainement laissé un mot.
— Je regrette...
— Et une adresse ? Son adresse ?

L'éléphanteau secoua la tête.

— Vous vous attendez à quoi ? C'est une Française, voilà tout !

Wolfgang ferma la porte et les rideaux. Il se déchaussa, se jeta sur le lit et enfouit son visage dans l'oreiller. L'oreiller de Mado. Combien de temps garderait-il son parfum ? Un jour ou deux ? Une semaine ? Il caressa doucement les plis que son corps avait laissés dans les draps et sentit les larmes sur l'oreiller rafraîchir ses tempes. Elle ne lui avait même pas demandé son nom.

À la tombée du jour, il finit par descendre et paya d'avance. Son argent suffisait pour trois jours et deux bouteilles de vin rouge. Ensuite, il verrait bien.

Quand il ouvrit les yeux, tout était silencieux. Aucun bruit de porte, aucun pas, aucune voix dans le couloir. Les lettres lumineuses devant la maison envoyaient leur pâle lumière et la chambre l'entourait comme un espace depuis longtemps familier. Tout était si pareil qu'un court instant il reprit espoir, mais il sentit le drap froid à côté de lui, vit le fauteuil vide, la sombre fente de la porte entrebâillée de la salle de bains et il se sentit alors terriblement oppressé. Il se leva, ouvrit la fenêtre en grand, laissa l'air frais passer sur son corps nu et entrer dans la chambre. La ville grondait obstinément comme une basse. Cela lui rappela soudain la mer, autrefois, quand il s'était trouvé là-bas dans la nuit, fasciné par son immensité, et que le noir de l'eau s'était uni à celui du ciel et avait déposé à ses pieds l'horizon débordant. Et voilà qu'à nouveau le bord d'un monde lointain rampait vers lui, le baignait de toutes parts, comme si la chambre d'hôtel était une île, inconnue. Personne ne le percevait, lui, l'étranger, le naufragé. Il s'approcha de la fenêtre jusqu'à en sentir sur son ventre le cadre froid et lisse, se pencha en avant, entendit le bourdonnement des lettres lumineuses. Un saxophone. La mer. Quelle profondeur pouvait-elle avoir ? Sans doute une douzaine de brasses. Il se pencha encore un peu plus en avant comme si quelque chose l'attirait. Devait-il d'abord se passer un vêtement ? Et s'il allait vraiment tomber ? Quelqu'un comme lui devait-il craindre pour sa vie ? Ne se relèverait-il pas simplement et ne poursuivrait-il pas son chemin ? Ou ne se réveillerait-il pas de nouveau en un lieu étranger, encore plus lointain ? Un instant, il s'en fallut d'un cheveu qu'il ne risque le coup... mais ensuite il recula, et se redressa, haletant. Non ! Ce serait tenter le Seigneur. Il ferma la fenêtre, tira les rideaux, retourna vers le lit en titubant. Dans le verre à dents sur la table de chevet il y avait encore deux doigts de vin rouge et, à côté, le mot pour Mado. Wolfgang se reversa du vin, le but, déchira le papier en tout petits morceaux, les laissa ruisseler par terre. Ce qui se passait là dehors ne le regardait pas. Ce que faisait Mado ne le regardait pas. Rien dans ce monde ne le regardait.

Un coup à la porte le réveilla. Il émergea difficilement. Il avait la tête en compote. Avec un tout dernier reste d'espoir, il s'extirpa du lit, ouvrit la porte.

La demoiselle en tablier bleu clair poussa un cri bref, se détourna et traversa à toute vitesse le couloir. Wolfgang s'examina de haut en bas, couvrit, effrayé, son érection, ferma rapidement la porte. Abattu, il se recoucha, prit dans ses bras la couverture de Mado, y enfouit ses baisers et finalement son corps, se branla douloureusement, se cabra enfin, oublia une fraction de seconde qu'elle n'était pas là et retomba en pleurant sur son oreiller.

Il allongea son vin avec de l'eau de la salle de bains. Resta couché en silence, compta les carreaux sur le tapis, aima encore et encore son corps invisible, sans plaisir, juste avec douleur, but encore et dormit de nouveau jusqu'à ce que l'amour s'éteigne.

Il entendit son saxophone, constamment, des journées entières, à ce qu'il lui sembla, trouva sans arrêt de nouvelles mélodies qu'il aurait voulu déposer à ses pieds, vit les partitions à moitié déroulées à côté du sac, le stylo sur la table de chevet. Pourtant, il but au lieu d'écrire, se leva, actionna la douche et laissa l'eau chaude couler sur son crâne, le long de ses épaules, fit disparaître les sons sur son ventre et ses jambes, les repoussa de lui jusqu'à ce que tout l'amer *ré* mineur disparaisse en glougloutant dans le conduit d'évacuation.

*

— Une bière ?

Le barman noir derrière le comptoir interrogea Piotr du regard.

Piotr acquiesça d'un signe de tête.

— Petite, s'il vous plaît.

Il promena son regard vers le fond de la salle. Quand le barman lui glissa sa bière, Piotr l'empêcha d'un geste de se tourner vers le client suivant.

— Avez-vous vu Wolfgang ? Wolfgang Mustermann ?

Le barman s'arrêta en plein mouvement et lui montra sa montre-bracelet.

— Non, et je ne crois pas non plus le voir arriver aujourd'hui. *Sorry*. Mais si vous voulez, je vais vous mettre quelque chose de Keith Jarret, dit-il en levant ses mains en excuse.

Piotr sirota sa bière en s'efforçant de prendre un air insouciant.

— Avez-vous idée où le trouver ?

— Vous êtes un ami à lui ?

— Oh, pardon, fit Piotr en se soulevant légèrement de son tabouret de bar. Piotr Potocki. Oui, suis ami et il vit chez moi. En fait.

— Ah, Piotr, le violoniste ! Wolfgang a déjà parlé de toi. Je peux bien te dire « tu » ? Je suis Czerny.

Le barman lui tendit la main par-dessus le comptoir.

— Mais ça fait deux jours que je n'ai plus de nouvelles de Wolfgang.

Un sourire suffisant éclaira son visage.

— Ça ne m'étonne pas non plus, ajouta-t-il.

— À cause femme ?

— Aucune idée d'où elle crèche. Mais je suis sûr qu'il doit être couché là. Si tu les avais vus tous les deux dernièrement…

— Mais j'ai engagement avec lui, demain, et j'aurai pas remplaçant aussi vite.

— Un remplaçant pour Wolfgang Mustermann ?

Czerny éclata de rire puis il se pressa les lèvres d'un air compatissant.

— Bon, nous savons bien tous les deux que tu auras plutôt du mal à en trouver, n'est-ce pas ?

Piotr prit une grande inspiration.

— C'est grand gâchis de vie, je pense parfois. Trente-six ans et meilleur pianiste que je connais mais aujourd'hui pas de logement à lui et même pas carte prépayée pour portable.

— À ce qu'il me paraît, c'est plutôt quelqu'un qui pourrait se passer sans problème d'électricité et d'eau courante, pas vrai ? Comme s'il avait grandi quelque part dans la jungle. D'où est-ce qu'il vient, au fait ?

— Il m'a jamais dit. Je sais juste que toute sa famille morte. Doit être passé quelque chose grave, peut-être guerre…

— Cela dit, il a l'air assez farfelu.

— C'est psychologique, je crois. Il fait toujours andouille quand je parle sérieusement avec lui. Sort ensuite phrases folles ou danse partout... Drôle d'oiseau. Mais toujours quand j'entends musique de Wolfgang, je pense qu'il est petite frère de bon Dieu.

Czerny posa des bières et des verres à vin sur un plateau en lui lançant un regard entendu. Puis il disparut dans la foule.

Piotr s'adossa au comptoir, contempla le piano bleu et pensa à ce premier après-midi où il avait rencontré Wolfgang sur la place de la cathédrale. Un clochard, rien de plus. L'un de ceux dont la vie a dérapé à un certain moment et qui depuis rôdait dans la ville avec un sac en plastique plein de vieux habits. Piotr n'avait jamais su exactement à quoi s'en tenir avec lui. Plus encore que par ses propos excentriques qui auraient pu passer pour des blagues, Piotr était déconcerté par l'évidence naturelle, la parfaite conviction avec laquelle Wolfgang commettait aussi les pires idioties. Non, il ne savait qu'en penser et il ne fut soudain plus sûr du tout de le revoir un jour. Au fond de son cœur, il le considérait comme un type loyal mais ce pianiste était pourtant la personne la moins fiable qu'il ait jamais rencontrée. Wolfgang s'imaginait-il même ce que cela représentait pour Piotr de perdre ses clients ? L'Italien pouvait bien être un pourri, mais par les mauvais temps aussi il avait laissé Piotr jouer au moins deux fois par mois. Sans conviction, il pensa à Wladimir. Devrait-il tout de même retenter le coup avec le Russe ? Celui-ci lui avait peut-être pardonné ? Mais pourrait-il retravailler avec lui maintenant qu'il avait joué avec Wolfgang ? Piotr se sentit soudain d'humeur sombre. Pourrait-il en fait jouer de nouveau avec tout autre pianiste ? Il posa trois pièces sur le comptoir.

— C'est bon, OK, dit Czerny en lui rendant l'argent. Veux-tu que je lui passe un message s'il venait tout de même rôder par ici ?

Que j'ai besoin de lui, pensa Piotr en enfilant sa veste.

— Il doit pas oublier rendez-vous, tu peux dire. Il doit jouer demain soir *Da Bruno*.

Il secoua la tête.

— Ah, non, dis-lui rien, il doit pas savoir que j'étais ici.

Il répondit au sourire du barman et sortit dans la nuit d'un pas lourd.

*

Le quatrième jour, Wolfgang prit ses sacs qui se trouvaient encore exactement au bas du mur où il les avait déposés et il sortit de l'hôtel comme d'un cocon pour se retrouver dans le bruit et le froid de ce monde réel qui n'était pourtant pas le sien. Où devait-il aller ? De toute sa vie, il ne s'approcherait plus à cent pieds de l'appartement de Piotr et, depuis la veille au soir, il avait décidé d'oublier Mado à jamais. Il ne connaissait pas l'adresse d'Adrian et la décence lui interdisait d'aller voir Liebermann. Il se traîna donc vers le Blue Notes.

Sa faim était si grande qu'il ne la sentait plus. En chemin, il passa devant un supermarché, parcourut tous les rayonnages à la recherche de la plus grande portion possible qu'il puisse obtenir pour ses dernières pièces. Sur une étagère tout en bas il trouva finalement un pain tranché de trois livres, emballé dans une poche en plastique, qu'il se coinça au creux du coude comme un bébé et il s'enfourna une tranche après l'autre en marchant.

Le Blue Notes était encore fermé. Il lorgna à travers la porte, vit Czerny s'activer au comptoir et frappa contre la vitre.

— Pour l'amour du ciel ! Est-ce le fait de la blonde ? On dirait la mort en vacances !

Wolfgang se passa la main sur le menton.

— Il me manque mon rasoir.

— Ce n'est pas la seule chose qui te manque, n'est-ce pas ? remarqua Czerny en tenant une chope en l'air.

Wolfgang posa son pain sur le comptoir.

— Il me manque tout ce dont un être humain a besoin. Si donc le très honoré monsieur le patron, celui qui comprend si bien la musique, était dans la maison afin que je puisse lui présenter ma requête d'un peu de soutien ; je dois me chercher un logis et je n'ai pas la moindre piécette de cuivre qui soit mienne.

— Eh bien, tu ne manques pas d'air ! Le vieux est fou furieux après toi. Ici, on a dû faire une croix sur la musique pendant deux soirées.

— Ainsi, il a certainement dû être heureux de pouvoir se reposer sur cette sorte de mécanique ; cela n'est pas doué de sensibilité comme nous autres et a certainement mieux fait son travail que je ne l'aurais pu : mon cœur était si lourd que je n'aurais sûrement pu produire qu'une marche funèbre.

Wolfgang laissa la bière froide couler en lui et sentit son estomac protester. Il claqua la chope sur le comptoir et se rua vers les toilettes. À son retour, ses jambes menaçaient de fléchir comme les pailles bleues que Czerny mettait toujours dans les cocktails. Il revint difficilement au comptoir en se tenant aux tables endormies. À la vue de la bière, la nausée le reprit ; du bout des doigts, il repoussa la chope vers Czerny.

— Plutôt du thé.

— Bon sang, Mustermann, qu'est-ce qui t'arrive ?

— Rien mangé depuis trois jours.

Czerny regarda alternativement le sachet de pain à moitié vide et Wolfgang.

— Valait-elle donc ça ?

Wolfgang ferma les yeux, le goût de vomi toujours dans la bouche ; il vit l'image de Mado appuyée contre le piano bleu et hocha la tête.

— Malgré tout... À te voir comme ça, tu ferais bien d'aller te mettre au lit.

— Il n'y a plus de lit.

— Si grave ?

Le sourire de Czerny lui noua la gorge, il vit de nouveau Mado, cette fois assise au bord du lit, le saxophone entre les genoux.

— Ah, allez, je n'ai pas le cœur à rire ! Je n'ai plus le moindre logis non plus. Je suis resté le plus longtemps chez ce violoniste, chez cet épicier qui voudrait bientôt m'imposer le nombre de fois où j'ai le droit de chier.

— Je croyais que vous travailliez ensemble ?

— Fini, terminé ! Qu'il se cherche un autre pantin ! Je me débrouillerai bien tout seul ; il me manque seulement l'argent pour un hôtel, il faut bien que j'installe mon campement quelque part.

— Tu devrais peut-être retourner le voir, les choses vont s'arranger.

Wolfgang secoua la tête en soufflant sur la fumée qui sortait de son verre de thé.

— Et que vas-tu faire maintenant ?

— De la musique, quoi d'autre ?

Wolfgang se pencha par-dessus le comptoir vers Czerny et le regarda dans le blanc des yeux.

— De la musique, Czerny, c'est le seul amour qui ne t'abandonne jamais !

— Doucement, sinon Hélène va se réveiller.

En chuchotant, Czerny tâtonna dans la pénombre du couloir, ouvrit une porte et lui en indiqua une autre d'un geste de la main.

— Le lit est là. Les toilettes sont là-bas.

— Merci, mon vrai, mon seul ami...

— Qu'est-ce qui se passe ici ?

Une femme aux longs cheveux ébouriffés surgit dans l'entrebâillement d'une porte, en tenant sa robe de chambre devant sa poitrine.

— Hélène… euh, c'est Wolfgang, il va passer la nuit chez nous.

Wolfgang s'inclina, mais quand il leva les yeux, ils avaient tous les deux disparu. Il s'affala sur la couche. La pièce était si étroite que le côté des pieds dépassait de dessous une table. Dans la chambre voisine, il entendit la femme sermonner Czerny. Wolfgang expédia ses sacs sous la table, retira sa culotte et ses chaussures et s'endormit sans plus chercher à réfléchir.

Il se retrouva sur une grande place. Tout autour de lui, des maisons se dressaient vers le ciel. Il pivota sur lui-même, d'abord lentement, puis de plus en plus vite, mais chaque fois qu'il croyait avoir fait un tour, les décors avaient changé, de nouveaux bâtiments surgissaient toujours et disparaissaient, passaient en volant devant lui : des quadrangulaires nus, des petits penchés, des hauts vitrés et de magnifiques ornés de stuc. Il se tournait de plus en plus, les maisons changeaient tout aussi rapidement. Il s'arrêta brusquement. Dans un coup de tonnerre, les façades s'effondrèrent, lui offrant une vue sur sept larges voies qui partaient en forme d'étoile de l'endroit où il se trouvait et se perdaient dans un infini blanc laiteux.

Dans chacune de ces voies, la musique l'appelait, cruelle cacophonie de sept mélodies de couleurs et de rythmes les plus divers. Intrigué, il s'approcha d'abord de l'une, puis de la suivante sans pouvoir en discerner la provenance. Sur l'une d'elles, il aperçut enfin Mado, elle soufflait dans son saxophone avec une simple couverture sur ses épaules nues. Puis il l'entendit chanter « Pas d'hommes ici ! », d'une voix colorée, puissante et impérieuse qui n'allait pas du tout avec son corps gracile. « Pas d'hommes ici ! »

— Mado, voulut-il crier.

Mais sa gorge ne lui obéit pas. Il voulut courir vers elle, la toucher. Trempé de sueur, il se réveilla en sursaut.

— ... Rien à faire de ses problèmes. Fais en sorte de les régler !

La voix criarde d'une femme furibonde cascadait devant sa chambre et il la reconnut comme étant celle d'Hélène. Effrayé, il ouvrit les yeux ; il faisait jour. Il entendit une porte claquer. Fatigué, il replongea dans la musique de son rêve, cherchant à en conserver chaque son, chaque mesure qui, s'il s'abandonnait à l'exigeante emprise du jour, se perdrait dans son activité bruyante. Il s'était agi de sept morceaux avec sept figures différentes, chacune indépendante et pourtant liée aux autres, qu'il classa maintenant selon le thème et déposa en sûreté dans son cerveau avant de se lever et de passer prudemment la tête par la porte.

Il y avait une odeur de café. De la musique parvenait du bout du couloir. Wolfgang rentra dans la chambre, attrapa son nouveau jean, hésita, laissa retomber cette chose bleue rétive et sortit de son sac la vieille culotte confortable. Il trouva Czerny assis à une table, caché derrière un journal ; une vapeur de café formait un nuage au-dessus d'une grosse cafetière rouge.

Sans un mot, Czerny lui montra une série de tasses en porcelaine dans une armoire au mur.

Wolfgang se laissa tomber en grognant sur la chaise d'en face, se versa du café et survola les gros titres noirs du journal. Des noms et des concepts en ressortaient dont il ignorait le sens de sorte qu'il eut de nouveau le sentiment de s'être égaré, de s'être échoué à un endroit pour lequel il n'était pas appelé ; un endroit qui s'enveloppait, rebutant et railleur, dans des mots inconnus.

— Bien dormi ?

Le ton de Czerny ne laissait aucun doute sur le fait qu'il faisait partie des gens dont le simple devoir-être se transforme en punition dès le matin.

— Oh oui, je te suis reconnaissant de tout cœur pour le logis, je n'ai pas de grands besoins, si je peux seulement trouver le calme pour travailler le jour et un endroit pour dormir la nuit, ce sera déjà bien. Une fois que l'on s'est habitué…

— Oui, mais…, dit Czerny en abaissant son journal, Hélène sera là au plus tard vers midi et demi.

L'air tendu, il remua le café dans sa tasse à moitié vide.

— Ce serait bien si tu pouvais partir avant. J'ai déjà assez de problèmes en ce moment.

Wolfgang repoussa sa tasse et se leva avec un sourire en coin.

— Eh bien, je peux m'estimer heureux que les arbres soient déjà en train de bourgeonner, je n'aurai ainsi que quelques doigts à me geler quand j'installerai dans la rue mon campement pour la nuit ; un ou deux doigts, ce n'est pas une grande perte pour un bon pianiste, il n'aura qu'à jouer une ou deux voix de moins et se chasser ainsi les soucis du crâne. Avec un peu de chance, ça ne touchera que mes pieds, ce ne sera qu'à moitié grave et...

— Eh ! Désolé, mon vieux, mais c'est l'appartement d'Hélène. C'est un point délicat. Je lui ai dit que tu avais des problèmes avec ta copine et que tu allais retourner chez toi aujourd'hui.

Chez toi. Ces mots enveloppèrent Wolfgang comme un brouillard froid et quelque part dans cette brume flottait, tel un démon, le nom de Mado.

— Si je lui raconte que tu n'as pas d'endroit où loger, elle va vraiment flipper. De plus, je trouve que tu devrais au moins donner un signe de vie à ce Polonais. Finalement, ça fait des jours qu'il se fait du souci pour toi...

Czerny baissa brusquement les yeux.

— À mon avis, du moins.

— Piotr ?

Un sentiment désagréable s'empara de Wolfgang, celui d'être arrivé trop tard à une représentation théâtrale et d'avoir raté quelque chose de décisif. Mais qu'importe qu'il y ait des choses qu'il ignore ? Il était de toute façon un étranger dans cette pièce. Il regarda les yeux de Czerny : ils étaient si sombres que les pupilles, ces fenêtres de l'âme, y disparaissaient.

Czerny soupira.

— Bon, voilà, il est venu me voir au comptoir vendredi et il te cherchait, mais il m'a demandé de ne pas te le dire. Ce type est *clean*. Ne joue donc pas ta diva effarouchée, car enfin, c'est bien toi qui l'as planté et pas le contraire. Tiens...

Czerny glissa une assiette à Wolfgang et lui montra une corbeille de pain.

— Mange encore quelque chose avant qu'Hélène ne se pointe.

Wolfgang attendit l'après-midi avant de se trouver devant la porte de Piotr. Il resta là un moment sans bouger, tournant et retournant dans sa main la clé au ruban rouge, se passa le doigt sur les poils durs de sa barbe. Une grosse femme grimpa l'escalier en traînant les pieds et traversa le couloir d'un pas lourd. Il attendit de ne plus la voir et tendit l'oreille. Tout paraissait calme à l'intérieur, mais il ne voulait pas s'y fier. Il tendit la clé vers la serrure, s'arrêta, laissa retomber son bras. Dans le fond, il n'avait qu'à glisser la clé sous la porte et tout simplement s'en aller. Partir n'importe où. Il sentit ses yeux le brûler et sa poitrine se serrer.

— Qu'est-ce que tu fais ? Ouvre porte, j'aurai pas besoin déposer sac à dos.

Il sursauta, regarda à toute vitesse Piotr de haut en bas, jusqu'à ses semelles dont il n'avait pas entendu le bruit. Il esquissa un hochement de tête, enfonça nerveusement la clé dans la serrure, ouvrit, resta indécis à l'entrée et, les yeux à moitié baissés, il observa Piotr qui déposait son étui à violon sur un fauteuil et posait son sac à dos par terre.

La petite table que Wolfgang avait poussée sous la fenêtre pour composer s'y trouvait toujours, avec une liasse de partitions qu'il y avait oubliée. Il n'osa pas se déchausser, ne fit que fermer doucement la porte, resta là sans bouger tandis que Piotr sortait un paquet de fromage à tartiner du réfrigérateur et disposait des tranches de pain sur une grande assiette.

— C'est fini avec ta étoile du matin ? demanda le violoniste, de belle humeur, sans le regarder.

Wolfgang se mordit la lèvre. Il avait la tête vide et morne comme le Blue Notes après la fermeture. Il n'aurait pu en dénicher la moindre plaisanterie.

Piotr posa l'assiette pleine de tartines de fromage sur la table basse, s'assit sur le canapé, où la couverture pliée de Wolfgang occupait encore un coin, et prit une tartine. D'un signe de tête, il invita Wolfgang à l'imiter.

Wolfgang se déchaussa en hésitant et se blottit dans le fauteuil d'en face. Il prit une grande inspiration, puis souffla longuement.

— Elle ne m'a rien laissé que l'obscurité, dit-il, la gorge serrée, en se sentant proche des larmes. Alors qu'elle m'avait tout offert…

Quand il renifla, Piotr lui tendit le rouleau d'essuie-tout.

— Pas facile avec femmes ici quand on vient de campagne. Sont comme hommes, veulent s'amuser et liberté et tout. Tu dois pas penser tout de suite à amour. Quelques jours, peut-être, puis tu retournes et... tu verras.

— Elle est partie, Piotr, en allée, disparue, volatilisée, évanouie, passée, *perdue**. M'a abandonné dans sa chambre d'hôtel, ne m'a même pas dit son nom.

— Elle a payé chambre ?

— Bien qu'elle m'ait traité comme un chien après une pareille nuit, mon honneur exige que je me comporte en galant homme...

— Une nuit ? Toi pas ici quatre nuits !

Wolfgang haussa les épaules.

— Tout le temps à l'hôtel ? Qu'as-tu fait, là ?

— Rien.

Piotr le fixa.

— Tu es resté quatre jours dans chambre hôtel sans rien faire ? Faut faire travail, Wolfgang, composer.

— Je compose, Piotr. Du matin au soir jusqu'au moment de dormir, je compose, oui – même en rêve, la musique ne veut pas me quitter. Elle ne cesse de germer en moi et pousse comme la mauvaise herbe en mai. La composition, c'est moins un travail qu'un état ; seulement, pour le moment, je ne l'ai pas transcrite, je l'ai simplement laissée s'enfuir.

— Comment laisser s'enfuir ta musique ?

— On doit se doucher gentiment. Si on reste longtemps sous la douche en levant les bras, l'eau vous coule dessus et entraîne tout jusqu'au trou dans le sol où tout part en glouglous, l'amour certes et la musique aussi.

Piotr se leva d'un bond.

— Tu as grand trésor, tu as reçu de Dieu, c'est péché de jeter ta vie et faire disparaître musique dans égout. Dans égout ! Tu as obligation avec Dieu, quand tu as tel talent !

Les mots de Piotr taillèrent dans la conscience de Wolfgang. Il se mordit la lèvre et prit ses genoux dans ses bras.

Piotr lui montra du menton la petite table sous la fenêtre.

— Mais sert à rien si tu as pas discipline. Tu restes maintenant et laisse couler musique sur papier et pas dans égout.

Wolfgang inclina la tête docilement, traversa le petit appartement d'un pas pesant et s'assit dans la cuisine. Plusieurs grands cahiers de musique, vierges ou déjà commencés, se trouvaient dans la pile devant lui. Il en sortit un, esquissa un rictus douloureux, passa sa main sur la couverture. *Requiem aeternam*. Une obligation envers Dieu. Où en était-il arrivé ? Avec précaution, il feuilleta les premières pages encore vierges qui devraient enregistrer un jour ce qu'il avait oublié autrefois chez Enno, il n'y avait simplement déjà écrit que les titres sur les bords en haut. *Introït*, *Kyrie*, la *Séquence* avec presque toutes les parties. Juste au-dessus de la dernière ne se trouvait rien qu'un grand L. Il continua de feuilleter, et leva vite les yeux avant que les sons redoutés puissent l'atteindre.

Son regard tomba par la fenêtre, erra sur les toits et, l'espace d'un instant, il se sentit de nouveau rappelé à ce temps encore si vif en lui et qui lui échappait pourtant de plus en plus. Chez soi. C'était plus qu'une chambre avec une clé, plus qu'un endroit dont on connaissait les rues et les places. Tout cela était éphémère et ne liait pas vraiment. Par-dessus son épaule, il regarda Piotr qui, assis sur le canapé, feuilletait son calendrier avec le crayon à la main.

Chez soi. Ce n'étaient même pas les personnes que l'on appelait ses amis aussi longtemps qu'ils appartenaient à un monde qui vous resterait toujours étranger et interdit. Chez soi, ce ne pouvait être qu'un petit endroit dans son propre cœur, au plus profond de soi. Wolfgang respira profondément. Il n'avait même pas besoin d'écouter en lui. Tout au fond de son cœur, au plus profond de lui-même, il y avait la musique, rien que la musique et il n'y aurait jamais rien d'autre.

Offertorium

Domine

... sed signifer sanctus Michael
repraesentet eas in lucem sanctam.

— Très prometteur, monsieur Mustermann. Pourquoi ne pas m'avoir apporté cela la dernière fois ?

— Parce que rien n'en était alors composé, de sorte que je n'aurais rien pu vous en montrer.

Singlinger fixa le dossier puis Wolfgang.

— Vous voulez dire que cela est le fruit de quatre semaines ?

— Si cette pénible écriture n'avait pas fini par me prendre tout mon temps, j'en aurais certainement apporté beaucoup plus. Il y aurait encore l'extrait de piano d'une fantaisie et un rondo. Et un mouvement de sonate, qui nécessiterait une coda, mais on n'est tout de même pas un bœuf qui veut tout mastiquer cinq fois ! Meuuuhh !

Wolfgang éclata de rire à la pensée d'une grasse vache laitière qui s'étranglait en broutant des notes.

Singlinger feuilleta les pages.

— Monsieur Mustermann, vous êtes un phénomène. D'où tirez-vous cette profusion d'idées ?

— De lutins insolents, monsieur Singlinger. Ils ne cessent de faire un vacarme impossible de bas en haut dans ma tête et me content les choses les plus audacieuses. J'aimerais parfois qu'ils m'accordent une paix bien méritée, mais ils sont beaucoup trop nombreux, ils me guettent dans tous les coins et dès que quelqu'un me parle, cela se transforme aussitôt en musique sans me laisser le temps de dire ouf !

Il se secoua et poussa un son comme s'il avait de l'huile de foie de morue sur la langue.

— Certes, il y a pas mal de choses à jeter, ah ! Mais pour le reste, une vie ne suffit pas à le transcrire. J'ai souvent désiré l'aide de quelqu'un, toutefois il faudrait qu'il puisse regarder dans ma tête, mais vu l'affreux désordre qui y règne, je devrai me débrouiller tout seul.

Il se remit à rire en s'imaginant quelqu'un en train d'ouvrir son crâne comme un tiroir plein à ras bord et tomber sur les fesses à la vue du contenu. Pour finir, il s'essuya les yeux avec sa manche et baissa la voix.

— Si monsieur Singlinger veut bien prendre patience, j'aurais encore une spécialité, quelque chose qui l'intéressera, quelque chose de particulier, qui fera sensation quand on le produira à la fin de l'année.

— À la fin de l'année ?

Le visage de Singlinger prit un air torturé.

— Ce serait quoi ?

— Une messe des morts. Et partant…, ce n'est pas une messe ordinaire ; j'ai confiance que cela fera sensation dans le monde entier, mais maintenant je ne dois pas en dire plus pour ménager l'effet de surprise.

Singlinger sourit faiblement.

— Eh bien, faites donc cela et apportez-moi tout quand vous aurez fini. Mais ôtez-vous vite de la tête cette histoire de fin d'année, dit-il en refermant le dossier. D'ici la fin de l'année, rien de tout cela ne sera joué.

Wolfgang chercha une explication sur le large visage de Singlinger. Quelque chose avait encore dû lui échapper. Peut-être avait-on aussi changé le calendrier et transféré le début de l'année en plein été ?

— Mais… présentement, c'est avril…, objecta-t-il en hésitant. Ne devrait-on pas envisager de produire quelque chose des centaines de fois d'ici décembre ?

— Monsieur Mustermann, je ne veux pas vous froisser, mais je pense que vous surestimez par trop vos possibilités en tant qu'artiste inconnu. Il peut arriver pour des compositeurs de renom qu'une œuvre sorte dans les salles de concert en l'espace de peu de mois, mais en ce qui vous concerne, il faudra déjà attendre de voir si l'on peut en tirer quelque chose. Et, si oui, cela ne pourra se faire que dans les délais habituels d'un ou deux ans.

— Un ou deux ans ? Dieu du ciel, de quoi peut-on vivre ainsi ? De mon… du temps de Mozart, une œuvre était produite sur scène dès qu'elle était composée.

Singlinger rit.

— Vous tenez à Mozart, hein ? Mais nous ne vivons pas au dix-huitième siècle où ce pauvre Mozart a certainement dû entendre pas mal de musique de chat parce que tout devait aller trop vite. Prenez votre temps, Mustermann. Je vous donnerai de mes nouvelles.

Sur ce, il fut congédié sans plus de façons. Quelle pénible affaire ! Comment allait-il expliquer cela à Piotr ? Celui-ci avait raison, il ne voulait que son bien. Et finalement, sa préoccupation la plus profonde n'était pas de composer une musique dans l'unique but d'obtenir la plus grande renommée mais d'accomplir une mission divine – pour quelle autre raison l'aurait-on fait revenir en ce monde ? Plus que jamais, c'était son devoir sacré de créer le meilleur et le plus excellent, quelque chose dont lui seul fût capable. Oh, s'il pouvait pourtant se faire reconnaître, tous les problèmes seraient levés d'un coup et il serait *illico* bienvenu à tous les pupitres de chef d'orchestre de ce monde. Là où était sa place. Où on l'honorerait comme celui qu'il était et où l'on reconnaîtrait la valeur de sa musique. Serait-il en mesure de refaire encore tout ce chemin rocailleux ? Où arriverait-il ? Il savait bien qu'il ne se contenterait plus longtemps de faire le tour de tous les bars en tant que pianiste miteux. Sa place était dans les grandes salles de concert, les Opéras prestigieux, mais à l'Opéra national où il avait tenté de se faire introduire, on l'avait chassé comme un chien errant. Il rentra la tête comme pour se protéger de la bruine qui s'annonçait. Oui, Piotr avait raison, et il ferait tout ce qu'il l'avait chargé de faire. Il écrirait et jouerait et, par Dieu, il commencerait par donner ces odieuses leçons.

*

— Messieurs, quelqu'un aurait-il encore une question ou pouvons-nous clore la réunion ?

Le directeur du conservatoire remit son bloc-notes et son stylo dans sa serviette et se prépara à se lever.

— En fait, oui, j'aurais encore quelque chose à demander aux collègues.

Le professeur Robert Michaelis se leva et commença à distribuer les copies qu'il avait préparées.

— Si vous pouviez regarder ceci. Il s'agit d'un remaniement du *Requiem* de Mozart, de parties du *Sanctus* et du *Benedictus*.

— D'où tenez-vous cela ?

— L'un de mes étudiants l'a... hmm, découvert et me l'a soumis pour examen. Après m'être amplement entretenu avec notre collègue Heimert, j'en suis arrivé à penser qu'il s'agit là d'un événement marquant dans la recherche d'une version du *Requiem* la plus fidèle possible à Mozart. Si vous en arrivez à la même conclusion...

— Vous ne disposez que de ces parties ? demanda le directeur en remettant en place ses lunettes.

— Non, j'ai aussi des ébauches, des parties retravaillées de l'*Agnus Dei* et de la *Communion*. En écriture manuscrite.

— C'est incroyable, on trouve là en vérité une telle légèreté et un génie… Cela pourrait réellement provenir de la plume de Mozart. Êtes-vous certain qu'il ne s'y trouve pas un autographe de Mozart jusqu'alors inconnu ? Cela ferait sensation !

— Eh bien, j'y ai naturellement pensé aussi et j'ai entrepris des recherches en conséquence – vous savez de quoi je parle –, mais il n'y a aucun indice que de tels écrits aient surgi.

— Alors, d'où cela peut-il bien provenir ?

— Comme déjà dit, c'est l'un de mes étudiants qui l'a… Bon, enfin, nous essayons justement d'enquêter sur l'auteur. Concernant la nécessité de le faire, nous sommes certainement tous d'accord, messieurs.

Un murmure d'approbation lui répondit.

— Les choses se présentent toutefois difficilement, l'auteur est sans doute un illustre inconnu et il a manifestement disparu.

Le collègue à sa droite intervint.

— Si nous en sommes tous d'accord, je transmettrai cela volontiers à notre ami Nikolaus ; il prêtera certainement grand intérêt à cette découverte. Je pense qu'une telle œuvre ne devrait pas être tenue cachée au public.

Michaelis acquiesça d'un signe de tête.

Dès le lendemain, il ferait encore parler ce Gernot.

*

Wolfgang poussa si prudemment la grande porte vitrée que la clochette de laiton ne rendit qu'un seul léger tintement. Il entra d'un pas hésitant, s'arrêta, tendit l'oreille. Quelqu'un parlait au loin, sans doute à l'étage au-dessus. Attiré par l'éclat du Bösendorfer, il se maîtrisa, posa prudemment un pied devant l'autre ; le plancher craqua une ou deux fois sous le tapis gris bleu. Combien de temps s'était-il écoulé depuis qu'il s'était trouvé ici et que Liebermann lui avait noté les numéros de ses élèves ? Des semaines, des mois même. Il ne s'était plus présenté chez lui depuis pour lui donner des nouvelles ou le remercier et cela l'accablait et ralentissait son pas. Il n'arriverait pas à adresser la parole à Liebermann ; tout ce qu'il pouvait faire, c'était jouer.

Il effleura le Bösendorfer comme une amante familière qui s'était déjà donnée docilement à lui et l'attirait maintenant avec d'autres promesses. *Pianissimo*, presque imperceptiblement, il envoya dans la pièce une mélodie de figures sans cesse nouvelles comme s'il rassemblait des fleurs en bouquet, improvisa et sentit au bout d'un moment, sans lever la tête, que Liebermann s'approchait.

Celui-ci ne fit qu'écouter, puis il applaudit doucement, avec de longs intervalles, quand Wolfgang posa les mains sur les genoux.

— Vous revoilà donc enfin, mon ami. Je n'ai pas réussi à vous trouver et je craignais déjà vous avoir perdu pour toujours... Mais je suppose que vous n'êtes pas venu pour moi mais pour lui, n'est-ce pas ? dit-il en désignant le Bösendorfer.

— Pour elle..., répondit rêveusement Wolfgang.
Il caressa tendrement l'instrument, puis il se leva et s'inclina courtoisement.

— Néanmoins, très honoré, très cher ami, ceci peut bien être un instrument tout à fait remarquable, le plus brillant assurément sur lequel j'aie joué depuis longtemps, et pourtant il ne signifie rien pour moi, aucun auditeur ne m'est accordé qui soit en mesure de comprendre de toute son âme la musique et l'aimer.

— Vous avez joliment dit cela, monsieur Mustermann. Oui, je me réjouis de vous écouter. Et de vous voir, naturellement. Je dois avouer que je me suis fait du souci pour vous... après que vous ne m'avez plus donné signe de vie.

Liebermann avait parlé d'une voix douce, mais Wolfgang crut y percevoir un reproche et il se força à sourire.

— Oui, le temps n'arrête pas de courir et on n'arrive pas à le suivre quand on s'est mis honnêtement en route pour conquérir le monde.

— Vous n'avez donc pas le temps pour des leçons de piano ? Vous auriez dû me le dire.

— Si, si, assurément...

Wolfgang baissa les yeux, pianota de l'index des gammes sur le Bösendorfer, chanta dessus du plus faux qu'il pouvait le supporter. Puis il s'interrompit et se tourna vers Liebermann.

— Seulement..., je n'ai pas pu les trouver.
— Qui cela ? Madame Auerbach et sa fille ?
— Les chiffres. Pour le siemens.

Deux rides creusèrent le front de Liebermann.

— Le... euh... téléphone. Les chiffres pour le téléphone. Voutsch !

— Vous avez perdu les numéros de téléphone ? Pourquoi n'êtes-vous pas alors venu me voir plus tôt ?

Que devait-il lui dire ? Que jusqu'à peu il ignorait encore à quoi servaient ces appareils pépiants qu'il remarquait maintenant partout depuis qu'il en avait connaissance ? Qu'il n'en possédait pas et ne savait pas comment s'en servir ? Qu'il avait même supposé une énigme dans les chiffres et en avait créé un concerto qui cherchait maintenant à le ridiculiser ? Quelle était cette époque aride où un charme ne comptait plus !

— Je... je n'en ai pas eu le cœur. Mais ma situation est telle que je suis prêt à le faire dans seul but de me procurer un revenu.

— Voulez-vous dire que vous n'arrivez pas encore à joindre les deux bouts ? C'est pour moi incompréhensible, à votre âge, avec les capacités que vous avez...

Liebermann se leva de son fauteuil, se promena parmi les instruments, s'arrêta finalement et perça Wolfgang du regard.

— Ou bien avez-vous quelques... obligations ?

Après une légère hésitation, Wolfgang nia. Ces deux cents euros qu'il devait encore à Czerny ne valaient pas la peine d'en parler et entre Piotr et lui, d'autres règles devaient de toute façon valoir.

— Je vous assure que je puis dire de moi que je suis un homme libre et intègre.

Liebermann gratta du bout de sa canne des lignes sombres dans le tapis bleu pigeon. Pour finir, il gratifia Wolfgang d'un sourire malicieux.

— Monsieur Mustermann, je pense que nous devrions vous faire connaître un peu plus. Jouez, mon cher, jouez, afin que je puisse téléphoner.

Et, tout en continuant à s'adonner au merveilleux piano, Wolfgang entendit Liebermann parler dans son bureau ; il devait sans doute avoir son téléphone à l'oreille. Il parla avec excitation pendant tout l'*allegro*, ne revint qu'à la fin de l'*andante* et tapa en signe d'approbation sur l'épaule de Wolfgang.

— Bon, mon jeune ami, je vous ai casé comme invité surprise, un concert au bénéfice de notre œuvre de bienfaisance. Cela n'a pas été sans difficulté, ces messieurs sont parfois... hmmm... difficiles, mais j'ai dit le plus grand bien de vous et comme c'est moi qui fournis le piano là-bas depuis des années, je dois bien pouvoir aussi décider pour une fois de celui qui va en jouer, n'est-ce pas ?

Les yeux de Liebermann brillaient, ce genre d'action semblait le maintenir en vie.

— Bien, maintenant, tout ne dépend plus que de vous, Mustermann. On ne vous donnera naturellement pas de gages, mais un costume correct et une bonne presse. Et je ferai en sorte de vous présenter aux bonnes personnes. Passez donc ici mardi afin de pouvoir parler avec le chef du programme.

Et c'est ainsi que Wolfgang fit quelques jours plus tard la connaissance d'un homme du nom de Gregor Klischewski pour qui sa prestation semblait être tout autre chose qu'une cause entendue. Sans se soucier de Wolfgang, il morigéna Liebermann.

— Qu'est-ce que tu t'imagines, Johannes ? Où irions-nous si nous devions jeter par terre tout notre programme pour n'importe quel pianiste de passage dont personne n'a jamais entendu parler ? Oublie ça ! C'est exclu ! Sans moi !

Il jeta à Wolfgang un regard pareil à celui dont on gratifie tout au plus un rat de caniveau en train de pourrir.

Wolfgang se leva.

— Avec tout le respect que je vous dois, monsieur Liebermann, mais trop, c'est trop. J'ai assurément en moi de l'honneur en trop grande mesure, et du bien mérité de surcroît, pour me laisser ainsi traiter !

Furieux, il saisit sa veste et amorça une révérence devant Liebermann.

— Je vous sais gré de vos efforts et mon merci vous sera pour toujours assuré, mais je connais aussi ma valeur.

Il se tourna pour partir, mais Liebermann se trouva étonnamment vite près de lui et le retint par le bras.

— Vous restez ici, Mustermann !

Si Liebermann ne s'était pas adressé à lui avec un tel calme amical, Wolfgang aurait déjà pris la porte depuis longtemps, mais il y avait une telle force dans sa voix que Wolfgang ne parvint pas à s'opposer.

— Et vous jouez !

Tourné vers Klischewski, Liebermann poursuivit :

— Personne ne te demande de tout flanquer par terre, Gregor. Il jouera simplement en supplément.

D'une prise ferme, Liebermann traîna Wolfgang vers le piano.

— En supplément ! C'est absurde ! Je ne vais tout de même pas me laisser gâcher ma bonne réputation.

— Jouez, Mustermann, jouez !

Indigné, Wolfgang se mit les mains sur les hanches. Avait-il besoin de faire ses preuves devant un tel peigne-cul ? Mais ensuite, il se rappela Piotr, pensa à son père et à un *Prélude* de ce Russe – comment s'appelait-il déjà ? –, Rachmaninov, oui, il était bon pour une vengeance, ce Rachmaninov. En staccatos assourdissants, Wolfgang frappa l'accord de *mi* bémol mineur sombrement agressif jusqu'à ce que sa colère lui file entre les doigts et qu'une nouvelle voix en *si* bémol majeur d'un vert lumineux se glisse en dansant dans son jeu et l'emporte finalement avec elle en lui faisant oublier Liebermann et le misérable chef d'orchestre.

— Attends de l'entendre jouer Mozart.

La voix douce de Liebermann le ramena à la réalité.

— Ce que ces messieurs entendent, *c'est* Mozart s'écria-t-il entre-deux.

Klischewski fronça les sourcils.

— Sottises ! Cela m'est totalement inconnu. Quel serait donc le titre de cette œuvre ?

— Ah... cent trente-cinq ?

— N'importe quoi ! Cent trente-cinq, c'est le *Lucio Silla*, répliqua Klischewski avec mépris.

— Oui, certes, certes, c'est la cent trente-cinquième boule de Mozart dans la classification Knöchel[1]. *Voilà la cent trente-sixième**.

Dans un rythme effréné, Wolfgang enchaîna des gammes de *la* bémol et *mi* bémol, toujours en montant et en descendant.

Klischewski le regarda avec un mélange de respect et de rage. Sa tête dodelina légèrement comme s'il n'osait pas la secouer.

— Bon, bon, Johannes, mais c'est juste pour toi. Juste pour toi.

Quelques jours plus tard, Wolfgang fit son entrée en scène dans la salle Figaro du palais Palffy, salle certes petite mais bondée. Le nom de la salle le toucha, mais il fut bien plus ému par la clarté de son souvenir de cet endroit. Il ferma les yeux, il lui semblait s'être encore trouvé récemment là, mais cela devait remonter à plus de trente ans. Puis il se reprit, se secoua comme un chien mouillé et balaya du regard la salle de concert légèrement éclairée. Piotr devait se trouver quelque part dans l'un des derniers rangs, mais Wolfgang ne put l'apercevoir.

Il regretta la douce odeur des bougies qui, dans sa mémoire, était inséparablement liée à tout concert. Il n'y avait là qu'un décent parfum, à peine comparable

---

[1]. Jeu de mots sur Köchel et *Knöchel* qui signifie « articulation du doigt ».

à l'odeur de vieillards ridés portant une canne et surtout pas à celle de corps non lavés. À la place, quelque chose d'autre planait dans l'air, une odeur forte, insistante, qui restait sans doute à toute époque la même : cela sentait l'argent.

À peine eut-il pris place au piano qu'il se mit à suer. La claire lumière des projecteurs lui chauffait son frac noir aux manches beaucoup trop longues dont il avait fallu remonter l'ourlet et le fixer provisoirement par des épingles.

L'orchestre jouait gentiment et proprement, seul un gros violoncelliste aux joues rouges était continuellement à la traîne ; on aurait dit qu'il s'époumonait à courir derrière les autres même si la symphonie de Beethoven ainsi que l'*adagio* de Haydn qui avaient été joués auparavant auraient encore laissé du temps au plus lent.

Pour finir se trouvait maintenant inscrit au programme ce concerto pour piano dont il ne se souvenait que trop bien, car il l'avait composé à une époque où il ne parvenait plus à se sentir libre chez lui, où les yeux de son père éclairaient chaque recoin comme une bougie et où toute sérénité lui avait été ravie. Comment ces jours-là se seraient-ils déroulés s'il avait pressenti que ce seraient les derniers qu'il passerait avec son père ? Wolfgang ne savait pas très bien si c'était pour cela qu'il avait choisi de le jouer maintenant.

« Bien, mais pas d'expérimentations, monsieur Mustermann », l'avait prié Klischewski au moment de la générale, « si vous voulez jouer ici, alors, s'il vous plaît, tenez-vous-en au programme ».

Wolfgang ricana intérieurement, jeta un dernier regard sur son public et laissa le concerto monter en lui, entendit des lignes colorées s'unir à des nappes voguantes, vit des chiffres, des hauts et des bas, fit des signes de tête à l'orchestre et joua patiemment jusqu'à la cadence finale. Quand Klischewski abaissa finalement la baguette et lui laissa le champ libre, Wolfgang pensa à Mado, à la nuit bleu doré et commença par trois accords de jazz. Il évolua habilement vers l'*Adagio* de Haydn pour, en contrepoint, y insérer un tout petit peu de la symphonie de Beethoven. Il jeta un regard à l'orchestre. En tout cas, les musiciens semblaient s'être réveillés, le gros violoncelliste le fixait avec de grands yeux angoissés. Cela commençait à devenir amusant. Vertueux comme un élève de monastère, il reprit un rythme lent jusqu'au moment où Klischewski leva sa baguette, où les vents se préparèrent et où les archets se levèrent... et Wolfgang continua à voler, à improviser à travers les siècles sur les trois thèmes principaux de la soirée comme il l'avait si souvent fait au Blue Notes, à franchir de temps à autre les frontières de l'atonalité pour enfin, avec un long trille sur la dominante, revenir exactement là où le chef d'orchestre voulait l'avoir.

Ce dernier leva de nouveau la baguette, l'orchestre reprit encore une fois, mais, à cet instant, Wolfgang se laissa entraîner par une inspiration subite et, dans un brusque changement de tonalité, se perdit dans une nouvelle variation. Klischewski tressaillit, quelques musiciens ainsi que le gros violoncelliste ne parvinrent plus à se freiner et gâchèrent le jeu de Wolfgang. Quand, pour finir, celui-ci passa de façon conciliante à la cadence prescrite, il sentit un net soulagement traverser tout l'orchestre.

Un tonnerre d'applaudissements déferla, interminable, prit son rythme et pulsa vers lui.

Le président de l'œuvre de bienfaisance monta sur la scène, serra la main de Wolfgang avec une extrême précaution, comme s'il craignait de l'arracher, et le pria instamment de continuer à jouer.

— Jouez-nous encore quelque chose, monsieur Mustermann, ce que vous voulez, mais jouez !

Wolfgang retira son frac noir et improvisa sur un thème de cette nouvelle sonate pour piano que l'énigme chiffrée de Liebermann lui avait inspirée et qu'il appelait depuis *Sonate Liebermann*. Il fut ensuite récompensé par de fougueux applaudissements mais aussi par le visage désormais bienveillant de Gregor Klischewski.

Encore en scène, il reçut des fleurs qu'on lui reprit ensuite dans le foyer pour lui glisser à la place une coupe de champagne dans la main. Piotr se trouvait sans parler à côté de lui, le visage rayonnant.

— Mustermann, vous êtes un diable !

Johannes Liebermann fonça sur lui comme un lévrier boitant et lui tapa sur l'épaule.

— Venez, on brûle de vous connaître !

Il entraîna Wolfgang parmi tous les regards qui le suivaient obstinément, comme aimantés. Wolfgang les absorba comme le soleil de mars, s'inclina à droite, sourit à gauche et ne remarqua l'homme de grande taille qu'en se heurtant à lui. Le champagne se renversa et se répandit sur la culotte grise de ce dernier. Wolfgang s'en effraya, garda les yeux fixés sur la tache sombre qui s'étalait de plus en plus sur le bas-ventre de l'homme, se mit la main devant la bouche sans pouvoir pourtant s'empêcher de pouffer puis d'éclater de rire. Il lui semblait que quelque chose en lui se libérait telle une petite horde de minuscules diablotins qui avaient attendu de se frayer enfin le passage.

Il sentit brutalement le pied de Piotr sur le sien, s'efforça de reprendre son sérieux et vit que les gens tout autour fixaient d'un air amusé l'entrejambe de l'homme arrosé.

— Oh, mon Dieu, je, euh… vous demande très humblement pardon, monsieur, ce n'était certes pas mon intention, de vous… euh… de… vous mouiller, euh… de vous tremper, de vous… euh… faire dans la culotte !…

Il pouffa de nouveau de rire, chercha de l'air.

— Pardon…

Une toute jeune fille en très long tablier blanc se poussa avec zèle devant Wolfgang.

— Excusez, monsieur Auerbach…

Elle entreprit d'éponger la tache avec un linge, s'arrêta cependant dès qu'elle s'aperçut de l'inconvenance de son geste.

— Eh bien…

Wolfgang sourit et tapa d'un geste conciliant le bras du monsieur à défaut d'en pouvoir atteindre l'épaule.

— Même le plus grand des petits malheurs peut avoir ses bons côtés, un tel plaisir ne nous est sans doute pas accordé à nous autres habituellement, n'est-ce pas, mon cher ami ?

Le visage cramoisi, le monsieur se dégagea de son bras. Wolfgang sentit Liebermann le lui prendre et l'entraîner plus loin.

— Mustermann, lui chuchota Liebermann, maîtrisez-vous, il s'agit d'Edward Auerbach.

Puis se tournant vers l'homme taché :

— Cher monsieur Auerbach, dit-il, je suis vraiment désolé, notre artiste doit sans doute être un peu tendu après cette grandiose prestation.

Auerbach décocha à Wolfgang un regard furibond.

— Une grandiose prestation, en vérité.

Il inclina brièvement la tête en direction de Liebermann et disparut.

Liebermann soupira et prit le verre de champagne dans la main de Wolfgang.

— Bon sang, Mustermann, pour l'amour de Dieu, arrêtez de boire ! J'avais placé en Edward Auerbach tous mes espoirs pour vous.

— Si mon verre s'est vidé, cela relève d'une autre cause comme vous avez pu vous en assurer par vous-même. Comme j'ai un bon sens de l'humour et que je suis d'un naturel joyeux, on peut bien, par un tel soir, ne pas en tenir rigueur à un honnête homme.

— Tu peux être joyeux à la maison, le gronda Piotr, mais pas parler comme ça à Edward Auerbach. *Mój Boże*. Tu as une fois chance dans vie et tu jettes !

— Mais, par tous les diables, qui est donc cet Auerbach pour qu'on le porte ainsi aux nues ?

Les regards de Liebermann et de Piotr lui retirèrent le sol sous les pieds à peine venait-il d'oublier qu'il ne le portait pas. Encore une fois, il se souhaita de n'avoir qu'un simple pas à faire en arrière pour pouvoir, ne serait-ce qu'un court instant, se retirer dans un monde auquel il appartenait et qui le soutiendrait.

D'une voix presque pieuse, Piotr s'adressa à lui.

— C'est chef de Fondation Auerbach. Grand mécène de musique.

Il soupira.

— Tu es vraiment âne, *przyjaciel* !

— Eh bien, s'il y a quelque chose à récolter, cela devrait bien réussir au meilleur. Sinon, je m'en passerai.

Avec un sourire en coin, Wolfgang prit l'un des verres de vin que l'on présentait sur des plateaux.

— Comme on ne me suppose plus de bonne qualité, je n'ai plus besoin d'en avoir.

Il se détourna, se fraya un chemin dans la foule, vers l'endroit où s'étaient rassemblés les musiciens de l'orchestre, trinqua à la ronde et se saoula finalement avec le chef d'orchestre, l'appela Gregor à une heure tardive, lui promit quelques concertos pour cordes et, grisé et affable, accepta son invitation à accompagner la troupe dans une tournée de concerts sur un paquebot en mer Noire.

Quand il se réveilla le lendemain matin, la tête lourde, Piotr était déjà attablé devant son bol de café. Mais au lieu de lui passer un savon comme il s'y attendait, Piotr leva un journal, la mine réjouie.

— Ils écrivent deux lignes sur argent concert pour institut aveugles, une phrase sur orchestre, mais sept lignes sur nouvelle découverte de fantastique pianiste Wolfgang Mustermann !

*

— Une cigarette, siou plaît ? Une clope pour moi ? Quelques centimes, siou plaît ?

Anju leva les yeux et secoua négativement la tête.
— Oh là, excusez...

Le clochard se détourna aussitôt et décampa.

Elle chercha un mouchoir dans sa poche. Elle devait avoir une mine affreuse si même les clochards du métro s'éloignaient d'elle avec tact.

Enno et Jost étaient-ils déjà rentrés ? Elle jeta un œil à l'horloge du tableau d'affichage. Elle ne pourrait même pas épancher librement ses larmes à l'endroit qu'elle appelait son chez-soi. À la pensée que cette histoire de nouvel appartement n'avait encore une fois rien donné, les larmes lui revinrent aux yeux. Elle s'était si bien imaginé tout cela : un petit appartement rien que pour elle, sans les deux garçons et leurs copains qui n'arrêtaient pas d'entrer et de sortir de la colocation et semblaient ignorer le terme d'espace privé.

Arrête de pleurer ! se rappela-t-elle à l'ordre. Car enfin, elle avait compris dès le début que son travail était incompatible avec le mot sécurité. Pour chaque sorte de projet de recherche pour lesquels elle s'était spécialisée en tant que biologiste, elle recevait à peine de quoi vivre, elle n'était toujours prise qu'en CDD et l'avenir était toujours écrit dans les étoiles. Mais cette fois, ils avaient tous été confiants, même son professeur qui, en tant que directrice des projets, s'était toujours efforcée depuis des années de pouvoir poursuivre les recherches. Plus que quelques semaines et elle se retrouverait encore une fois sans travail et finalement heureuse de sa chambre bon marché. En vain, elle essaya de chasser ses larmes en clignant des yeux, puis elle posa le pied sur l'escalator.

Et maintenant ? En tout cas, elle aurait du temps, le temps de travailler enfin à la publication qu'elle repoussait depuis des mois. Ses pensées naviguèrent vers les préparations qu'elle gardait dans son étagère depuis son dernier voyage en Inde et, avant de s'apercevoir qu'elle avait atteint le bas de l'escalator, elle se coinça le pied dans le bord et perdit l'équilibre, tenta de s'appuyer à la rampe, rencontra le vide. Elle maudit ses chaussures à hauts talons et sentit en tombant qu'on lui saisissait le bras et la taille et qu'on la rattrapait.

Ce fut l'odeur corporelle attirante, soulignée par un agréable soupçon d'après-rasage qui lui donna un moment l'impression de rencontrer quelqu'un de familier. Quand la main étrangère passa rapidement sur son dos, comme une consolation, elle se sentit l'envie de se laisser encore une fois tomber et relever.

Elle prononça vite un « merci », se redressa comme elle put, remit sa jupe en place et leva les yeux. Elle s'effraya aussitôt en voyant briller devant elle les merveilleux yeux d'eau profonde de ce musicien qu'elle avait dernièrement chassé de sa chambre.

*

La femme-oiseau ! Le cœur aussitôt battant, Wolfgang la regarda partir, elle qui, avec un sourire effrayé, s'était brusquement détournée de lui et hâtée vers la ligne de Hütteldorf. Elle s'était réellement encore retournée et, malgré sa peine évidente, elle lui avait envoyé un regard curieux, presque chaud. La joie et la peur mêlées formaient en lui un trouble voluptueux qui, il en était certain, ne le quitterait pas avant longtemps. En arrivant un peu plus tard au Blue Notes, il avait déjà pris une décision qui l'accompagna chaudement toute la soirée et lui fit presque oublier la mauvaise humeur qui le minait depuis des jours.

Car, même si le concert avait reçu un aussi bon accueil, il n'en avait obtenu rien d'autre qu'un frac mal taillé et une culotte trop longue. « Prenez patience, Mustermann », avait tenté de le rassurer Liebermann, mais son regard lui avait nettement fait comprendre qu'il le rendait responsable de ce que son comportement envers un potentiel mécène ne lui avait jusqu'alors rien apporté de plus que le projet d'une tournée de concerts.

Bon, en tout cas, il irait à la mer Noire, qu'il n'avait pas encore vue même lors de ses précédents voyages.

Il poussa la porte du Blue Notes, salua Czerny, lorgna dans la cuisine et s'inclina profondément devant Theresa, la cuisinière, qui était grande comme un homme et que pourtant, peut-être même pour cela, tous les hommes reluquaient.

Quand elle lui fit un clin d'œil espiègle, il osa la prendre par l'épaule, l'attirer à lui et lui claqua une grosse bise sur la joue.

— Tu es pour moi la meilleure et la plus chère, ma petite Theresa. De tous ceux que j'aime et qui sont les meilleurs, tu es la meilleure, tu le sais fort bien, ma meilleure, n'est-ce pas ?

Elle rit, lui donna un coup de coude.

— Et mes gnocchis sont les tout meilleurs, c'est ça ? Allez, joue ce soir uniquement pour moi ou fais au moins semblant. Je crois qu'il m'en reste encore.

Il ne savait guère de choses sur Theresa, il l'aimait comme on aime un gars toujours prêt à plaisanter. En se réjouissant à l'avance de son repas, il s'installa au piano bleu et s'abîma dans des variations sur cette mélodie enchanteresse qui lui faisait sans cesse battre le cœur depuis sa rencontre avec la femme-oiseau. Il n'en oublia pas pour autant de jeter plusieurs fois un regard au comptoir. Le patron ne se montrait pas, seul Czerny se trouvait là-bas et chassait dans la salle, comme des poules, les deux filles qui l'aidaient à servir. Ce n'est qu'à une heure avancée que le barman posa un verre de vin sur le piano avec un sourire suffisant.

— Si l'été ne tirait pas à sa fin, je dirais que tu as rencontré le printemps. Ma parole, tu rayonnes comme un réacteur nucléaire.

Wolfgang interrompit brusquement son jeu par une pirouette idiote.

— C'est bien le cas, en vérité. Dis-moi donc si je pourrai encore voir notre aubergiste aujourd'hui ?

Czerny ramassa quelques verres vides sur les tables voisines et les posa sur son plateau.

— Il est absent jusqu'à dimanche, pourquoi ?

— Eh bien, il a peut-être alors laissé savoir quelque chose au sujet de mes gages ?

— Il ne t'a pas payé, la semaine dernière ?

— Oh si, certainement, toutefois... j'aurais là quelques dépenses de nature urgente, sinon je ne poserais pas la question.

Il envoya à Czerny son sourire le plus insouciant.

— Si donc, mon ami, tu pouvais, éventuellement, au cas où tu serais en mesure d'aider...

— Bon sang de bon sang, que peux-tu bien faire pour te retrouver encore à sec ? Tu ne gagnes pourtant pas si mal ta vie ici.

De profondes rides sombres se creusèrent dans le front de Czerny.

— Tu me dois déjà deux cents.

— Il ne t'aura pas échappé que je tiens à mon honneur, ainsi je te rembourserai tout à temps et avec intérêt dès que mes revenus me le permettront, ce qui sera certainement le cas assez tôt, étant donné que le printemps est réellement entré dans ma vie et que, par conséquent, je me prépare à accomplir mon travail d'autant plus excellemment, car quand l'amour nous accompagne, le sort qui nous est accordé nous est d'autant plus léger, n'est-il pas vrai, mon très cher ami ? Ainsi, je ne demande rien d'autre qu'un tout petit service afin de pouvoir assurer correctement l'objet de mon amour.

La poitrine de Czerny se souleva et s'abaissa nettement.

— Je ne veux pas m'en mêler, mais il vaudrait mieux oublier les femmes qui ne pensent qu'à te plumer.

— Sois sans crainte, mon cher Czerny, j'ai peut-être été fou autrefois, mais je peux t'assurer d'autant plus que cela se présente tout à fait différemment maintenant. Si tu avais seulement la bonté vraiment amicale de m'aider avec, disons… cent… ?

— Cent ? pouffa Czerny. Écoute, Mustermann, c'est vraiment la toute dernière fois. Et à trois conditions.

— Qui seraient ?

— Premièrement, tu continues à jouer ce soir jusqu'à ce que j'en aie terminé ici.

— D'accord !

— Deuxièmement, dit Czerny en reprenant son sérieux, les trois prochains dimanches, tu me rembourses cent à chaque fois.

Wolfgang acquiesça en hésitant.

— Et troisièmement...

Son regard se fixa un instant sur Wolfgang.

— Tu fais attention à toi. Je n'ai pas envie de te revoir vomir ici.

— Où étais-tu, toute la journée ?

La brosse à dents à la main, Piotr passa la tête par la porte de la salle de bains. Une mousse blanche goutta sur le plancher. Piotr arracha une feuille du rouleau de papier toilette et essuya la tache.

— J'ai travaillé, mon ami, comme il sied à tout honnête homme et particulièrement à un compositeur.

Wolfgang sortit un cahier de musique du sac à dos qu'il s'était dernièrement acheté et l'agita.

— Un trio pour pianos et une fantaisie, tout spécial et tout fini... et ceci est...

— Trio pour pianos ? Tu as promis concerto pour cordes pour Klischewski. Il a appelé, deux fois aujourd'hui, pour tournée. C'est nom polonais d'ailleurs, mais il sait pas polonais. Tu achètes enfin téléphone à toi, maintenant !

— Présentement, je m'achète un doux oreiller et j'ai l'intention de dormir comme un loir, ainsi je me réveillerai demain frais et dispos pour des concertos pour cordes. Je lui en jouerai alors quelques-uns. Stritsch, stratsch, strutsch. Car on ne peut rien faire de bien si l'on n'est pas disposé à le faire.

— Tu dois d'abord aller chez agent demain matin.

— Où donc ?

— Chez agent de concert de Klischewski. Il organise voyage en Ukraine.

Wolfgang tenta de se faire une idée de ce que voulait dire « agent de concerts ».

— Cela peut encore certainement attendre, mon cher Piotr, j'ai d'abord d'autres choses à effectuer qui ne tolèrent pas de report. Dis-moi, Piotr, où se fabrique la meilleure et la plus noble porcelaine que l'on puisse se procurer à Vienne ?

— Porcelaine ? Nous avons assez assiettes, j'ai acheté au supermarché.

— La plus noble, la plus fine et la meilleure, Piotr !

— Je sais pas trop, porcelaine de Saxe est plus chère, je crois.

— De Saxe, assurément, je la connais !

Il se rappela vaguement les magnifiques vases et figurines... Où était-ce donc encore, à la cour de Saxe, qu'il avait pu les admirer ? Et la baronne Waldstätten n'avait-elle pas possédé une coupe de là-bas ?

— Oui, mon ami. Le bon, l'authentique, le beau, voilà ce qui reste ! Piotr, dis-moi où je peux en acheter ?

— Tu peux pas du tout acheter. Tu as pas argent pour telles choses, tu es musicien, pas manager. Tu as rendez-vous chez agent et n'oublie pas papiers pour visa.

Exalté, Wolfgang alla dans sa chambre en sautillant. Une tasse de Saxe. Il ne pouvait guère exister quelque chose de plus approprié et si l'on pouvait acheter cela à Vienne, il le dénicherait quand bien même il passerait toute la journée à chercher. Le dernier verre de vin que Czerny lui avait posé sur le piano adoucit les paroles de Piotr et les laissa dériver comme des traînées de brouillard. Wolfgang éteignit la lumière, alla à la lucarne et regarda dans la nuit, contempla les maisons gris-noir d'en face, leva finalement les yeux au-dessus de la lumière laiteuse des lampadaires, insista et crut enfin trouver quelques étoiles. Il ouvrit doucement la fenêtre et se pencha au-dehors jusqu'à presque pouvoir toucher les tuiles du toit. Puis il fixa le ciel, vit enfin s'allumer une étoile après l'autre, de plus en plus d'étoiles, comme il en avait toujours été. Et ce regard sur les étoiles lui mit tant de joie au cœur qu'il aurait presque pu parler de bonheur.

Il passa la moitié de la matinée à tout transcrire. Plein d'espoir et fraîchement douché, il se prépara ensuite à partir.

— N'oublie pas agent concert. Tu dois aller aujourd'hui, j'ai promis, dit Piotr en lui tendant un papier. Tiens, prends adresse, j'ai fait plan pour toi.

— Oh, Piotr, cela attendra, j'ai quelque chose de plus important à faire, quelque chose qui ne supporte pas de délai.

— Qu'est plus important qu'agence concerts ? Tu as chance, *przyjaciel*, et tu prends !

De mauvais gré, Wolfgang prit la feuille et la fourra dans son sac à dos. Elle pouvait bien y rester jusqu'au lendemain, ce n'était certainement pas à un jour près.

Il trouva vite ce qu'il cherchait dans une boutique près de la cathédrale. Avec précaution, il porta l'épais sac en papier vers la station de métro, hésita, jeta un coup d'œil à l'horloge sur la façade d'un immeuble et s'arrêta, indécis. Le courage et la détermination qui venaient encore de l'animer avaient cédé la place à une craintive hésitation. Il décida de boire encore un café – ce qui restait du billet de Czerny ne suffisait plus depuis longtemps à un déjeuner. De toute façon, la nervosité lui nouait l'estomac.

Finalement, il retourna prendre le métro, se rendit sur son quai et se demanda s'il devait prendre une autre ligne, celle de la Karlsplatz, où il l'avait rencontrée, le jour précédent, à la même heure. Mais il rejeta tout report, invoqua sa mélodie enchanteresse, se mit à siffler fort et fila avec la bonne rame.

En se rapprochant de la maison grise, il ralentit de plus en plus le pas. Il changea de trottoir, se cacha derrière un véhicule et compta les rangées de fenêtres, observa l'entrée de la maison, sentit son cœur battre jusque dans sa gorge. Que fais-tu là comme un voleur, se gronda-t-il, puis il s'arma de courage et démarra. La fanfare d'une toyota le fit brusquement sursauter. En deux bonds, il se rangea dans le caniveau. Ces maudits véhicules étaient tellement rapides : c'était presque téméraire de traverser une rue. Réussirait-il jamais à estimer correctement la vitesse de ces projectiles ?

Maintenant, il avait en plus du mal à respirer. Il s'arrêta un moment devant la porte. Il ne pouvait pas entrer ainsi. Il sursauta quand il la vit s'ouvrir mais il n'en sortit qu'une vieille dame avec une canne, qui l'examina d'un air pincé avant de la refermer soigneusement.

Et s'il s'était trompé, s'il ne s'était qu'imaginé la bienveillance dans ses yeux ? Peut-être ne l'avait-elle même pas reconnu. Ou l'avait-elle pris pour un autre. Sans aucun doute, elle le chasserait de son appartement à grands cris. Voulait-il encore se montrer sous un mauvais jour ? Il jeta un dernier regard sur les boutons de sonnette noirs se retourna lentement et repartit d'un pas pesant sur l'autre trottoir. Y resta. Leva les yeux sur la maison. Comme par défi, la mélodie enchanteresse se fit plus forte et avec beaucoup plus de voix jusqu'à ce que tout un orchestre se mette à gronder en avertissement. Il tendit le dos, se dirigea vers la porte et glissa son doigt sur le bouton usé.

Cinq mesures plus tard, la porte s'ouvrit dans un « clic » et Wolfgang entra, posa lentement un pied après l'autre sur l'escalier craquant, s'arrêta et regarda vers le haut où il ne vit rien d'autre qu'une boule de lumière d'un blanc laiteux et la rampe qui semblait de plus en plus s'amincir.

Une femme rondelette aux longs cheveux blonds lorgna dans l'entrebâillement de la porte. Le soulagement et la déception se mêlèrent en lui en un tiède sentiment.

— Pardon, je... Je cherche la dame qui loge ici, est-elle là ? Je l'ai rencontrée hier et j'ai là quelque chose pour elle, un cadeau...

— Pour Anju ? OK. Je pourrai lui donner ça quand elle rentrera ce soir.

Méfiante, elle tendit la main dans l'entrebâillement de la porte.

Wolfgang serra résolument le gros cordon gris du sachet de papier. Cette femme lui paraissait être cette servante dont Jost avait parlé et donc trop ordinaire pour pouvoir accorder le soin nécessaire à un tel objet.

— Peut-être pourrais-je le porter moi-même dans sa chambre, mademoiselle, il me serait agréable de pouvoir écrire aussi quelques lignes, du fait que je ne puis la rencontrer.

— Hmm, je ne sais pas... Qui êtes-vous d'ailleurs ?

— Je m'appelle Wolfgang Mustermann.

— Musterm...

Le reste s'étouffa dans son rire.

— Mustermann. Vraiment ? C'est dingue !

Les yeux larmoyants de rire, elle le regarda.

— Pardon, mais je veux dire... Je ne vous ai encore jamais vu ici et...

Elle montra le sachet.

— Qu'y a-t-il là-dedans ?

— Une grenouille et un vieux fromage, de sorte qu'il faut faire très attention à ce qu'elle ne mange pas le fromage.

Elle fixa le sachet avant de regarder Wolfgang des pieds à la tête. Wolfgang se figea un instant, mais il se rappela ensuite sa tenue impeccable et sa toilette consciencieuse. Le temps d'un tout petit souvenir, il prit conscience qu'il ne devait ces doutes sur la témérité de sa démarche qu'à sa nouvelle vie et il fit un pas en avant.

— Si vous permettez donc ?
Elle s'écarta maladroitement.
— Par là, à gauche.
— Merci, je connais déjà.
— Je ne sais pas si elle a fermé à clé.

Wolfgang abaissa la poignée, ouvrit la porte de la chambre et refréna énergiquement l'envie de s'arrêter un instant pour inhaler l'atmosphère de cette pièce qu'il n'oublierait jamais. Sa chambre était plus claire qu'autrefois, plus ensoleillée, une couverture bouton d'or recouvrait maintenant le lit.

Il sentit le regard de la servante et, sans hésiter, il se dirigea vers le bureau et prit un papier.

Une fois la maison quittée, une petite mélancolie s'attacha pesamment à ses pas. La demi-journée se trouvait devant lui comme un espace vide et il ne sentait rien de pressant à faire. Un moment, il pensa aller voir Liebermann, mais il n'en avait pas envie non plus. Il ne voulait en aucun cas rentrer à la maison pour retrouver Piotr ; la sombre exiguïté de l'appartement lui semblait insupportable, les recommandations de Piotr un pur déplaisir. Il décida de mettre à l'épreuve sa mélancolie tenace et de retourner en ville à pied, quelque chose l'aiderait bien en chemin à retrouver sa bonne humeur. Finalement, rien n'était perdu s'il avait, ne serait-ce qu'à moitié, rencontré son goût – et avec une tasse aussi magnifique il ne pouvait que difficilement en être autrement. Ainsi, elle l'inviterait certainement à prendre le thé promis... ou elle irait avec lui dans un café si sa visite chez elle ne lui paraissait pas bienséante.

En passant devant une filiale de la boulangerie pour laquelle Piotr lui avait donné une carte de réduction, il s'acheta une part de gâteau, chercha dans son sac à dos la carte et trouva le papier avec l'adresse de l'agence. Il pensa à Piotr, à Klischewski, à une tournée de concerts et se dit en mordant dans son gâteau qu'il ferait bien d'utiliser son temps pour se rappeler ses obligations et s'occuper des affaires nécessaires avant de se consacrer à sa cour. Et c'est avec un sentiment d'honnête plénitude qu'il lissa le papier de Piotr.

Plein de zèle, l'agent conduisit Wolfgang dans son bureau, lui poussa une chaise et se présenta comme étant Friedrich Bangemann.

— Merci d'être venu nous voir, il s'agit maintenant de hâter un peu les formalités, vous savez bien...

Wolfgang acquiesça sans savoir et prit avec un merci la tasse de café offerte.

— Monsieur Klischewski et monsieur Liebermann également m'ont parlé de vous comme d'un virtuose extrêmement doué. Peut-être pourrons-nous à l'avenir travailler aussi pour vous. Si vous voulez bien nous laisser vos références ?

Wolfgang but une gorgée, sourit, garda le silence.

— Des enregistrements ? Des bandes démo, peut-être ?

— Si vous le désirez, je peux vous jouer quelque chose.

— Vous avez travaillé à l'étranger jusqu'à présent ?

— Je, hmm, tout à fait, oui, certainement.

— Si vous pouviez me parler un peu de votre parcours ? Chez qui avez-vous étudié ? Où vous êtes-vous produit ?

— Eh bien, euh, mes études, certainement, c'est mon père qui m'a enseigné, tout le temps, depuis mes trois ans. J'ai fait des tournées de concerts, loin en France et en pays welsche, et même jusqu'à Naples.

— Votre père. Tiens donc.

— Mon père, assurément, c'était un excellent musicien même s'il n'a jamais pu se défaire des vieilleries, mais il en va toujours ainsi dans le monde entre les pères et les fils, n'est-ce pas, de sorte que l'on doit sortir pour voir la nouveauté.

— Son nom devrait donc déjà m'être connu ?

Wolfgang se mordit la lèvre.

— Eh bien, peut-être voulez-vous réfléchir à notre proposition, monsieur Mustermann, nous devrions d'abord nous occuper du voyage. Si vous voulez bien remplir ce formulaire, et il me faudrait aussi votre carte d'identité.

— Ma carte d'identité ?

L'agent leva les yeux.

— Oui, votre carte d'identité.

— C'est nécessaire ?

— Écoutez, monsieur Mustermann, je n'organise plus aucune tournée de concerts sans avoir vu la carte d'identité de tous les artistes. Comprenez-moi bien, ce n'est pas personnellement contre vous, mais nous avons fait là nos petites expériences. Si vous étiez donc assez aimable ?

Wolfgang se leva et prit sa veste.

— Je... hmm, où pourrais-je avoir cette carte d'identité ?

Le regard de l'agent se fit si perçant que Wolfgang aurait voulu disparaître. Désemparé, il se mit à rire.

L'agent grimaça légèrement. Wolfgang crut l'entendre gémir.

— Auprès du conseil municipal. Au nom de Dieu, faites-vous aider par ma secrétaire !

Sans se lever, monsieur Bangemann désigna du menton la porte et inclina rapidement la tête en signe d'au-revoir.

Angoissé, Wolfgang grimpa l'escalier du bâtiment municipal. Il ne connaissait que trop bien ce pressentiment funeste d'avoir affaire à un problème qui n'avait pas encore révélé toute son étendue. Il suivit l'indication « Délivrance de cartes d'identité » et arriva dans un grand bureau. Il vit des gens derrière des bureaux et des boîtes lumineuses et s'arrêta, indécis. Piotr lui manquait. Finalement, il s'adressa à un jeune homme qui, assis sur une chaise contre le mur, bougeait sans cesse la tête.

— Je, euh... pardon... J'ai besoin d'une carte d'identité.

— Quoi ?

Le type porta la main à son oreille, en retira quelque chose, s'arrêta de bouger la tête et interrogea Wolfgang du regard.

— Une carte d'identité. Il me faut une carte d'identité.

— Ah ? fit le jeune homme avec un sourire en coin. Tiens donc.

— On m'a envoyé ici, en fait, je ne sais pas très bien ce que c'est.

— Assieds-toi là, c'est bon. T'as pris un numéro ?

Wolfgang jeta un regard alentour. Un bruit de casseroles rythmé parvint du dehors, une toyota passait certainement dans la rue, les fenêtres ouvertes, l'une d'elles l'avait dernièrement terriblement effrayé avec sa musique bruyante.

— Là !

— Où ?

Wolfgang suivit sans comprendre le bras tendu de l'homme et haussa les épaules. Le jeune homme bondit de son siège, pressa sur un boîtier à côté de l'entrée et tendit à Wolfgang un petit papier. Tout heureux, Wolfgang y porta les yeux. C'était beaucoup plus simple qu'il ne l'avait pensé.

— Assieds-toi là, lui indiqua le type. Dans la petite boîte là-haut, tu verras ton numéro apparaître.

— Ceci n'est donc pas ma carte d'identité ?

L'homme afficha un sourire grimaçant, remit dans son oreille ce qu'il venait d'en sortir, et le bruit de casseroles disparut. Wolfgang n'eut pas le temps de réfléchir à la chose ni de lui demander une explication que le type avait déjà bondi de son siège et s'était précipité vers l'un des bureaux.

Wolfgang observa de nouveau le petit papier dans sa main. Il y était écrit 256. Il regarda les boîtes que le jeune homme lui avait montrées, y lut 248, puis soudain 249 et commença à comprendre. Attentif, il s'adossa à son siège. Assise au bureau le plus proche, une dame aux cheveux gris argent étala des papiers devant elle et porta sa main à l'oreille tandis qu'une femme lui parlait d'une voix forte.

— Je ne peux pas utiliser cette photo, vous devriez vous en faire faire une nouvelle.

— Mais c'est pourtant la même que sur mon ancienne carte d'identité, je l'ai gardée exprès.

— Oui, mais ça ne convient pas, il en faut une qui date tout au plus de six mois et, de toute façon, elle ne convient pas, la tête est trop petite. Regardez, c'est ainsi qu'elle devrait être...

Elle désigna une grande affiche sur un panneau qui montrait toute une série de portraits.

— Et la carte d'identité ressemblera à ça ?

D'une main tremblante et les yeux plissés, la vieille femme montra une autre affiche.

— Tout à fait. Mais pour cela il nous faut...

Wolfgang n'écouta plus et fixa le rectangle bleu ciel désigné par la vieille femme. À côté de signes divers, il portait le portrait d'un homme inconnu avec, à côté, le nom de *Max Mustermann*. Wolfgang sentit sa gorge se serrer et ses joues rougir, perçut le *sol* dièse glougloutant annonçant un nouveau numéro et se leva d'un bond. 256. Une lumière verte luisait au-dessus d'un bureau. En hésitant, il prit place en face d'une dame imposante, ébaucha un sourire, inspira profondément et présenta sa demande.

— Avez-vous votre ancienne carte d'identité sur vous ?

Wolfgang secoua la tête.

— Non, je...

— Il va falloir me l'apporter, on va vous la retirer.

— Je... euh, je n'en ai pas.

— Perdue, donc.

Elle hocha la tête en notant quelque chose sur un papier.

— Votre acte de naissance, s'il vous plaît.

— Perdu, risqua Wolfgang.

— Perdu ?

Elle leva les yeux, fronça les sourcils.

— Mais, vous devriez bien avoir quelque chose. Une justification de domicile ? Un passeport ? Un permis de conduire ?

Wolfgang fit non de la tête.

— Carte d'étudiant ? N'importe quoi ?

— Rien. Tout perdu.

— Bon, si vous n'avez rien du tout, vous devrez d'abord vous procurer un nouvel acte de naissance.

La dame roula vers l'autre bout du bureau ; la chaise de bureau craqua et gémit sous son poids.

— Votre nom, s'il vous plaît.

Wolfgang jeta un regard angoissé sur l'affiche. Puis sur la dame. Hésita à se lever et à partir.

— Mustermann, dit-il doucement. Wolfgang Mustermann.

— Mustermann ? fit la dame avec un sourire amusé. Lieu de naissance ?

— Salzbourg !

— Lieu de naissance, Salzbourg… Attendez, nous allons avoir ça tout de suite, voilà… Mustermann !

Elle passa le doigt sur la boîte lumineuse devant elle.

— Erich, Gustav, Stefan, Simone ? Avez-vous peut-être un autre prénom ?

Wolfgang s'agita nerveusement sur le bord de la chaise.

— Joannes, Chrysostomus, Theophilus. Mais…

Elle secoua la tête.

— Essayons voir avec la date de naissance.

— 27 janvier…

— Oui. Et puis ?

Il calcula, réfléchit, recalcula, haussa finalement les épaules.

— Cinquante-six.

— Bon…

Elle tapa sur son clavier.

— Vingt-sept janvier cinquante-six… Cinquante-six ?

Elle l'examina du regard.

— Mais, vous m'avez l'air encore tout fringant.

Elle se tourna de nouveau vers la boîte, secoua de nouveau la tête.

— Non, monsieur Mustermann, je ne vous ai pas dans les fichiers. Je ne peux donc pas vous délivrer une carte d'identité.

— Mais je suis pourtant là devant vous !

Comme pour le prouver, il saisit les pans de sa veste et les secoua.

— Vous me voyez ? Vous m'entendez ? Il me faut absolument une carte d'identité !

L'espace d'un instant, il pensa avec soulagement à son certificat de baptême... Serait-il étonnant qu'il se trouve quelque part dans cette ville, dans un cercueil de verre ? Wolfgang soupira. Quand bien même cela serait, quel profit en retirerait-il ?

— Il faudra vous présenter en personne à Salzbourg. Mais, là aussi, vous devrez leur montrer quelque chose. En cas d'impossibilité, quelqu'un de votre famille devra se porter garant pour vous. Ce ne peut pas être un problème...

La chaise de bureau gémit de nouveau en revenant vers lui. La femme le dévisagea longuement.

— ... si vos données sont correctes.

Incapable de lui donner une réponse, Wolfgang se leva et quitta la pièce en traînant les pieds. En sortant, il entendit la femme grommeler quelque chose comme « sacré futé, va ! » et, découragé, il descendit l'escalier.

Si tout dépendait de cette carte d'identité, il ne pourrait pas faire la tournée en mer Noire.

Offertorium

Apparemment tout un chacun possédait cette sorte de papier et était ainsi enregistré au moyen d'il ne savait quel système perfide. Celui qui ne le possédait pas n'avait aucune existence. Wolfgang repensa, un instant soulagé, à son certificat de baptême, puis il s'arrêta, fit demi-tour, se hâta de retourner au bureau des cartes d'identité, se planta devant le panneau et y étudia la carte représentée dessus. Ce n'était qu'un pressentiment, loin de toute assurance, mais quelque chose lui disait qu'il avait déjà tenu en main ce genre de chose.

*

— Il y avait là quelqu'un pour toi, un type, ce midi.

La voix de Barbara et une bonne odeur sympathique parvenaient de la cuisine.

— Tu veux manger quelque chose avec nous ? J'ai fait un soufflé au tofu.

Anju entra dans la cuisine, prit un paquet de crackers et une tasse à thé dans le buffet.

— Non, merci. Je n'ai pas faim. Quel genre de type ?

— Un gars bizarre, petit. Plutôt… singulier. Je n'ai pas bien compris ce qu'il voulait.

Anju s'arrêta en plein mouvement.

— Mince, cheveux blonds, de super beaux yeux bleus ?

Barbara acquiesça en mâchant.

— C'est un musicien, dit Anju.

Elle se mordit la lèvre en s'apercevant que cela ressemblait à une justification.

— Ah, ah ! fit Barbara en levant les yeux. Je croyais que tu aimais les grands bruns ! Bon, en tout cas, il a déposé un petit paquet pour toi.

Sans verser de l'eau sur le thé, Anju laissa sa tasse, fila dans sa chambre, ferma la porte derrière elle et resta un moment dans la pénombre. Rien ne semblait avoir changé dans la pièce et pourtant elle crut y percevoir sa présence comme un parfum oublié.

— Sottises, se dit-elle en pressant de son bras l'interrupteur.

Un sachet de papier blanc glacé l'attendait sur le bureau. En dessous, elle trouva une lettre dans une écriture alambiquée bizarrement antiquisante qu'elle put à peine déchiffrer. Elle ouvrit le sachet, sortit une boîte avec une rosette de satin blanc et son cœur battit la chamade quand elle s'assit sur le bord du lit et dénoua la lourde boucle. Une tasse toute fine avec un motif de roses et un bord doré apparut. Atroce ! pensa-t-elle aussitôt en l'examinant sous tous les angles. Cette tasse paraissait sortie du buffet de chêne de madame Sittenthaler. Puis son regard tomba sur les deux épées croisées au fond de la tasse. Quel étrange farfelu que ce musicien ! Elle relut encore la lettre.

Mademoiselle* !
C'est avec la plus grande impatience de vous rencontrer que je viens – en toute hâte – par conséquent

sans vous avoir avisée et donc... – bredouille ! Cela n'a pu se faire et je ne peux rien d'autre que me consoler en imaginant que vous voudrez bien accéder gracieusement à mon désir le plus cher et accepter ce présent en compensation de l'ennui que ma personne vous a laissé et en expression de mon attachement – je vous prie de ne plus penser à l'avenir trop de mal de moi !

Votre très sincère*
Wolfgang A. Mustermann

*

Il se retrouva à la station de métro, assis, adossé à la porte vitrée fermée. Il n'avait d'abord perçu que des bruits, un grondement de véhicules où se mêlaient parfois un bourdonnement ou un claquement sec, avait nettement vu l'image de ces sons devant lui et en était venu à penser peu à peu qu'il n'y avait pas de silence, pas de soupir, même pour le temps d'une infime partie de mesure. Il avait enfin remarqué que son dos était raidi par la position assise et que l'humidité froide de la nuit imprégnait ses jambes de pantalon.

La nuit aurait été totale si la falote lumière d'une veilleuse n'avait pas traversé les portes vitrées de la station, si des bornes lumineuses n'avaient pas éclairé le petit sentier sableux qui menait à la rue, si les lampadaires n'avaient pas continué d'éclairer au loin, si un phare fixé au sommet d'une grue n'avait pas tout inondé de sa lumière crue éblouissante.

Frissonnant de fatigue et les membres lourds, Wolfgang se releva de son mieux et fut certain qu'il ne pouvait être là maintenant, en cet endroit, se trouva jeté sur une place qu'il n'avait ni cherchée ni choisie. Il secoua les portes mais la station était fermée, minuit devait donc être depuis longtemps passé. Par la vitre, il vit l'annonce verte de la ligne 4, lut Schönbrunn et sentit le désespoir s'écouler dans ses veines.

Il se souvenait de Piotr, de l'agent Bangemann, il y avait eu là un jeune homme assis, au bureau des cartes d'identité et... oui, il était entré dans la chambre d'Anju, avait respiré son parfum, senti sa présence.

Et ensuite ? Il se sentit un instant l'envie de crier, de confier à la nuit tout son désarroi, mais à quoi bon ? Avec les traces fraîches de larmes sur ses joues, il partit, traversa la large rue, entrevoyant toujours la ligne de métro, espérant une réponse de chaque carrefour et de chaque coin de maison jusqu'à, découragé et sans plus de foi, trouver la gare du Sud, à partir de laquelle il connaissait le chemin de la maison.

Piotr n'émit qu'un grognement quand Wolfgang s'affala enfin sur son canapé-lit. Le premier gris du jour se montrait au-dessus de l'horizon ardoise. Wolfgang ferma les yeux, tenta de s'enfuir dans la sécurité d'endroits et de visages familiers, dans la félicité d'étreintes passées et finalement dans la vérité des sons, mais les rues et les places éclairées dans la nuit le rattrapaient, des lumières et des véhicules volaient vers lui, des murs et des gens l'encerclaient, et il gardait toujours en lui cette angoisse de sentir même le sol vacillant se dérober sous ses pieds.

*

Anju serra sa veste sur sa poitrine et poussa la lourde porte vitrée. Elle ne s'était trouvée qu'une fois au Blue Notes et avait toujours refusé d'y retourner. Elle prétendait que trop de lumière bleue la mettait mal à l'aise. Mais à la vérité, elle se sentait perdue parmi tous ces gens stylés qui donnaient tous l'impression de faire partie d'un club dont l'accès lui était interdit. Elle n'avait jamais eu le courage d'être belle.

Depuis un renfoncement, elle tâta du regard la salle bondée. Personne ne notait sa présence. Elle se sentit plus calme, même si son cœur n'avait pas encore oublié les escaliers, et elle dut s'avouer que l'ambiance était agréable et même si agréable qu'elle se risqua timidement plus loin. Un bourdonnement de voix se mêlait à des rires et à des cliquetis de verres et la musique planait par-dessus tout, tissait ses fils parmi les personnes, les reliait comme en réseau. Comme au cinéma, pensa-t-elle, où c'était la musique qui donnait vie à l'action en faisant sentir si bien, si directement, si concrètement tous les sentiments. La lumière vacillante d'un énorme chandelier placé sur une petite estrade, à demi caché par le couvercle ouvert d'un piano d'un bleu luisant donnait une impression légèrement irréelle dans la froide atmosphère du local.

Puis elle le vit. Son cœur s'arrêta de battre une fraction de seconde. Elle ne put observer que son profil mais reconnut aussitôt le nez marquant et les cheveux comme singulièrement crêpés. Elle eut pourtant l'impression que cela ne pouvait être l'homme gauche et nerveux qui s'était trouvé à la porte de sa cuisine avec l'air d'un animal se risquant hors de son territoire familier dans une dangereuse région inconnue. Cet homme, assis droit au piano, rayonnait de clarté et de calme concentré. Anju se glissa plus près, observa, fascinée, ses petites mains qui se promenaient sur les touches avec une grande tendresse comme s'il n'avait pas affaire à un instrument mais à une amante. Ses mains qui l'avaient tenue et lui avaient doucement caressé le dos. En tremblant, elle retira une mèche de son visage, se rappela l'odeur de cet homme qui s'agitait devant les touches comme un arbrisseau dans le vent. Son corps ne faisait plus qu'un avec le piano, plus qu'un avec les sons. Et pour une minuscule éternité, Anju eut l'impression qu'il ne faisait plus qu'un avec elle.

*

Wolfgang étira les notes, les élargit et les rendit plus transparentes, comme l'écriture sur un ballon de baudruche en train de se gonfler, allongea les dernières mesures jusqu'à ne plus laisser en l'air que quelques sons isolés, tels des points d'interrogation en suspens.

Quand il en eut terminé, il prit son verre de bière et il lui sembla que les conversations se remettaient à enfler autour de lui. Il pensa à la femme-oiseau, la vit à la station de métro, la vit s'enfuir, se retourner encore, sa large jupe colorée dansant autour de ses chevilles.

En balayant la foule du regard, il lui sembla qu'il voyait au-dehors alors qu'il se trouvait juste parmi tous ces gens. Toutes sortes de bruits l'entouraient et il s'efforça de trouver un fil conducteur dans ce méli-mélo de sons, de lettres, d'aigus et de graves, qui avaient chacun un sens en soi mais qui, ajoutés les uns aux autres, se transformaient en un bruissement étrange Et, inconsciemment, il reprit, entremêla des sons qui n'allaient pas ensemble, les rompit puis les raviva, vogua parmi les sonorités et les visages qui s'offraient à lui en une multiplicité uniforme.

Soudain, il s'arrêta. Regarda encore une fois là-bas. Ne put retenir un léger sourire. Non, naturellement, elle n'était pas vraiment là. Mais, dans son imagination, elle était pourtant si près de lui qu'il avait presque cru la voir.

Hostias

> *Hostias et preces tibi, Domine,*
> *laudis offerimus.*
> *Tu suscipe pro animabus illis,*
> *quarum hodie memoriam facimus.*
> *Fac eas, Domine,*
> *de morte transire ad vitam.*

Wolfgang errait dans la ville.

Il n'arrivait pas à travailler et il avait pourtant tant de musique en lui. C'était une période d'attente, de temporisation et d'atermoiement, confiant qu'il était d'œuvrer d'autant plus ardemment dès qu'il aurait reçu d'elle une réponse salvatrice. Il ne voulait pas penser que son attente puisse être vaine, que ses espoirs s'amenuisent et deviennent de plus en plus transparents jusqu'à ce que ses jours ressemblent de nouveau à ceux d'auparavant.

Des journées entières, il arpenta les musées, où des documents, des tableaux et des objets lui criaient la poussière de ce qui avait été autrefois son futur, séjourna dans les librairies, s'étonna du nombre imposant de livres que l'on y mettait en vente et des monstruosités rapportées par les chroniqueurs.

Ils ne s'étaient même pas arrêtés devant son lit de mort et lui avaient mis encore des choses dans la bouche ou bien plutôt des timbales dont il n'avait aucune connaissance. Sa belle-sœur Sophie aurait donc dit ce genre de chose ? Qu'en mourant il aurait encore imité les timbales ? Elle aurait dû vraiment mieux le savoir. Dans aucune de ses vies, il n'avait jamais ressenti le besoin d'imiter des timbales en gonflant ses joues, pourquoi, au nom de Dieu, aurait-il justement dû le faire sur son lit de mort ?

Maintenant aussi, pour fuir une averse soudaine, il entra dans une librairie et finit par trouver des livres sur la musique. Au fond du magasin, il tomba sur un opuscule orangé. Son cœur tressaillit aussitôt : *L'École du violon* de son père ! Il le feuilleta, s'étonna, caressa amoureusement les pages... On n'y avait rien changé alors que ces idées étaient aussi anciennes que lui-même. Il sourit inconsciemment. Il fallait offrir cela à Piotr ! Il poursuivit joyeusement sa flânerie vers les biographies, passa son doigt sur les rangées de livres, puis son regard resta en suspens. *Constanze Mozart*. Il s'effraya. Sa main eut un tressaillement de recul, comme s'il avait touché un animal empaillé depuis longtemps poussiéreux et que celui-ci lui eût fait un clin d'œil en douce !

Wolfgang jeta un coup d'œil discret autour de lui, prit en hésitant le petit volume rose pâle et commença à le feuilleter. En survolant les pages, il remarqua que ses mains tremblaient, ferma résolument le livre et se dirigea vers la caisse.

Il ne devait pas rater son engagement du soir avec Piotr et, de toute façon, il avait promis de passer encore prendre du pain avant. La pluie s'était arrêtée. La tête dans les épaules, il quitta la librairie et se retrouva dans la rue, lut en marchant jusqu'à la boulangerie, faillit oublier de présenter sa carte de réduction et, toujours plongé dans le petit livre, il s'affala sur le siège bleu capitonné du métro. Arrivé devant la porte de la maison, il en était déjà à la page seize ; il coinça un doigt entre les pages en guise de marque-page et, de son autre main, il sortit la clé de sa poche. Plusieurs mouchoirs en papier chiffonnés, un billet de cinq euros tout aussi chiffonné et la petite carte de réduction du boulanger tombèrent en pluie dans une flaque d'eau d'un brun trouble.

— Crotte, crétin ! Que du chagrin ! Bouffe du foin !

Wolfgang se pencha, fourra de nouveau le billet dans sa poche, ramassa la carte du boulanger et observa les perles de crasse y former de minuscules filets d'eau. « Tu devrais y faire plus attention », entendit-il Enno lui dire en écho dans son souvenir.

Voilà ! Il se rappelait maintenant avoir déjà tenu une carte d'identité en main : cela s'était passé devant la porte d'Enno, autrefois, lors de son premier jour. Enno avait alors, exactement comme lui maintenant, repêché une petite carte de la boue ; il l'avait regardée et en était ensuite venu à penser qu'elle lui appartenait. Le portrait qui se trouvait dessus avait donc dû montrer un homme, un qui lui ressemblait du moins. Instinctivement, il tâta la poche de sa culotte, là où il l'avait mise alors. « Bougre d'âne ! » se dit-il. Naturellement, il portait depuis longtemps d'autres habits. Mais, dans son souvenir, il passait sa main sur la culotte pendouillante bleu foncé qu'Enno lui avait alors laissée. Où était-elle donc passée ? Le souffle court, il ouvrit la porte d'entrée et grimpa l'escalier, se précipita dans l'appartement et ouvrit d'un coup son tiroir. Farfouilla dans les vêtements. Rien. Pensivement, il referma la porte qui était restée ouverte. Où était donc passée cette culotte ? Piotr l'avait-il jetée ? Où se trouvait donc le violoniste ? Sa tasse côtoyait dans l'évier un sachet de thé mouillé. Et soudain, Wolfgang se souvint : il avait rapporté toutes les affaires d'Enno et les avait remises à la femme-oiseau avant qu'elle ne lui montre la porte.

Dans un soupir, il se laissa tomber sur une chaise de cuisine puis ferma les yeux. La femme-oiseau. Le souvenir de son corps souple le parcourut tout entier. L'espace d'une seconde, elle s'était cramponnée à lui comme un insecte à une fleur s'agitant au vent. Et puis la frayeur de s'être reconnus. À la perspective de devoir chercher justement là sa carte d'identité et bien qu'il se fût juré d'attendre un signe d'elle, il sentit dans sa poitrine un petit papillon de nuit commencer à tracer des sillons turbulents.

*

Anju déposa avec précaution la boîte plate sur le bureau. Elle se trouvait déjà depuis trop longtemps sur l'étagère. Elle contempla d'un air abattu les deux araignées et l'exuvie qu'elle avait rapportées de son dernier voyage en Inde.

Elle s'apprêtait à se pencher pour chercher le microscope quand on sonna à la porte. Elle jeta un œil à l'horloge, c'était sans doute un coursier. Elle alla dans le couloir, actionna l'ouverture automatique de la porte d'entrée, ouvrit la porte de l'appartement et ramassa sur le paillasson un paquet de tracts publicitaires pour un magasin de bricolage. La poubelle de la cuisine débordait, Anju y fourra le papier coloré et laissa ostensiblement la poubelle au milieu de la pièce. Jost n'avait qu'à se prendre les pieds dedans !

— Il y a quelqu'un ?

La voix du coursier laissait à penser qu'il avait déjà été mordu par trois chiens le jour même.

— Un moment, s'il vous plaît !

Anju courut à la porte. Devant elle, avec un tout petit sourire, se tenait Wolfgang Mustermann.

— Puis-je entrer ?

Il fit une révérence hors d'usage et porta un bouquet de fleurs devant son nez comme pour se cacher.

Anju chercha son visage, qui derrière le papier crissant lui parut singulièrement terreux et même étrangement poussiéreux. Elle prit le bouquet d'une main hésitante et s'effaça pour le laisser entrer.

— Je jure et je promets, Dieu m'en soit témoin, que je ne viens pas cette fois pour une tasse.

Elle rit, toute frayeur l'abandonna.

— Nous allons prendre le thé alors ?

Il lui sembla soudain sentir chaque fibre de son corps s'éveiller, s'animer et se mettre étrangement en alarme. Endorphine, pensa-t-elle en ne pouvant réprimer un sourire, puis elle posa le bouquet sur la table de cuisine et commença à ouvrir au hasard des portes de buffet et à les refermer avant de se rappeler qu'elle voulait chercher un vase. Elle se tendit vers le casier à rabattant au-dessus du réfrigérateur où elle en avait vu un récemment, mais elle ne parvint pas à l'atteindre.

— Pourrais-je vous aider ?

Elle le sentit venir derrière elle, si près qu'elle ne put s'esquiver. Sa chaleur et son odeur qui l'avaient tant touchée dans le métro l'enveloppèrent de nouveau comme s'il posait son bras autour d'elle.

Mustermann se balança sur la pointe des pieds, atteignit le casier mais ne parvint pas non plus à l'ouvrir. Il baissa les bras en riant et, l'espace d'une toute petite éternité, ils restèrent en silence côte à côte. Le regard interrogateur, il chercha une chaise, mais Anju secoua la tête.

— Nous allons simplement prendre l'un des verres à bière blanche, décida-t-elle.

Puis elle se tourna de côté et enfouit son nez dans les fleurs.

— Merci, elles sont belles !

Depuis combien de temps ne lui avait-on plus offert de fleurs ? Pendant toutes ces années, Roland ne lui en avait jamais apporté.

— Je... t'ai entendu jouer, au Blue Notes, la semaine dernière. Je n'y comprends malheureusement pas grand-chose, je ne suis absolument pas musicienne, mais c'était si merveilleux, je ne sais pas comment dire.
— Pas musicienne ?
Anju crut percevoir une légère moquerie dans son regard.
— Tu te trouvais donc vraiment là-bas ? Je croyais avoir été abusé par mes sens. Pourquoi ne t'es-tu pas montrée ?
— Je... euh, je devais partir... mon travail, hmm...
Anju prit la thermos, se tourna vite vers lui, se retourna aussitôt vers le thé quand leurs regards s'effleurèrent. Avec deux tasses fumantes à la main, elle lui fit signe de le suivre.
Elle remarqua un certain manque d'assurance dans son attitude quand il entra dans sa chambre et regarda le lit. Elle lui désigna aussitôt les coussins par terre, déposa les tasses et s'assit.
— Merci de m'avoir repêchée, dit-elle finalement.
Il esquissa de la tête une révérence. Elle perçut de nouveau le parfum attirant qui l'entourait. En fait, ce n'était pas une odeur, mais il lui semblait plutôt que l'air autour de lui était plus ferme, plus chaud, plus sûr.
— Tu m'as donc pardonné mon comportement inconvenant ?
Anju sourit, elle ne savait même plus quand sa colère s'était envolée. Un moment, on n'entendit

plus que le silence et le lointain bruissement d'une canalisation dans le mur.

— Je me rappelle toujours une musique que j'ai entendue quand... quand tu m'as autrefois invité à prendre le thé. Étrange. Et merveilleuse.

Elle sut aussitôt de quel morceau il s'agissait ; longtemps après sa visite, elle était encore restée avec la musique dans sa chambre.

— C'était un râga, d'Inde.

— L'Inde, c'est ta patrie, n'est-ce pas ?

— Ma mère vient de là-bas, je suis née à Salzbourg.

— À Salzbourg ? s'écria-t-il en souriant. Moi aussi ! Mon Dieu, je ne t'ai même pas demandé ton nom.

— Anju.

— Anju...

Il répéta ce prénom comme s'il en goûtait chaque lettre.

— C'était certainement une musique d'argent que l'on peut sans cesse jouer et écouter à nouveau, n'est-ce pas ? Ce plaisir me sera-t-il accordé aujourd'hui, Anju ?

— Bien sûr.

Elle se leva, prit le CD sur l'étagère. La pochette était devenue pratiquement illisible, du papier bon marché où la couleur ne tenait pas. Tandis que le bourdonnement des tablas retentissait, elle pensa au petit magasin de guingois, à l'entrée juste séparée de la rue par un rideau à lamelles de plastique délavé. Avec des haut-parleurs rendant un son métallique, le propriétaire avait essayé de dominer le vacarme des vaches, des enfants et des motos dans la rue. Anju cherchait des foulards de soie dans la boutique voisine et, en entendant la musique, elle s'était aussitôt précipitée en face pour se procurer le CD apparemment gravé dans la pièce arrière du magasin. Et elle y avait dès lors rangé toutes ses nostalgies.

Wolfgang était assis, dos au mur, sur un coussin.

— Qu'entends-tu ?

Elle nomma le titre du CD.

— Ça signifie *Temps de la plénitude*.

— Et toi, qu'entends-tu ? répéta-t-il d'une voix douce.

Mon cœur qui bat, pensa Anju.

— La pluie, répondit-elle. La pluie chaude. Et la joie ressentie.

— Tu vois. Tu n'es rien moins que douée pour la musique. La musique habite en ton cœur.

Anju le regarda, surprise. Quelle sorte d'homme était-ce là qui lui disait de telles choses ? Elle reposa sa tasse et glissa comme par hasard sa main près de la sienne. Il se recula. Le son du sitar emplit la pièce et le silence.

En hésitant, elle lui envoya un sourire timide. Elle sentit son regard la pénétrer, aussi clair que le ciel de printemps indien, son pouls s'accéléra et elle dut baisser les yeux pour ne pas céder au vertige.

— De quelle nature est ton travail, Anju ? À quoi t'intéresses-tu ?

Elle ravala sa salive, força ses pensées dans une autre direction.

— À l'*Arctosa indica*. Ou mieux dit, à l'une de ses parentes.

Amusée, elle nota son air intrigué, se leva et déposa la boîte transparente sur le plancher.

— Ouh là ! fit Mustermann en reculant. Elle vit encore ?

— Non.

Anju ne connaissait personne qui ne soit horrifié à la vue d'une araignée-loup, hormis ses collègues.

— Regarde ! dit-elle en lui tendant la loupe. Tu vois comme ses poils sont joliment dessinés ?

— Tu t'intéresses à la recherche !

Tandis qu'Anju se demandait s'il s'agissait d'une question ou d'une affirmation, Mustermann se pencha sur la préparation en pinçant les lèvres et observa à la loupe. D'abord en hésitant, puis de plus en plus près, il examina l'arachnide sous tous les angles.

— Dieu du Ciel, s'écria-t-il. Que mon nez est laid comparé à cette créature !

Anju éclata de rire.

— C'est parce qu'on voit plus facilement ton nez qu'une si petite chose.

Et il n'est pas si laid, pensa-t-elle.

— Toutes les petites bestioles sont-elles aussi belles ?

— Oui. Surtout si on les considère avec amour.

Anju caressa avec précaution le cercueil de verre.

— Je pourrais t'en montrer d'absolument merveilleuses… si tu veux. Je veux dire, au Musée d'histoire naturelle, nous pourrions… donc, peut-être ce weekend, j'y ai travaillé autrefois et…

Un vacarme retentit dans la cuisine. On entendit Jost pousser des jurons. Wolfgang se figea puis afficha un sourire en coin.

— Mon très cher Jost ! Il va certainement se réjouir grandement de ma visite.

Anju s'effraya. Jost allait à coup sûr débarquer pour faire une remarque stupide à propos de la poubelle et elle allait devoir expliquer pourquoi Mustermann était justement là en train de boire du thé alors qu'elle les avait menacés, Enno et lui, de leur mettre des punaises et des puces dans leurs chambres s'ils lui ramenaient encore un pareil clochard. Elle lui jeta un regard de côté. Oui, vraiment, elle avait dit « clochard » et elle eut maintenant presque l'impression de devoir lui en demander pardon. Elle posa un doigt sur ses lèvres, se glissa dans le couloir et ferma la porte derrière elle.

— Pose un écriteau la prochaine fois que tu veux jouer à une course d'obstacles !

Accroupi sur le sol de la cuisine, Jost ramassait à la pelle des pots de yaourts vides, des coquilles d'œufs collantes et du marc de café, et les versait dans le seau rouge renversé.

— Beurk ! Attends, je vais t'aider.
— Dégage ! Je vais me débrouiller tout seul !
— Bon, d'accord.

Anju retourna sur la pointe des pieds dans sa chambre.

La porte était ouverte. Mustermann avait disparu.

*

— Wolfgang ! Tu peux m'écouter enfin, Wolfgang !

La voix de Piotr et le contact de l'archet sur son épaule sortirent Wolfgang de ses pensées comme d'un profond sommeil chaud.

— T'entends pas quand je parle, tu as tomates sur oreilles ?

— Ah, certainement, ce doit être ça... Attends... Aaaah...

Wolfgang se mit l'index dans l'oreille, pencha la tête de côté, se secoua, gémit.

— Aah. *Mais non, pas de tomates** !

Triomphant, il plaça sous le nez de Piotr l'une des noisettes que l'aubergiste leur avait déposées sur le piano.

— Tu vois quel méchant bouchon se trouve dans mes oreilles, ce qui n'est pas étonnant, il veut tellement y entrer toutes sortes de grosses merdes. Il faut les fermer en les bouchant.

Il glissa la noisette dans son oreille et pensa un instant au jeune homme qu'il avait vu au bureau des cartes d'identité.

— Idiot. Qu'est-ce que tu as ?

Wolfgang se pencha de nouveau sur le côté et grimaça en cherchant à retirer du bout de l'ongle la noisette qui s'était pour de bon coincée dans son conduit auditif, tandis que de l'extérieur lui parvenaient des bribes de conversation qui se mêlaient aux fragments de cette très vieille sonate en *fa* et aux sonorités indiennes qui se tissaient en lui depuis des jours.

— Oh, Piotr, Babylone est un monastère de trappistes comparé aux bruits dans mon petit crâne. Par conséquent, tu vas devoir me sermonner encore plus d'une fois.

— *Mój Boże*, fit Piotr en secouant la tête. J'ai vraiment souci pour toi, *przyjaciel*, quand tu dis tant sottises d'un coup.

Il désigna du menton la cuisine du restaurant où ils jouaient ce soir-là.

— Il demande si nous jouons encore, cinquante euros, chacun. J'ai dit, pas problème, naturellement.

— Ah… Il doit être déjà tard, n'est-ce pas ?

— Toute semaine, tu es pas rentré à maison avant minuit. Tu veux pas gagner argent ?

— Ah, Piotr, avec cinquante euros, on ne peut pas non plus tenir grande cour.

Cela lui prendrait certainement plus d'une heure. Il n'arriverait pas au Blue Notes avant minuit et demi et serait-elle encore là ?… Si jamais elle venait.

Le regard de Piotr le fit frissonner.

— Où veux-tu aller de nouveau ?

— J'ai encore quelque chose à faire, au… hmm… concernant la tournée de concerts.

— Es-tu âne ? Ce rendez-vous est longtemps passé, tu l'as bousillé avec négligence.

Piotr prit le violon et l'archet dans une main et martela de l'autre un *staccato* pressant sur les touches du piano.

— Tu as travail ici, maintenant, et tu fais.

Wolfgang fit la grimace. Il n'avait pas réussi à rapporter au violoniste ses difficultés avec les papiers d'identité, pourtant le regard de Piotr n'aurait pas pu être plus méfiant quand il fut clair que Wolfgang devait renoncer à la mer Noire. Une simple petite allusion à l'autorisation de séjour de Piotr lui avait épargné d'autres questions.

Et il joua donc, joua comme une mécanique toujours les mêmes morceaux qu'il jouait avec Piotr depuis le premier soir, des mélodies sirupeuses pour toujours les mêmes oreilles. Toute tentative de s'en évader et d'intégrer de nouvelles idées était rejetée par les patrons et pour finir par Piotr lui-même.

— Si tu veux gagner argent, tu dois jouer comme toujours. Ou tu vas ailleurs…

Depuis longtemps, un silence s'était établi entre eux où chacun gardait pour lui ses désirs et prenait avec l'autre sans mot dire un chemin qui ne menait obstinément que jusqu'au coin de rue suivant.

Le lendemain soir, Wolfgang put enfin s'enfuir suffisamment tôt au Blue Notes. Le cœur léger, il remit cinquante euros à Czerny et envoya un baiser en l'air à Theresa, la jeune cuisinière.

Le souvenir des sonorités exotiques entendues dans la chambre d'Anju vivait en lui comme un rêve étrange à demi oublié dans lequel il cherchait sans arrêt à sombrer de nouveau. Il se déposait comme de la poussière fine sur tout ce qu'il jouait et composait depuis, mais surtout sur cette très ancienne sonate qui, depuis peu de temps, sans qu'il puisse en déceler la raison, était plus que jamais vivante.

À une heure avancée, Theresa apparut, frappa comme toujours trois fois le *fa* dièse le plus haut, semblable à un gong de cuisine, et marmonna quelque chose comme « knödel » et « mis de côté ». La bonne âme ! Il interrompit son jeu, prit son poignet et l'attira à lui, lui prit la taille et lui colla un bécot sur la joue. En riant, elle lui ébouriffa les cheveux comme à un garnement. Theresa. Si elle n'avait pas été aussi grande et ne portait pas de jupes si indécemment courtes, il aurait peut-être pu lui trouver quelque chose. Il la regarda s'en aller, vit avec une tendre érection ses jambes sans fin gainées de gris noir disparaître dans la cuisine et se demanda s'il pourrait un jour s'habituer à cette mode plus que frivole des femmes. Car enfin, il incombait aux hommes de déshabiller les femmes, mais en cette vie, celles-ci leur contestaient apparemment encore bien plus que cet impératif. Affamé, Wolfgang laissa là le piano, s'assit pour manger et pensa à la femme-oiseau, à sa jupe amplement virevoltante, presque longue, à ses attaches fines, à son corps souple et gracile pour lequel il aurait pratiquement pu tout donner afin de pouvoir encore le toucher.

Et comme il avait complètement oublié de lui demander si elle avait encore la carte d'identité, il garda en son cœur la pensée de lui rendre à nouveau visite, comme un dernier chocolat délicieux que l'on conserve dans une armoire de cuisine.

*

En prenant cette fois la direction du Blue Notes, Anju se sentit plus légère. Il était tard : elle avait mis longtemps à se décider et presque encore plus longtemps à glisser son courage dans les bons vêtements, mais elle avait opté pour un simple tee-shirt et sa jupe préférée. Elle respira profondément. Peut-être n'était-il pas là ; après tout, dans ce genre d'établissement se produisaient sans cesse d'autres musiciens. C'est avec cette pensée qu'elle poussa la porte.

Elle entendit le piano ; il envoyait dans la salle de douces et tendres images. Une pluie chaude abreuvant la terre. Une pluie chaude et la joie de la sentir tomber. Anju se mit à trembler, resta un moment sur place avant d'aller plus loin, plus au fond de la salle, le plus près possible du piano, sans se faire voir de l'homme qu'elle savait maintenant assis là-bas. Cette fois, il y avait beaucoup moins de monde, seuls quelques clients se trouvaient au comptoir et dans les coins au fond, et il restait ainsi de la place pour la musique, qui occupait tranquillement l'espace au lieu de se noyer dans une foule de gens.

Anju évita une jeune femme en tablier blanc qui portait un plateau rempli, chercha des yeux une place et s'installa à une petite table près du mur. Pourquoi n'était-elle jamais venue ici avant ? Le club n'était pas loin de chez elle et, d'un coup, elle s'imagina bien passer des soirées entières ici. Chez soi, c'est là où l'on a des souvenirs, pensa-t-elle en serrant dans sa main la pochette de CD qui s'obstinait à déformer la poche de sa veste. Elle pourrait simplement l'y garder, repartir et laisser le monde suivre son cours. À l'évidence, elle prit conscience de se trouver à une bifurcation, en cet instant précis, d'être justement libre de sa décision.

Sottises ! Cet homme là-bas était un musicien, il avait apprécié sa musique et elle lui en apportait une copie. Rien de plus. Il la remercierait, ferait peut-être une de ses bizarres révérences ou, pensa-t-elle en souriant, lui baiserait même la main. Ni plus ni moins. Pourquoi donc se trouvait-elle assise ici et se rendait-elle folle pour une compilation de râgas indiens ?

Son cœur battait la chamade.

Une grande femme en mini-jupe et bottines se dirigeait vers le piano. Anju se figea. C'était cette sorte de femmes qui l'avaient toujours mise mal à l'aise au Blue Notes, cette sorte de femmes dont l'éclat la rendait invisible. Elle pianota dans le jeu de Wolfgang, se pencha sur lui, et il l'embrassa en posant sa main sur ses fesses.

Il lui sembla qu'on avait coupé le son au beau milieu d'une musique exquise. Ne restèrent plus que les raclements bruyants de pieds de chaise, le bavardage dissonant de voix étrangères et le cliquetis sonore d'un verre qui se brisait par terre. Anju détourna la tête du piano et partit vers la sortie sans même sentir ses pas. La pochette de plastique dans sa poche gênait le rythme de ses mouvements.

Cela n'irait pas plus loin, n'est-ce pas ? Un croisement de chemins avec un panneau de sens interdit.

Elle s'arrêta au bar. Ses yeux la brûlèrent quand elle arracha de l'étui le petit papier jaune avec son message et qu'elle glissa le CD vers le barman.

— S'il vous plaît, donnez ça au pianiste.

Sans se retourner vers Mustermann, elle sortit. Elle était sûre qu'il ne l'avait même pas remarquée.

*

Wolfgang porta son assiette au comptoir.

— Maintenant, je pense qu'on ne va plus faire grande recette et que je vais donc, avec ta permission, me rendre à mon repos bien mérité.

Czerny acquiesça, mais il garda son regard fixé sur lui.

— Bon sang, Mustermann, qu'est-ce que tu fabriques toujours avec tes femmes ?

— J'ai comme l'impression de ne pas bien comprendre…

En guise de réponse, Czerny lui glissa par-dessus le comptoir un disque d'argent dans son boîtier. Il n'y avait pas de papier à l'intérieur, juste le disque nu.

— Il y en a une qui vient de me donner ça pour toi.

Le regard brûlant de Czerny ne le quittait toujours pas.

Wolfgang soupesa le boîtier

— Était-elle jolie ?

— Petite. Brune. Exotique.

Wolfgang sentit son cœur se décrocher.

— Anju !

Une onde de chaleur se répandit en lui, il flaira tendrement la boîte en plastique.
— Mustermann !
Les yeux de Czerny étaient deux fentes blanches.
— Elle pleurait !

En allant vers le métro, il serra le boîtier dans la poche de sa veste. Anju ! Elle était venue le voir ! Il savait depuis longtemps ce qui se trouvait sur le disque d'argent, percevait en lui chaque sonorité du morceau et pourtant il ne pouvait s'en réjouir en pensant à ses larmes. Pourquoi diantre avait-elle pleuré ? Allez comprendre les femmes ! C'était une chose qui ne changerait sans doute pas non plus dans les prochaines deux cents, voire mille années : les femmes fondaient en larmes toujours à contretemps. Il n'en avait pas été autrement avec Constanze... Mais quand on en demandait la cause, on n'obtenait rien d'autre qu'un « Ah, laisse-moi... », un « Qu'est-ce que tu en sais... » ou même un silence. Plus aucune de ces innombrables paroles qu'elles s'entendaient sinon à produire.

Mais une chose était sûre : il irait là-bas dès le lendemain, et il la serrerait contre lui et lui sécherait ses larmes avec des baisers jusqu'à l'avoir heureuse et tranquille dans ses bras. Un frisson délicieux accompagna ses pensées, l'accompagna à la maison et finalement dans le sommeil.

— Il me faut une musique. Une sonate pour piano en *fa*, composée par Wolfgang Amadé Mozart.

— La sonate en *fa* majeur, hmm, c'est la n° 12, n'est-ce pas ?

Le vendeur commença à chercher dans un tiroir rempli de boîtiers de CD.

— Ce ne peut pas être tout simplement la n° 12, étant donné qu'on n'a pas tenu compte de certaines qui ont été composées plus tôt.

— Comment ça ? fit le vendeur en lui tendant un boîtier. Voici, celle en *fa* majeur. La n° 12. C'est bien celle à laquelle vous pensiez ?

— Si je pouvais l'entendre, je le saurais tout de suite.

Le vendeur arracha le film plastique et tendit à Wolfgang une paire de cache-oreilles. Les sourcils froncés, Wolfgang tâta les douces faces rembourrées quand un grésillement soudain en sortit. Étonné, il les porta à son oreille, se les mit finalement sur la tête et eut l'impression de se trouver dans une salle de concert. Il écouta religieusement. Combien de merveilles cette nouvelle époque lui réservait-elle encore ? À peine s'était-il habitué à l'une que la suivante l'emplissait d'étonnement.

— Pas la bonne ?

— Oh, si, assurément... Seulement... il ne joue pas comme cela est composé. Celui qui joue là est un propre à rien.

Le vendeur pinça les lèvres, fouilla à la recherche d'un autre boîtier et le colla sous le nez de Wolfgang en lui citant un nom inconnu. La musique s'interrompit et repartit de nouveau. Wolfgang s'arracha les oreillettes.

— Pour jouer ainsi, il faut avoir léché le pot de compote juste avant pour bien coller les touches, pouah !

Sans un mot, le vendeur changea le disque, une nouvelle fois encore, jusqu'à ce que Wolfgang pointe l'oreille : celui-là était quelqu'un qui s'y entendait, qui n'estompait rien, n'enterrait rien et n'ornementait rien et qui, pourtant, y mettait toute la vie et toute la force. Oui, c'était une façon de jouer digne de lui. Wolfgang prit le boîtier, y trouva à sa grande surprise et à sa grande joie le nom d'une femme comme pianiste et le tendit au vendeur en hochant la tête.

— Donc un CD de Mozart, Wolfgang Amadeus. Un autre souhait, monsieur ?

— Oui, certainement, répondit énergiquement Mozart en levant les yeux. Amadé, s'il vous plaît. Amadé, c'est son nom. Et ne l'appelez jamais plus Amadeus.

Cette fois, ce fut bien *sa* voix qui sortit de la petite boîte à la porte. Il hésita, dit « C'est moi » dans la grille.

Un silence. Puis il entendit un léger « Wolfgang ? »

— Lui-même ! Lui sera-t-il ouvert ?

Un bourdonnement. Wolfgang poussa la porte et grimpa rapidement l'escalier jusqu'à se trouver devant elle, souriant timidement et incapable d'une quelconque étreinte dont il avait été pourtant si sûr la nuit précédente.

Elle garda les mains sur la porte comme pour se défendre. Quelque chose avait disparu, quelque chose de précieux, et Wolfgang sentit sa gorge se serrer. Il n'osa rien demander.

— Tu voulais quelque chose de particulier ?

Toi, pensa-t-il. Il avait du mal à respirer.

— Eh bien, certainement... Tu te souviens peut-être de ce petit sachet que j'ai autrefois apporté pour Enno ? Je... hmm, j'y ai oublié quelque chose...

— Des partitions ?

Elle avait un sourire amer.

— Non, quelque chose d'autre. Il est encore là ?

Elle se détourna, le laissa là, revint peu après avec une clef et lui dit de descendre avec elle.

La cave sentait la poussière et les pommes rabougries, une seule ampoule luttait en vacillant contre l'obscurité. Anju ouvrit un réduit à claire-voie, passa sa main derrière une étagère et lui tendit le sachet. Plus angoissé que soulagé, il s'agenouilla, tâtonna dans le sac plein à ras bord, tira sur un tissu mou jusqu'à ce que tout le contenu se répande. Dans la poche bleue du pantalon, il sentit la carte. Il inspira à fond, la glissa en douce dans la poche de sa veste et refourra tout le reste dans le sachet.

— Je te remercie, dit-il doucement en se tenant à la poignée de la porte d'entrée.

— Pourquoi ?

Il lui tendit le CD.

— Je t'ai aussi apporté une musique, une merveilleuse, elle te va tout à fait bien et te réjouira à ma place puisque je n'en suis sans doute pas capable.

Il se sentait tiraillé, savait qu'il devait partir et ne voulait pourtant rien d'autre que la toucher, une seule fois encore.

— Je vais aussi l'écouter en me souvenant de toi. Et... peut-être penseras-tu de temps en temps à moi comme à un véritable ami qui te restera dévoué, tous les jours. Adieu.

Il se tourna pour partir.

— Wolfgang, dit-elle les lèvres tremblantes. Peut-être... Je veux dire, c'est si dommage de ne pas pouvoir l'écouter ensemble. Mais je ne savais pas que...

Il leva très lentement sa main droite ; instinctivement, doucement, presque imperceptiblement, il posa les doigts sur sa joue, sentit juste un instant sa chaleur.

— Que quoi ?

Elle hésita, sa poitrine se souleva et s'abaissa nettement.

— Je vous ai vus, hier soir, ta petite amie et toi...
— Ma petite amie ?

Il n'en était toujours pas certain, n'avait pas osé demander à Piotr, pressentait seulement que le sens de ce mot ressemblait à celui de « maîtresse », même s'il ne paraissait plus rien avoir d'indécent.

— Quelle peut bien être cette dame ? Si elle était jolie et gentille, il faudra que tu me la présentes un jour afin que je puisse bientôt m'en régaler vraiment.

— La grande avec la jupe courte, hier au Blue Notes, ce n'est pas ta...

— Oh, certes oui, la cuisinière ! C'est ma très chère amie, ma petite Theresa, la meilleure des meilleures. Elle me cuisine toujours les plus fins knödels et s'occupe au mieux de moi afin que je ne devienne pas maigre comme une corneille. Si je l'ai pour cela baisée, c'était par amitié et dans mon intérêt, comme je peux certainement te l'assurer. Cela ne doit pas te causer de contrariété, et sinon je veux bien à l'avenir laisser toutes les petites Theresa de ce monde et mourir de faim.

Elle rit, comme libérée, le regarda avec ses yeux d'oiseau et il en oublia ce qu'il avait encore voulu dire, la prit par les épaules, se pencha plus près d'elle, anxieux, encore plus près, le cœur battant, dans le silence autour de lui. Le plus doucement possible, il posa ses lèvres sur les siennes, ferma les yeux, sentit qu'elle lui rendait son baiser. Son âme se mit à danser. Elle ouvrit les lèvres, timidement d'abord, puis plus intensément. Il sentit sa main dans son cou et ce geste lui fit tout oublier. Dans un léger gémissement, il l'attira à lui, lui caressa le dos jusqu'au point le plus bas de la taille, trembla et s'écarta pour ne pas l'effrayer. Mais elle lui prit la main, l'entraîna vers l'escalier et ils montèrent ensemble en silence.

La pluie frappait en rafales contre la fenêtre, rythmait depuis des heures le vacillement des bougies qu'ils avaient fixées sur une assiette avec de la cire. Le soir s'était mis à tomber et Wolfgang suivait du bout des doigts les ombres sur le dos d'Anju, contemplait son tendre visage d'oiseau qui reposait mollement dans la lueur des bougies. Tout s'entrelaçait : le crépitement de la pluie, la lumière, le duvet soyeux le long de sa colonne vertébrale, tout résonnait en lui, une toute nouvelle mélodie, et pourtant il lui semblait l'avoir depuis longtemps entendue.

Elle se retourna, un bras plié sous la tête.

— Tu bourdonnes de nouveau.

— Je bourdonne ? Quooooi ? J'aurais bien du mal à le faire !

Il souleva la couverture, se regarda de haut en bas et se donna une petite tape sur l'entrejambe.

— C'est une mouche, une grosse.

Il continua à vrombir, et elle sourit jusqu'à ce qu'il se penche sur elle et l'embrasse. Elle avait un goût délicieux, tendre et chaud, de sorte qu'il eut envie de se trouver encore plus profondément, entièrement en elle, dans sa sombre chaleur sécurisante, en son sein, qui ne pouvait être qu'une consolation. Il l'aima de nouveau, avec précaution et intensément, avec de petits mouvements lents qui lui paraissaient tellement plus puissants que tous les serments enflammés, la lutte effrénée de ceux qui dans l'amour devaient rechercher avidement la vie.

Plus tard, elle saisit un petit appareil plein de petits boutons, le brandit comme une baguette magique vers la mécanique sur son étagère murale et se lova de nouveau au creux de son bras. L'*allegro* retentit une nouvelle fois. Wolfgang essaya d'attraper l'appareil et sourit en pensant au mot « siemens ».

— Peut-on aussi... euh... téléphoner avec ça ?

— Avec la télécommande ? Non, je ne suis pas si moderne, c'est une très vieille chose, je dois l'avoir depuis six ou sept ans. Mais j'ai des amis qui peuvent allumer des lampes avec.

— On peut bien inventer toutes les énormités que l'on veut, mais qu'un homme et une femme soient ensemble, personne d'autre ne sait l'imaginer que notre Seigneur Dieu lui-même.

Il la serra plus fort contre lui, l'entoura de son bras, sentit sa peau sous ses mains, son souffle sur sa joue, le léger rythme de son cœur contre le sien. Il resta un moment silencieux parce que plus rien ne manquait. Il se sentait rassasié et ivre et pourtant il savait qu'un seul frôlement suffirait à réveiller sa faim.

— Ça chatouille !

Ce n'est qu'en sentant sa hanche tressaillir qu'il remarqua que sa main droite accompagnait la sonate.

— Un *adagio* va arriver, ce sera plus doux, attends, ma petite plume, tiens, écoute...

Avec des gestes tendres, presque caressants, il pianota le long de son bras jusqu'à son épaule, vers ses petits seins doux, descendit vers le ventre et la pinça subitement.

— Eh ! fit-elle.

Elle se tourna en riant, le pinça à son tour et retomba dans son bras.

— Tu pourrais jouer ça aussi ? Au piano, je veux dire. Aussi joliment ?

— Certainement, assura-t-il en exécutant une vive petite roulade autour de son pubis. Je peux tout jouer. Il me faut simplement le bon instrument.

— Tout. Ah, ah !

Son regard coupa d'un coup le son l'espace d'une demi-mesure.

— Je voudrais bien t'entendre jouer ça. Quelque chose comme ça, tu vois. T'arrive-t-il aussi de jouer ce genre de chose quelque part ?

— Damm dadadamm dalam, damm dadadamm dalalam, dim, dididim, dim...

Un gargouillement d'estomac le fit s'interrompre.

— Eh, oh ? Qu'est-ce qu'il veut, celui-là ?...

Il frappa un *staccato* sur son ventre, baissa ensuite la tête le plus bas possible et tendit ostensiblement l'oreille...

— Ah, ah ! Il grogne de faim, celui-là, cochon de ventre, va ! Et avide avec ça ! Tais-toi !

— Moi aussi, j'ai faim, je crois que je n'ai même pas pris de petit déjeuner. Quelle heure est-il, au fait ?

Elle se tendit vers le réveil qui se trouvait par terre, à côté du lit.

— Si tu veux aller à la salle de bains, tu ferais mieux de prendre quelque chose à te passer par-dessus, les autres ne vont certainement pas tarder à rentrer.

— Jost ?

Elle fit oui de la tête.

— Tu ne t'entends pas particulièrement bien avec lui, n'est-ce pas ? À cause de cette histoire d'autrefois, c'est ça ? Comment vous êtes-vous connus, au fait ?

— Eh bien, je... Nous nous sommes rencontrés autrefois, et plus jamais après, mais je n'ai pas grande envie que ce plaisir me soit de nouveau accordé.

— Que s'est-il donc passé entre vous ?

— Oh, cela ne vaut pas la peine d'en dire plus, c'est juste une affaire entre hommes comme il peut y en avoir.

— Ah, ah !... Dis-moi, à propos de manger, ils vont bientôt se trouver tous ici, dans la cuisine, Barbara, Jost et Enno. Ce n'est pas vraiment... hmm... romantique.

Elle sourit timidement avant d'ajouter :

— Mais je ne veux pas sortir non plus.

Elle montra du menton la fenêtre toujours battue par la pluie.

— Toi, oui ?

— Brrrrr !

— Nous pourrions nous faire venir quelque chose de chez l'Italien, ça te dit ?

— De l'Italien, assurément.

L'Italien !

— Seigneur, l'Italien ! Quel jour sommes-nous aujourd'hui ?

— Mardi.

— Ciel, Piotr !

Wolfgang se redressa en sursaut, attrapa le réveil, gémit.

— Qu'y a-t-il ?
— Oh, j'ai complètement oublié un engagement que j'avais aujourd'hui avec Piotr, qui est mon meilleur, mon bon ami. Mais, ah...

Il se laissa retomber, remonta sur sa tête la couverture qui l'entoura d'une faible lumière pourpre.

— Quoi « ah » ?

La couverture fut retirée vers le bas et Anju le regarda, l'air sombre. Il lui prit la taille et cacha son visage sur son ventre.

— Je ne peux pas.
— Comment ça ?
— Ah, ma petite plume. Par ce temps, j'en connais un qui va devoir quitter la maison alors qu'il peut avoir ça ici... !

Il se glissa de nouveau plus bas, lui baisa le ventre tout du long, s'agrippa à sa taille. La pensée de la quitter lui paraissait insupportable. Il lui semblait qu'il ne la reverrait plus jamais s'il partait maintenant.

— Écoute, si tu dois partir travailler, alors fiche le camp !
— Ne sois pas si sévère avec un pauvre homme, ma petite plume.
— Je ne suis pas sévère, je trouve seulement que tu ne devrais pas faire faux bond à ce Piotr. S'il est ton ami, tu ne peux pas lui faire ça.

Il se redressa en soupirant. Elle avait raison. Il fourragea sous la couverture à la recherche de son slip, le trouva finalement au bout du lit. Tout en le mettant, il ne quitta pas des yeux le visage d'Anju.

— Bien, je vais donc y aller, mais pas sans toi. Viens, tu pourras manger là-bas tandis que nous jouerons, comme ça le temps ne te paraîtra pas trop long, ma petite plume.

Il attrapa sa chemise.

Elle grogna, s'étira voluptueusement.

— Hmm, ah, non, plutôt pas, je vais manger un petit quelque chose ici.

Sa gorge se noua. Un instant, il eut de nouveau envie d'aller la retrouver sous la couverture. Il lui prit timidement la main.

— Mais peut-être, si tu permets, je ne jouerai certainement pas trop longtemps, juste un petit morceau, tralalalala, dada tamm, bamm. Terminé. Et puis, je serai de nouveau vite auprès de toi, ma petite plume. Tu veux bien ?

Elle fit oui de la tête, s'étira en souriant et il l'embrassa pour lui dire adieu, prit sa veste et descendit l'escalier quatre à quatre.

Dès qu'il se trouva devant la pizza que le patron leur servit, il ne put s'empêcher de penser à Anju et la vit devant lui, dans les draps pourpres, une mèche brune sur le front. Ce que Piotr avait à lui dire l'atteignit comme dans un brouillard et il lui sembla qu'il ne pourrait de nouveau voir et entendre clairement que lorsqu'il serait devant elle.

Dès qu'il sonna, la porte s'ouvrit et il se précipita vers le haut, s'arrêta pourtant au dernier palier, prit une grande inspiration, et redressa les épaules. Il faudrait bien qu'il passe devant ce Jost !

Mais, à son grand soulagement, un petit minois d'oiseau apparut à la porte, tout sourire, et le tira à l'intérieur, se colla à lui, et le monde sombra.

La lumière se fit soudain. Wolfgang s'effraya.

— J'y crois pas !... Enno !!!

Wolfgang tourna la tête et vit Jost, les yeux écarquillés, à la porte du salon.

Anju se retourna en sursaut, sa main toujours sur la nuque de Wolfgang.

— Eh, ça va pas, non ? On peut pas avoir deux minutes de tranquillité ici ?

— Qu'est-ce qui se passe ? demanda Enno en traînant les pieds dans le couloir.

— Pince-moi ! J'y crois pas !

Jost se frotta théâtralement les yeux avec ses poings.

— Vise-moi ça ! Un type comme moi court les cinés ou les restos depuis des mois avec les nanas, fauche des fleurs au cimetière. Et ? Rien ! Mais maintenant, je sais ce que je vais faire. Je vais pisser ! Dans les tasses ! Comme ça, je les aurai toutes dans ma poche !

— C'est clair, mon vieux.

En riant, Enno repoussa dans le salon un Jost toujours secouant la tête.

— Quel idiot !

Anju prit la main de Wolfgang, entrelaça ses doigts dans les siens et il fut à nouveau surpris de les sentir aussi fins : elle avait des mains de harpiste. Elle l'entraîna dans la cuisine, prit des verres dans le buffet, lui glissa une bouteille de vin dans la main et lui dit d'aller dans la chambre.

— J'ai encore trouvé un autre morceau sur le CD, c'est le plus beau de tous. Attends... Celui-là.

Le boîtier à la main, elle pressa un peu partout sur la mécanique. Assis sur le lit, il débouchait la bouteille en contemplant son cou. Elle avait relevé ses cheveux avec une grosse barrette argentée, seules quelques mèches brunes lui tombaient dans la nuque.

— Tu es la plus belle de toutes.

Le plancher laqué craqua sous ses pieds nus qui pointaient tout juste sous son ample jupe. Il sentit sa respiration s'accélérer. Une nuque nue et la grâce de tels pieds... la plus courte jupe du monde ne l'aurait pas plus excité. Il rampa à genoux vers elle, lui prit la taille et se balança avec elle au rythme de la musique.

— C'est parce qu'il parle d'amour, de l'amour pour une femme, voilà pourquoi tu l'aimes.

Elle s'accroupit auprès de lui, tira quelques-uns des coussins alentour et ralluma les bougies.

— Qui sait ce qu'il raconte, c'est tout de même un très vieux morceau. Il parle peut-être de tout autre chose, de, de...

— D'araignées ! dit-il en faisant crapahuter ses doigts recourbés sur son cou.

— OK, tu as gagné. Donc, tout de même bien d'amour.

Elle tendit la main vers le siemens qui n'était pas un téléphone.

— Je veux encore l'entendre. C'est si beau. Je n'aurais jamais cru m'enticher autant de Mozart. Pour moi, ça toujours été quelque chose comme… de la vieillerie.

— De la vieillerie ? Oh, mon Dieu, Anju, cette musique est jeune comme le printemps de mars. Écoute un peu ! Là ! Maintenant ! J'opère la transition vers le thème suivant, daram, dalalam, c'est audacieux, voici ce que quelqu'un ose faire aujourd'hui !

En guise de réponse, elle se blottit encore plus dans son bras, huma le creux de son cou et, étroitement enlacés, ils restèrent couchés par terre, burent du vin et des sons jusqu'à ce que le disque s'arrête dans un léger grattement.

— Ma chère Anju. Jamais encore je n'ai pu écouter aussi intensément une musique avec une femme. Je te remercie.

Il l'embrassa, l'aima, la porta sur le lit comme un enfant, et elle dormit dans ses bras.

Wolfgang resta éveillé, veilla sur son souffle comme s'il pouvait cesser, absorba le silence de la maison et de la rue et le remplit de sons. Les ombres bleu nuit sur les murs l'emportèrent dans un monde lointain et il pensa à ce matin où il s'était réveillé là, pensa au parfum qui émanait maintenant comme alors des oreillers et se sentit apaisé comme il ne l'avait plus été depuis longtemps. Chez soi, c'est là où l'on a des souvenirs, pensa-t-il en sombrant dans le sommeil.

Quand il se réveilla, la chambre était encore plongée dans l'obscurité. Il se sentit un besoin pressant d'uriner, se leva doucement et se glissa dans la salle de bains. À son retour, il alluma les bougies et s'installa au bureau. Du papier était encore là où il en avait trouvé autrefois. Il tira des traits et écrivit, écrivit tout ce qu'il avait dans la tête jusqu'à ce que les fanfares des toyotas dérangent Anju dans son sommeil, et, pour finir, il étala tout sur le lit.

Elle se tourna sur le côté avec un petit *sol* dièse guttural, son bras toucha le papier. Il lui caressa la main, longuement et pieusement, sentit les larmes lui venir. Tendrement, il baisa ses paupières jusqu'à son complet réveil.

— Au lieu de roses, mon amour.

Surprise, elle redressa le torse.

— Qu'est-ce que c'est ? De la musique ? De toi ?

Elle prit un feuillet, l'examina un moment.

— Te plaît-elle ?

— Si elle me plaît ? Tu es adorable ! Cela m'a l'air beau, oui, mais pour moi, ce ne sont que des signes cryptiques. Probablement comme les écrits indiens le seraient pour toi. Ils sont aussi très beaux, même si on ne les comprend pas. Non, je n'ai aucune idée des sons que cela rend.

— Tu peux bien ne pas savoir les lire, mais tu peux les entendre.

Il se mit à fredonner, tapa avec un crayon de papier sur le plateau en verre du bureau et tambourina de ses ongles sur un verre à vin.

— Quand bien même, il y a d'autres voix, on voudrait amener ses pieds à siffler, dit-il.

Le papier toujours à la main, elle caressa les portées.

— C'est merveilleux, souffla-t-elle. Il faudra que tu me le joues vraiment, j'aimerais tant entendre quelque chose de toi.

D'un geste d'invite, elle repoussa la couverture.

Il hésita, la regarda sans mot dire, alors qu'il ne voulait rien d'autre qu'être auprès d'elle, avec elle, en elle. Chez soi, pensa-t-il, chez soi, c'est la personne à laquelle ton cœur aspire, la personne à qui s'ouvre ton cœur. Le regard interrogateur qu'elle lui lançait se troubla à sa vue. Il sourit, se frotta énergiquement les yeux et prit le faux siemens.

— Fais-le marcher !

Il voulait tout lui offrir. Sa musique, son amour, sa vie. Il respira profondément et se glissa ensuite sous la couverture pourpre.

— Qu'y a-t-il ?

Son cœur s'affola. Mercredi, pourrait-il dire, et l'embrasser en riant et tout serait comme avant.

— Tu voulais entendre quelque chose de moi, Anju, mon amour.

— Oui ? Et alors ?

Tu es juste en train de le faire, pensa-t-il. Et puis, il le dit :

— Tu es juste en train de le faire.

— Ah ? fit-elle étonnée, en tournant le visage vers lui. C'est toi qui as enregistré ça ? Vraiment ?

— Mais non. C'est moi qui l'ai composé.

Elle se figea, émit un rire clair, reprit d'un coup son sérieux.

— Ah oui, c'est super, tu sais, moi, j'ai écrit *Origin of the Species*.

Elle pouffa de rire.

Troublé, il chercha une explication dans son regard, mais ses yeux ne brillaient qu'effrontément.

— *De l'origine des espèces*, le livre de Darwin sur l'évolution, tu en as certainement entendu parler.

La musique resta dans la pièce comme un bagage oublié.

— Oh, pardon, fit-elle en se mettant la main devant la bouche. Tu veux dire que tu l'as... Comment dit-on déjà ?... arrangé, c'est ça ? Maintenant, je comprends. Désolée. Je pensais que tu plaisantais, je sais bien que c'est de Mozart.

— Je plaisantais, assurément.

Il ne parvint pas à sourire. Et puis soudain, le passage en mineur, les larmes lui vinrent aux yeux, il s'efforça de les réprimer, s'assit et pressa son visage sur ses genoux. Il sentit la main d'Anju dans son dos, lutta, son corps trembla sous son geste hésitant.

— Wolfgang ? Qu'y a-t-il ?

Il renifla, essuya ses larmes en douce dans la couverture et se redressa. Quelle image pitoyable il devait donner ! Un amant pleurnicheur, quelle honte ! Il respira résolument à fond.

— Te rappelles-tu le jour où j'ai dormi dans ta chambre ? Aujourd'hui encore, je me demande comment j'ai pu y atterrir, comment j'ai pu quitter cet endroit où j'étais auparavant. C'était certainement le voyage le plus singulier que j'aie jamais fait. Et j'en ai entrepris de nombreux.

Anju fronça les sourcils.

— Quel était donc cet endroit où tu te trouvais ?

— Eh bien, je... j'étais chez moi... dans mon lit et je croyais que j'allais mourir.

Il lui prit la main, regarda le plafond.

— J'étais malade. Incurable. Une infection rénale, je le sais aujourd'hui. À cette époque, on ne savait pas comment soigner un tel cas. Je...

— À cette époque ?

Wolfgang inspira profondément.

— Ce n'est pas si facile à expliquer... En ce temps-là... Ah, je...

Peut-être fallait-il simplement rire et se lever et faire comme si de rien n'était, comme si c'était simplement une plaisanterie à oublier. Oui, voilà ce qu'il devait faire. Mais il sentit alors la main d'Anju et ses yeux le brûlèrent à nouveau.

— À cette époque, poursuivit-il, le monde était encore grand et la nuit encore sombre. Nous devions le soir allumer une chandelle devant notre fenêtre pour éclairer la rue. Tu ne peux te l'imaginer, Anju, n'est-ce pas ?

Anju haussa les épaules.

— Je connais des régions en Inde, où ils font exactement ainsi. Où vivais-tu donc ?

— À Vienne.

Elle rit.

— J'aurais plutôt misé sur une station de missionnaires dans le bush africain. Avant ton voyage singulier, je veux dire.

— Jadis aussi, j'ai vécu à Vienne. Pendant dix ans. Jusqu'en décembre. En 1791.

Et il commença à raconter, à parler de ces jours où il sentait déjà la mort, de sa peur que le temps lui échappe, de sa dernière nuit là-bas et de son réveil dans le lit étranger. Assise en face de lui, Anju lui tenait la main et se taisait.

— Maintenant, tu es la seule à savoir pourquoi je vous parais parfois si étrange et c'est sans doute dû à la sagesse divine et à la providence que je me sois justement réveillé dans ta chambre, Anju, ma chère Anju.

Il ferma les yeux, porta la main d'Anju à ses lèvres et l'y garda un long moment. Puis voyant des larmes perler dans ses yeux, il attrapa le siemens, pressa dessus jusqu'à trouver l'*allegro*.

— Écoute ! C'est une musique tout à fait joyeuse.

L'irruption du mode mineur le démentit.

— Je... reviens tout de suite.

Anju sortit du lit, prit sa robe de chambre, disparut. Il entendit une porte claquer, puis le silence, pendant une éternité. Quand elle revint, elle avait l'air pâle malgré son teint mat.

— Wolfgang, tu ne devrais en parler à personne d'autre, dit-elle en lui caressant doucement la joue. Tu me le promets ? Oui ?

Il l'entendit respirer.

— Je... j'aimerais que tu me laisses seule maintenant, Wolfgang. S'il te plaît. Va-t'en.

Son ton anxieux lui déchira le cœur. Il s'habilla sans savoir pourquoi. Elle le conduisit dans le couloir sombre, se serra furtivement bien fort contre sa poitrine et regagna sa chambre. Sa gorge se noua de plus en plus, il s'entendit dire « adieu », entendit la porte de l'appartement se refermer... et des pleurs, comme au loin.

Un vent humide chassait les feuilles sur le trottoir. Wolfgang avait l'impression de nager dans une mer sans fin en cherchant vainement à reprendre pied. Le vide était douloureux. Il commença à fredonner tout en sachant que cela ne l'aiderait pas. Il mit les mains dans ses poches, sentit la petite carte parmi des mouchoirs, des clés et un sachet de petits pains vide. Il la sortit et la jeta, sans la regarder, dans la première flaque d'eau du caniveau. S'arrêta. Observa cette chose bleu clair qui émergeait de la bouillasse brune, se pencha et la ramassa. Anju l'avait certes renvoyé, mais pas pour toujours. Elle l'aimait, il le voyait clairement. Il lui laisserait du temps, du temps pour concevoir l'inconcevable, pour le comprendre lui, jusqu'à ce qu'elle soit de nouveau toute à son côté. D'ici là, il travaillerait, assidûment, se montrerait digne d'elle. Il fallait qu'elle l'entende jouer, un jour, sur une scène qui lui ferait honneur.

Prudemment, il essuya la petite carte sur son pantalon. Le portrait dessus était flou et montrait un homme qui, à proprement parler, n'était pas

Wolfgang lui-même, mais qui aurait très bien pu être un frère. Seuls les cheveux paraissaient un peu trop foncés. « Eberhard Pall-ou-ss-c-z-i-c-z-k », lut Wolfgang ; il tenta de le prononcer sans savoir comment. Avec le sentiment amer d'une intimité volée à un inconnu, il rempocha résolument la carte et se hâta vers la station de métro.

Les jours passèrent, mais Anju ne se manifesta pas. Il lui avait donné le numéro du siemens de Piotr et insisté pour que le violoniste garde son appareil allumé jour et nuit, mais il n'y eut aucun appel. Il croyait encore sentir sa sueur sur sa peau, négligea de se laver jusqu'au moment où Piotr s'en montra fâché. Wolfgang se réfugia dans la salle de bains, versa des larmes et les lava sous la douche. Il dut se forcer au travail, s'essaya à une marche funèbre et écrivit aussitôt un joyeux octuor en pensant devoir verser de la niaiserie dans le sombre marais de son âme. Le *Requiem* lui revint en mémoire. La question angoissante de savoir ce qu'il adviendrait quand il serait terminé planait toujours au-dessus de lui. Peut-être pouvait-il et devait-il même mettre fin à tout cela ? Il étala les pages sur la table carrelée de Piotr, parcourut ce qu'il avait écrit, chercha un crayon, hésita, entrevit, craignit, enroula de nouveau tristement les feuillets, y passa un élastique et pensa rapidement à Mado comme à une vie depuis longtemps perdue. Sans relâche, il parcourut la ville, sonna vainement à la porte d'Anju et passa ses soirées au Blue Notes, jouant n'importe quoi, le regard toujours braqué sur l'entrée. Son cœur lui faisait mal, il n'était pas assez grand pour une nostalgie d'une telle immensité.

— Téléphone pour toi ! dit Piotr en lui tendant le siemens d'un air supérieur.
— Anju !
— Monsieur Mustermann ?
Wolfgang se recroquevilla.
— Monsieur Mustermann ? Bangemann à l'appareil, de l'agence Kracht.
— Oui, dit-il d'une voix terne. J'ai une carte d'identité.
— Hmm, c'est merveilleux, monsieur Mustermann, mais il est un peu trop tard pour ça maintenant, n'est-ce pas ?
Wolfgang garda le silence.
— Monsieur Mustermann, j'aurais peut-être un engagement pour vous au Musikverein. Mais à très court terme toutefois. Si vous pouviez passer tout de suite à mon bureau cet après-midi... ? Disons, vers trois heures ?
Wolfgang attendit. Se ravisa ensuite.
— Un engagement ? Certes, oui. Je serai là.
Il laissa tomber le siemens. Il pouvait encore accepter la musique provenant de la mécanique, finalement on y entrait quelque chose pour que cela en ressorte. Mais les voix qui voyageaient dans l'air sans qu'on les entende lui donnaient du fil à retordre.
— Quoi ? Tu as engagement par agent ? Où ?
— Au Musikverein...

Sa gorge se serra. Si jamais elle appelait...
— À Musikverein ! Quand ?
Wolfgang haussa les épaules.
— Tout de suite, il a dit.
— Wolfgang ! Fais autre figure, tout de suite, c'est le mieux qui peut arriver. Musikverein ! dit Piotr en reposant tristement le siemens. C'est premier vrai concert pour toi et je peux peut-être pas être là si moi en Pologne. Tu vas enfin être célèbre, comme tu as mérité !

Vêtu d'une chemise propre et la carte d'identité en poche, Wolfgang se présenta à l'agent Bangemann.
— Monsieur Mustermann, nous avons un problème avec un pianiste. Un homme excellent, interprète de Mozart, inégalable. Il devait jouer la semaine prochaine au Musikverein. Mais il a disparu. Sur un yacht, quelque part dans les mers du Sud, personne ne sait où ni pourquoi. Il devrait être revenu depuis longtemps et je ne sais pas du tout s'il va réapparaître. Vu le court délai, il serait difficile de trouver un remplaçant avec de telles qualités... Bon, vous vous êtes spécialisé sur Mozart, n'est-ce pas ?
Il marqua une pause et fixa Wolfgang d'un regard perçant.
— Ce serait une chance pour vous.
— S'il peut y avoir quelque chose d'assuré, je serai prêt. Qu'aurai-je à jouer, quand et où ?
Bangemann lui tendit un imprimé, le papier brillait légèrement.
— Cela vous conviendrait-il ?

Wolfgang leva les sourcils. Une sonate pour piano qu'il avait imaginée et jouée encore tout jeune homme, des variations sur un *Divertimento* dont il se souvenait à peine, ce genre de chose pouvait représenter une chance pour lui au vu de sa situation, mais était-ce bien ce qu'il voulait ? Avait-il atterri au vingt et unième siècle pour donner un concert que l'on aurait pu donner exactement de la même manière deux siècles auparavant, que l'on avait sans doute donné des milliers de fois depuis sous la même forme et que maintenant tout un chacun avait chez lui en conserve d'argent brillante dans son armoire à musique. N'en avaient-ils pas tous assez ? Lui en avait assez, comme après sept quenelles de foie on ne peut plus en avaler une huitième. Il soupira doucement.

Bangemann gonfla les narines.

— Bon, si ce programme vous pose problème… nous pouvons naturellement le modifier selon vos désirs, toutefois ce devrait être du Mozart... Cela dit, si vous ne vous sentez pas sûr avec ça, mais ce serait tout de même…

— Si je ne me sens pas sûr ? Oh, ce qui est sûr, c'est surtout ce que je ressens avec cette sonate qui est la mort de tout art véritable, étant donné qu'on ne peut soutenir que ce qui advient avec esprit et fraîcheur contre le vide et la fadeur. Si vous le permettez donc, je veux bien donner une soirée consacrée à Mozart, mais à ma façon, qui obtiendra assurément l'approbation et un plaisant succès.

— Monsieur Mustermann, je ne peux toutefois permettre de trop grandes expérimentations...

— Une bonne musique fraîche est toujours une expérimentation, sinon elle est manquée et ne peut être nommée un art contre toute bonne conscience. Je jouerai du Mozart. Point final. Si vous le voulez, cette sonate aussi. À ma façon.

Cette fois, ce fut Bangemann qui poussa un léger soupir.

— Bien, monsieur Mustermann, naturellement, dites-moi donc ce que vous voulez jouer afin que je puisse l'afficher.

— Écrivez : « Variations sur les amours de Wolfgang M. », car avec l'amour, mon cher, avec l'amour, rien n'est jamais manqué.

Vienne, le 27 octobre 2007

Très honorée, meilleure amie et... amante ?

Présentement, cela fait plus de quinze jours que je n'ai rien entendu de toi, pas plus que je n'ai lu de lettre, bien que... comment pourrais-je lire quelque chose alors que tu ne peux pas savoir où écrire, de sorte que je ne peux recevoir de courrier de toi. Je voudrais donc ici te révéler mon logis qui, en fait, n'est pas en mesure de présenter une belle apparence étant donné qu'il se trouve aux abords de la gare du Sud et qu'il ne s'agit donc pas d'un noble logis, mais il est bon marché et, comme tu pourras aisément le voir sur la carte de concert jointe, je serai bientôt en mesure d'en prendre un plus beau, un meilleur, même s'il faut peser consciencieusement l'avantage de l'un par rapport à l'autre, étant donné que je suis ici en mesure de vivre sous un toit avec mon cher ami Piotr, qui est un violoniste tout à fait correct, et conséquemment d'en partager les frais, ce qui, après avoir trouvé un logis nouveau et plus confortable, me manquerait vraiment et m'obligerait par la suite à en assumer seul toutes les dépenses. Toutefois, à ce que l'on m'assure, après un concert qui m'a procuré un grand succès et une bonne renommée, on se montre intéressé à m'engager pour d'autres concerts et à m'entendre jouer et – voilà* – tout cela va prendre assurément bonne tournure et j'aurai bientôt l'honneur et le plaisir de te voir à ce concert, qui aura lieu au Musikverein, de sorte que je puis t'assurer que ce soir-là je jouerai encore mille fois mieux et plus bellement que d'ordinaire, pourvu que je sache ma très chère et meilleure Anju parmi les auditeurs du susdit et que je puisse te voir, je serai déjà heureux et je jouerai uniquement pour toi, car – tu dois savoir, connaître, avoir un aperçu, pressentir, sentir, t'attendre à et accepter… considérer comme tout à fait probable, supposer et spéculer, deviner et ne pas te tracasser que je t'aime toujours autant qu'autrefois, que tu es ma meilleure, la plus précieuse Anju, que je veux toujours honorer – tu ne peux pas m'en vouloir pour cela, sinon je me pendrai – pour toujours et en toute éternité, avec plaisir, sans mentir, je suis désormais jusqu'ensuite

ledit homme
Wolfgang M.

mes toutes meilleures salutations à notre amie à huit pattes et à la mouche – te donne-t-elle toujours un concert de bourdonnements... de vrombissements ? – sinon, je veux bien me dépêcher d'aider et de lui écrire les notes, peut-être... les a-t-elle tout simplement oubliées !

Sanctus

Sanctus, sanctus, sanctus,
Dominus, Deus Sabaoth.
Pleni sunt caeli et terra gloria tua.
Hosanna in excelsis.

Et c'est ainsi que, quelques jours plus tard, Wolfgang se trouva sur la scène du Musikverein et qu'il joua bravement une sonate pour piano, toutefois pas celle qu'il aurait dû jouer mais justement celle qu'il avait offerte à Anju. Il entendit à la fin les applaudissements crépiter derrière le lumineux mur blanc des projecteurs, s'inclina courtoisement, posa ses mains sur son cœur et les y garda un moment jusqu'au retour du silence. De nouveau au piano, il fit ressusciter en sa mémoire la voix d'or d'Aloysia avec cette aria qui lui avait convenu comme à nulle autre. Peu à peu, il fit une transition en pensant à ses autres amours, pensa à Pamina, Susanna, Zerlina, Despina. Et naturellement à Constanze. Par de douces sonorités, frivoles, timides ou mélancoliques, il se rappela chacune d'elles avec son thème approprié, les réunit en un choral fulminant et conclut brutalement, au beau milieu d'un crescendo tonnant.

Il fit une pause de quatre mesures entières au cours de laquelle on aurait pu entendre respirer le public.

En reprenant, sur des rythmes audacieux et novateurs, il fit revenir la ronde des femmes, cette fois à la basse, en arrière-fond, tel un décor presque oublié, et tissa par-dessus, aussi finement qu'une toile d'araignée, le thème de la pluie d'Anju comme une trace lumineuse.

En levant les yeux, il les voyait toutes assises dans la salle, d'abord Constanze et Aloysia et enfin Mado, qui lui souriait malicieusement par-dessus son saxophone et lui inspirait sans cesse de nouvelles idées. Seule Anju s'obstinait à manquer, et son cœur se serrait chaque fois qu'il portait son regard vers le siège rouge vide au premier rang. Quand il eut terminé, la salle garda un silence sensible l'espace de trois ou quatre mesures jusqu'à ce qu'un courageux « bravo » isolé sorte le public d'une transe confuse. Les applaudissements déferlèrent vers la scène comme une tempête automnale. Wolfgang se leva, retrouva ce moment tant attendu, ce moment qui l'élevait par-dessus tout, le moment du succès, le moment du bonheur fulgurant. Il sentit son souffle élargir sa poitrine mais il lui restait pourtant un goût amer chaque fois qu'il baissait les yeux vers le siège vide.

« Encore ! » criait-on sans arrêt, « Bravo ! » et « Mustermann ! »

Wolfgang s'approcha lentement de la rampe et sut aussitôt ce qu'il allait jouer. Il contourna le microphone, s'inclina et prit la parole. Le silence se fit instantanément.

— Je vous remercie beaucoup et c'est avec plaisir que je vais jouer autre chose. Un air que personne n'a encore jamais entendu, hormis ce tout petit gars dans mon oreille.

Il se mit le doigt dans l'oreille et le tourna dans son conduit auditif. Quelques spectateurs éclatèrent de rire.

— Et je dédie cela à la femme la plus honorable qui m'a inspiré pour ce concert d'aujourd'hui, ajouta-t-il en baissant la voix.

Il scruta obstinément la salle mais il ne la découvrit nulle part. Le cœur serré, il reprit place au piano et conta l'histoire d'Anju et de son amour qu'il n'avait pu goûter que trop brièvement. Et, comme pour se punir lui-même, il renonça cette fois à la consolation, modula même en *mi* bémol mineur et laissa la tonalité lourde et profonde, le deuil de toutes les chances manquées, sans aucune résolution.

À la fin, l'émotion de la salle était palpable. Il s'inclina rapidement, ravala ses larmes et quitta la scène.

*

Anju tremblait. Tout était calme maintenant, mais son cœur s'affolait… Puis la sonnerie criarde de la porte tinta une deuxième fois. Anju fixa Barbara, secoua la tête, se mordit la lèvre. Il sonnerait encore une troisième fois. Peut-être portait-il encore une lettre sur lui ? Ses yeux se mouillèrent à la pensée de ses lettres. Elle n'en avait ouvert que deux, elle n'en supportait pas plus. L'écriture certes soignée mais à peine lisible, qui semblait provenir d'un siècle passé, sa langue ampoulée, parfois rude, qui trébuchait sur son propre humour et d'où émanait pourtant tant de tendresse. Les lettres d'un malade. La sonnette retentit de nouveau et Anju bondit de sa chaise, courut dans sa chambre et ferma la porte derrière elle. Penser à lui était trop douloureux. Cette révélation inconcevable qui l'avait si brutalement fait devenir un autre, un fou, et le lui avait arraché sans crier gare lui paraissait comme une mort. Car, pour autant qu'elle ait envie de lui, elle comprenait bien qu'elle ne retrouverait plus jamais cet homme qui l'avait encore récemment tenue dans ses bras et qui lui avait été proche comme nul autre auparavant. Avec précaution, comme si quelque chose pouvait se briser, elle s'assit au bord du lit, se recroquevilla et enfouit son visage dans ses mains.

Le pire était que cette nuit, cet amour auquel elle avait cru un court instant n'existait plus. Elle sécha sur son jean ses mains mouillées de larmes et se lova sur la couverture.

Elle n'arrêtait pas de penser à ce matin où il avait dû pisser dans sa tasse. Elle l'avait mis sur le compte de la fête, sur l'ivrognerie et les idioties dont les hommes étaient capables et l'avait facilement pardonné. Mais à présent tout changeait, sonnait faux et se déformait, et tout ce qu'elle avait pu apprendre sur ce jour-là par Enno et par Jost lui nouait encore plus la gorge.

Et pourtant, il y avait là encore autre chose, quelque chose qui se nourrissait de chaque souvenir qu'elle pouvait garder. De ses yeux vifs et clairs avec lesquels il semblait regarder directement dans son âme ; de la chaleur de sa peau ; de ses mains qui l'avaient caressée si tendrement et délicatement. Et tout comme ses mains ne l'avaient jamais touchée distraitement, elle n'avait non plus jamais eu le sentiment que ce qu'il lui disait n'était que des paroles en l'air. Toujours, même en plaisantant, il lui avait consacré toute son attention.

De petits sanglots la secouèrent de nouveau. Sa nostalgie occupait tout, tel un poison qui se répandait douloureusement en elle, et le seul contrepoison était la pensée de sa folie qui emportait tout et n'était pas moins douloureuse.

La latte du seuil craqua légèrement. En levant les yeux, elle ne vit que Barbara qui se tenait à la porte, une lettre à la main. Barbara s'approcha lentement, s'arrêta au bord du lit, hésitant apparemment à s'asseoir auprès d'elle.

— Bonjour !

Barbara posa doucement la lettre sur l'oreiller et retira timidement une mèche du visage d'Anju.

— À cet âge, la plupart sont mariés.

Anju secoua la tête.

— Pas lui, dit-elle.

— Alors quoi ? Qu'est-ce qu'il a fait ? Allez, arrête ! On ne va pleurer pour des mecs, tu l'as dit toi-même.

— Laisse-moi seule, s'il te plaît. Et... Barbara ? Ne dis rien aux garçons, OK ?

Une fois la porte refermée, Anju chercha ses mouchoirs en papier. Elle saisit l'oreiller, le serra dans ses bras, se blottit contre le mur et soupesa l'enveloppe. Elle repensa d'un coup à la première lettre de Wolfgang avec le billet de concert. Elle s'était longtemps demandé si elle s'y rendrait et son désir avait failli devenir insupportable. Finalement, elle avait déchiré le billet et l'avait jeté dans la corbeille tout en sachant que cela ne ferait que tout empirer.

Le soir du concert, elle avait ressorti à genoux tous les morceaux, les avait péniblement recollés avec du papier adhésif, puis elle s'était rendue au Musikverein, avait attendu longtemps devant la porte et n'était entrée qu'après le début du concert. On ne l'avait plus laissée accéder à la salle et c'est donc à la porte qu'elle avait écouté la musique qu'il lui avait offerte, sa musique à elle, puis elle était ressortie en pleurs dans la rue. Elle savait qu'elle ne pouvait pas rester jusqu'à la fin, qu'il lui était impossible de le voir là-bas, sur la scène, si grand, véritable et loin de toute folie, sans s'embarquer dans une tâche pour laquelle elle n'était pas de taille.

Elle ouvrit l'enveloppe.

Vienne, ce 3 de Novembre 2007*

*très chère, meilleure, estimable –
hautement vénérée !* mademoiselle la coccinelle*,
*farfallina, ragnolina, palumella,
scarabella... filledelairlla !*

*voici une histoire que je puis te rapporter : maintenant
encore, je m'attrape le cœur, douleur, tu ne croiras
jamais ce qu'il peut arriver à un pauvre, rouge, ah si
triste, malheureux siège – écoute donc l'histoire qui
va certainement t'attrister comme elle m'a attristé
mais – je ne peux pas la taire, cela me brise le cœur,
douleur, quand je pense à lui, le pauvre, sans pitié, qui
reste là reste reste reste et... reste vide ! / : et reste
toujours vide : / ... Alors dis-moi si cela ne t'émeut
pas non plus le cœur, douleur, qu'il se tienne tout
devant, sous mon œil, et se tienne là alors que j'étais
assis et jouais et jouais juste pour... oui pour qui ? on
voudrait bien le savoir... et je ne peux que penser à
ce pauvre siège rembourré et je joue – une sonate en*
fa, *je me demande seulement où je l'ai entendue, ah,
non, cela ne peut être – néanmoins – il reste là et
reste là et reste là – toujours vide, supporte bravement*

tous les applaudissements et ensuite – vide ! et [tu le croiras ou non] mais pourtant vrai !... comme le concert est terminé et que l'on regarde là-bas – à la vérité, il n'a versé que de grosses larmes !

Bon, passons à autre chose, il faut aussi pouvoir oublier les vieux sièges ; quand le matin, j'ouvris mes petits pains, j'y mis de la confiture, trois grosses grandes grasses monstrueuses cuillères pleines à ras bord – tu peux bien me dire prodige, tu ne te tromperas pas, donc je lèche et relèche et quand je mordis dedans... tout en coula ! Lèche, pourlèche groseilles. Et maintenant, sèche, groseilles.

Ensuite, j'ai écrit des notes, un plein sac, il y avait là soixante-trois A, quatorze B, cent vingt-huit C, quatre-vingt-seize D, quarante-huit E, neuf mille huit cent soixante-dix-sept F, un G, trois cent trente-trois H, quarante-cinq I, trois J[1] *– quoi ? Quoi ! ? tu ne me crois pas ? tu es incrédule... ne m'accordes aucune foi ! ? Devant ma fenêtre les pigeons chient, ils l'osent parce que Piotr est parti en voyage, sinon ils ne fientent pas et alors que je mordais dans mes petits pains, le soleil s'est levé ; ce qui* nota bene *n'est pas étonnant étant donné que je m'y attendais naturellement parce qu'il s'était jusqu'alors levé chaque jour et cela depuis que je suis en âge de penser et je suis capable de penser plus longtemps*

---

1. La notation musicale germanique est différente de la notation française : C = *do* ; D = *ré* ; E = *mi* ; F = *fa* ; G = *sol* ; A = *la* ; B = *si* bémol ; H = *si* naturel. I et J n'existent pas.

qu'on veut le penser et surtout plus... que tous les autres.

adieu, ragnolina mia, je t'embrasse mille fois

[même si ce n'est qu'en pensée]

Wolfgang M.

Benedictus

Benedictus qui venit in nomine Domini.
Hosanna in excelsis.

Elle était sortie. C'était certainement cela, et il n'y avait personne à la maison. Pourquoi n'aurait-elle pas dû lui ouvrir sinon ? Pourtant, il leva de nouveau les yeux sur la façade, crut même apercevoir une ombre à l'une des fenêtres au deuxième étage. Il se détourna, se mit en route, enfila la rue et tenta de se débarrasser du nœud dans sa gorge. Non, indéniablement, il n'y avait eu là personne ; malgré la faible lumière d'automne les fenêtres étaient toutes sombres. Pourtant, il crut sentir encore un regard dans son dos alors qu'il atteignait déjà la rue suivante. Il avait du vague à l'âme et il s'aperçut que ce n'était pas la pluie fine qui mouillait son visage. Il continua obstinément à marcher, d'un pas lourd, le long des rues, comme il l'avait souvent fait, droit devant lui. Et tout au fond de lui, il gardait l'espoir qu'il y avait pourtant un but, comme s'il n'avait qu'à marcher assez loin pour atteindre de nouveau sa maison, comme s'il pouvait pour ainsi dire passer une porte, là, où un amour l'avait attendu autrefois. Un amour qui donnait du sens à tout. Il ne connaissait pas les rues, ne regardait ni les gens ni les vitrines, ne pensait pas à l'appartement vide de Piotr, ne savait plus quel jour il était et s'il avait un engagement le soir au Blue Notes. Tout ce qu'il savait, c'était qu'il ne voulait aller maintenant à aucun de ces endroits. Tout en lui était blessé. Il perçut à peine le bruit provenant d'un chantier qui barrait le trottoir, se faufila parmi les véhicules en stationnement pour traverser la rue. Énergiquement, il recourut à une musique, un canon qu'il avait autrefois imaginé dans un moment de bonne humeur, mais il lui parut fade et creux, des fanfares sonores l'interrompirent, et Wolfgang, comme fasciné, fixa des lumières aveuglantes. Il entendit des cris, recula en sursaut ; un coup lourd, quelque chose heurta son bras, sa tête, l'arracha du sol, il tomba, pensa à Anju et sombra dans le noir.

La première chose qu'il perçut ensuite fut une douleur sourde à sa tempe ; il sentit sous lui un sol dur, humide et froid, et, comme venant de loin, une voix d'homme en colère lui parvint. Il cligna des yeux, vit un ciel de plomb et se redressa prudemment. Des véhicules passèrent en grondant et en klaxonnant près de lui.

— Eh ! Tu m'entends ? Tu peux te lever ?

Wolfgang aperçut le visage d'un homme, le front creusé d'une ride sous une casquette bleue.

— Laissez-moi, je n'en peux plus.

— Allons, allons, viens, dégage de la rue !

Wolfgang prit la main tendue, son bras lui fit mal tandis qu'il se relevait.

— La prochaine fois, va te tuer ailleurs mais plus quand je fais mon tour. Sacré bon sang !

Wolfgang grimpa difficilement derrière l'homme dans un grand véhicule, en chercha en vain le nom, se vit entouré de gens qui le regardaient tous y entrer en boitant et se laisser pousser sur un siège. Une femme se lamenta à haute voix. Wolfgang sentit quelque chose de chaud coller son œil et s'aperçut que du sang gouttait sur sa veste.

Omnibus.

Ses vêtements trempés lui collaient aux épaules. La femme gémissait toujours, des personnes descendaient peu à peu, l'homme à la casquette parlait nerveusement dans un siemens.

Suicidaire.

— Mais je…

Wolfgang laissa tomber, à quoi bon contredire ?

Peu après, des rythmes bleus lancèrent des éclairs sur la rue brillante de pluie, des hommes en veste rouge vif arrivèrent, sortirent Wolfgang du bus et le déposèrent sur un brancard, puis ils le glissèrent dans une grande voiture aux parois pleines de boîtes, de tuyaux et d'appareils.

— Vous m'entendez ? Vous pouvez bouger votre bras ?

Wolfgang leva la main en réponse.

— Comment vous appelez-vous ? Quel jour sommes-nous aujourd'hui ?

Quelqu'un se pencha sur lui, s'occupa de son œil, le tortura d'une lumière crue, un autre lui passa un gros coussin autour du cou. Wolfgang ferma les yeux, se tut, tourna la tête sur le côté.

— Nous vous emmenons à l'hôpital, devons-nous informer quelqu'un ?

Non, pas de docteurs, il se débattit quand on l'attacha sur le brancard, puis il renonça et sentit le véhicule gronder dans tout son corps.

— Ils m'ont tous été enlevés, finit-il par dire.

Mais il ne fut pas sûr d'avoir été entendu.

On posa une couverture sur lui pour le sortir de la voiture ; la lumière claire d'une porte vitrée attira son regard, l'homme en rouge vif lui fit passer la porte, le poussa dans de longs couloirs lumineux, une nouvelle couche, il était allongé, un papier rugueux sous ses mains, des blouses blanches, des allées et venues. Un pansement sur sa plaie à la tête. Une femme vint lui mettre une bande autour du bras, qui le serra de plus en plus comme un boa constrictor et finit par émettre un chuintement. Wolfgang poussa un cri d'effroi.

— Arrêtez, laissez-moi, pourquoi me faites-vous ça ?

— Calmez-vous donc !

— Que se passe-t-il ici ?

— Il ne veut pas dire son nom, docteur, et je crois qu'il y a un problème avec sa caisse d'assurance.

Une blouse blanche se pencha sur lui.

— Hmm, soufflez voir dans ma direction !

— Je ne veux plus avoir affaire aux docteurs et d'ailleurs je ne peux pas payer de consultations.

— On va régler ça tout de suite, madame, la police ne va pas tarder à arriver, prise de sang sous surveillance et le processus ordinaire.

Wolfgang secoua la tête en voyant l'homme en blouse blanche quitter la pièce, il se tourna, se redressa, chercha ses chaussures du bout des pieds mais ne les trouva pas.

Le médecin revint avec, derrière lui, un homme en veste bleue. On lui posa de nouveau une bande sur le bras, il resta patiemment tranquille, mais une douleur piquante le fit sursauter. Il poussa un cri en voyant du sang couler de son bras dans un petit tube.

— Plus de saignée, arrêtez, je ne veux plus ! Vous êtes responsable de ma mort !

Le médecin grogna et tendit le tube plein de sang à l'homme en bleu.

— Ce sera tout, dit-il avec un demi-sourire. Je vous le laisse, bonne soirée !

L'homme en bleu porta le doigt à sa casquette et se tira une chaise, tapota avec un crayon sur un petit livre.

— Désolé, mais il me faudrait encore quelques renseignements, monsieur… ?

— Mustermann, Wolfgang Mustermann.

L'homme écrivit, regarda Wolfgang avec un visage compatissant.

— Monsieur Mustermann, le conducteur du bus a déclaré que vous aviez tenté de vous suicider.

— Le Seigneur ne voudra pas toujours refuser une telle grâce à quelqu'un comme moi.

Le fonctionnaire se tut, touché, puis il demanda d'une voix hésitante :

— Pouvez-vous décliner votre identité ?

Wolfgang ressentit comme un mal à la tête.

— Je... j'ai une carte d'identité.

— Oui. Je voudrais bien la voir, s'il vous plaît !

— Dans ma veste, là-bas.

L'homme en bleu lui tendit sa veste mouillée et Wolfgang sortit la petite carte de la poche intérieure, sentit de nouveau la cave poussiéreuse, la cage d'escalier, la chambre, Anju... En inspirant profondément, il tendit sa carte au policier.

— Eberhard W. Pall-ou-ss-c-z-i-c-z-k ? C'est vous ?

Wolfgang acquiesça.

— Vous venez de me dire que vous vous appelez Mustermann. Mais ici, je lis Pall... Comment ça se prononce ?

— Vous voyez, répondit Wolfgang d'un air las. C'est là la complexité de la chose.

Il avait lui-même essayé pendant plus d'une heure et avait choisi celle qui sonnait le mieux parmi toutes les façons de prononcer ce nom.

— Avec un nom pareil, aucun artiste qui se respecte ne pourra se faire honneur en paix.

— Donc, Mustermann est un nom d'artiste ? Hmm, mais vous devez le faire porter sur la carte, remarqua le policier avec un soupir. Bon, reprenons ! Eberhard Pall-ou-ss-c-z-i-c-z-k. Vous habitez ?...

— Assurément. J'ai un logis chez un ami…

Effrayé, il ferma la bouche, il avait dû promettre à Piotr sur l'âme de sa mère défunte de ne pas livrer son adresse. « Sans quoi, je vais atterrir dans le chaudron de l'enfer », lui avait fait comprendre le violoniste.

— C'est-à-dire…

L'homme en bleu fronça les sourcils.

— Comment ça, chez un ami ?

Wolfgang respira prudemment.

— Eh bien, d'une certaine manière, non… C'est un logis… lequel est mon préféré, qui…

— Allez-vous me donner votre adresse, oui ou non ? Où est donc votre attestation de résidence ?

Le fonctionnaire avait des yeux étrangement incolores, d'un gris fade comme si un peintre avait renversé le contenu de tous ses pots de peinture.

Wolfgang serra les lèvres.

L'homme en bleu respira fort, se radossa et ferma un instant les yeux.

— Écoutez, monsieur Palloussczickz, pouvez-vous me dire comment vous est arrivé cet accident ?

— Je… je ne sais pas, je…

— Vous avez couru vers le bus ?

— Non… je…

— Où vouliez-vous donc aller ?

— M'en aller.

Le fonctionnaire se racla la gorge, se leva et quitta pour un temps la pièce. À son retour, il dévisagea Wolfgang avec un regard noir.

— Vous déclarez donc être Eberhard Pallousscziczk ? Né le 11 mai 68 ?

Wolfgang sourit timidement.

— Assurément, ainsi qu'il est écrit, n'est-ce pas ? Sur ma carte d'identité.

— Intéressant, monsieur Pallousscziczk, dit le fonctionnaire en croisant les bras. D'après nos données, vous êtes donc mort le 8 novembre 2006.

Wolfgang sentit son menton trembler, entendit à peine sa voix.

— C'est... donc une erreur, c'était le 5 de décembre, j'en suis certain.

— Pardon ?

— Oh, je...

Il se tut, baissa les yeux, suivit de son pied toujours non chaussé les rayures du linoleum.

— Le jour de ma mort. Le 5 de décembre.

— Mon Dieu, s'écria l'homme en bleu en se tapant le front. Bon. Peut-être pourriez-vous me dire votre nom maintenant ? Votre *vrai* nom.

Il était mort. Cet Eberhard, dont il avait emprunté le nom comme autrefois le pantalon d'Enno, n'existait plus. Avait-il jamais eu une pensée pour lui ? Que savait-il de lui, hormis qu'il n'avait pas atteint la quarantaine ? La veille de ce 8 de novembre, il avait encore dû forger des plans avec insouciance pour le lendemain, pour la semaine suivante, pour l'année suivante. À cette pensée, Wolfgang sentit sa poitrine se serrer. N'avait-il pas toujours déclaré que dans la vie, il n'y avait rien de plus assuré que la mort ? Et que son terme était aussi la chose la plus incertaine entre toutes ? Mais lui, il connaissait le jour de sa mort qui allait bientôt remonter à un an tout juste. Celui-ci valait-il aussi maintenant pour cette vie ? Combien de temps lui restait-il encore ?

Sa respiration se fit lourde. Sa bouche s'ouvrit sans émettre de son, comme d'elle-même. Finalement, il s'éclaircit la gorge.

— Je sollicite le plus poliment de pouvoir maintenant retourner chez moi.

— Ah bon, et c'est où chez vous ?

Le fonctionnaire jeta un œil à sa montre.

— À Vienne.

— À Vienne, tiens donc. L'adresse, s'il vous plaît.

— Ce n'est pas si facile, étant donné…

— Bon sang ! s'énerva le fonctionnaire en fermant son bloc-notes et en le claquant sur la table. Maintenant, ça suffit ! Pourquoi c'est toujours à moi que ça arrive aussi ? C'est vendredi soir, moi aussi, je veux rentrer chez moi, Marie Joseph ! Et maintenant, dites-moi donc votre nom !

Wolfgang chercha son regard. Tout ce qu'il pouvait raconter à cet homme ne serait rien d'autre que la vérité. Depuis longtemps, il lui répugnait de devoir s'entortiller dans des mensonges, et le sol ferme de la vérité s'étendait devant lui comme une ancienne terre longtemps promise.

— Mozart.

— Mozart ?

— Oui, reconnut Wolfgang à voix basse. Joannes Chrysostomus Wolfgangus Theophilus Mozart. Né à Salzbourg, le 27 de janvier 1756. Pourrais-je m'en aller maintenant ?

L'homme en bleu le fixa, se gratta le nez et se mit la main devant la bouche. D'abord suffoqué, il reprit ensuite :

— Très bien. Mozart. Parfait. Il est malheureusement tout aussi mort que ce Pallous-je-ne-sais-quoi.

Il s'approcha de Wolfgang et lui planta son index dans la poitrine.

— C'est votre *vrai* nom que je veux.

— C'est mon vrai nom. Ce n'est cependant pas étonnant que personne ne veuille me croire ; seulement, c'est la vérité, de sorte que j'ai dû me choisir un autre nom moins connu, celui que je porte depuis bientôt un an et…

— Depuis un an, fit le fonctionnaire en soupirant. Tiens donc. Et quel nom portiez-vous avant ?

— Le vrai ! Wolfgang Amadé Mozart. Seulement, jusqu'alors j'étais là où l'on me connaissait pour celui que je suis.

— Bien. D'accord, monsieur Mozart, fit l'homme en bleu avec un sourire encourageant. Alors, nous allons devoir mettre tout en œuvre pour vous y renvoyer très vite.

Wolfgang regardait par la vitre. La ville défilait devant lui, le chœur des gouttelettes d'eau avançait par à-coups dans un rythme traînant sur la fenêtre latérale de l'ambulance. De temps en temps, quelques-unes se rassemblaient, se séparaient ensuite en grosses gouttes et glissaient par-dessus les autres en une mélodie grossière.

On lui avait dit qu'on l'emmenait à l'hôpital Otto Wagner. On pourrait l'aider là-bas. « Je ne suis pas malade », avait-il sans cesse assuré, mais apparemment cette éventualité n'était pas prévue. Ils s'élevaient toujours plus, ils avaient depuis longtemps laissé le centre-ville derrière eux. Il tenta de se rappeler quand il avait vu autant d'arbres pour la dernière fois. La voiture franchit une entrée, roula ensuite lentement sur des feuilles mouillées jaune miel et s'arrêta enfin devant un grand bâtiment d'une couleur de lin foncé. Wolfgang s'imagina comme il avait dû être attrayant avant que la peinture des fenêtres ne soit écaillée. À l'intérieur régnait une odeur de soupe au chou et de vieux crépi.

— Nouvelle arrivée, un N. N.[1] pour le docteur Groß.

Sur ces mots, l'homme en blouse de couleur vive disparut.

*

Anju prit une dernière gorgée dans la tasse de thé fleurie, puis elle se pencha sur le gros volume de systématique, s'adossa dans son fauteuil et regarda au-dehors l'après-midi maussade. Elle avait de la peine à se concentrer. Il lui fallait sans arrêt détourner ses

---

1. N. N. est l'abréviation du latin *nomen nescio* pour désigner une personne dont on ignore l'identité.

pensées sur autre chose que sur Wolfgang, ses lettres, son aveu, ses tendresses perdues. Elle saisit résolument son crayon. Elle l'oublierait, devait l'oublier, quand bien même cela lui était encore difficile.

Mais les coups frappés à sa porte la sortirent rapidement de son travail.

— Tu es là ?

Jost n'attendit pas la réponse et s'engouffra aussitôt dans la chambre.

Sans lever les yeux, Anju répondit :

— Comme tu vois. Qu'y a-t-il ?

— Dis-moi, ton nouveau *lover*, comment s'appelle-t-il déjà ?

— Fiche le camp !

— Et son prénom ?

— Disparais !

— Eh, j'ai simplement demandé gentiment, je ne peux pas savoir qu'il est sur ta liste rouge, fit Jost en sautillant dans la pièce. Tant mieux. Comme ça, tu vas pouvoir m'accorder un peu de temps maintenant.

Il prit la tasse et la porta à sa braguette.

— Alors, est-ce que je dois… ?

— Remets ça tout de suite en place et fous le camp !

— Ah, allez, dis-moi juste comment il s'appelle, ton compositeur.

Furieuse, Anju se leva d'un bond.

— Va-t'en maintenant et ne remets plus les pieds ici !

Elle le poussa vers la porte et la ferma à clé.

*

— Bonjour !

Une femme vint vers Wolfgang, lui fit un signe de tête, bref mais amical.

Elle était presque aussi petite que lui et paraissait singulièrement bien conservée, Wolfgang aurait pu lui donner aussi bien trente que cinquante ans.

— Je suis le docteur Groß, la directrice de ce département. Nous aimerions vous examiner.

Elle l'envoya dans une pièce nue où les voix résonnaient.

— À qui ai-je l'honneur de parler ? Pouvez-vous me donner votre nom ?

Wolfgang eut l'impression qu'elle ne lui avait pas parlé mais s'était adressée à quelqu'un d'autre. Il n'était pas concerné et ne savait quoi répondre.

Quelque part dans le bâtiment, il entendit des cris épouvantables, encore plus effrayants que ceux d'une femme en couches, presque comme ceux d'une truie que l'on va abattre. Il retint son souffle, ses mains et ses pieds se glacèrent.

— C'est la maison des fous, n'est-ce pas ?

Elle nia en clignant des yeux.

— Vous êtes dans le département psychiatrique de l'hôpital Otto Wagner. Savez-vous pourquoi on vous a amené ici ?

Oui et non. Il savait qu'il n'aurait dû donner aucun de ses noms. Même pas le dernier qui lui était resté, dont il avait cru qu'il pourrait le sauver. En vérité, aucun d'eux n'allait plus à présent que le nouveau lui plaisait beaucoup mieux que l'ancien. Irrésolu, il hocha et secoua à la fois la tête, sentit que son crâne ne décrivait que de timides cercles vacillants.

— Comment dois-je vous appeler ?
— Mon nom est Mozart, Wolfgang Mozart.
— Très bien. Avez-vous de la famille ? Une femme, des enfants ou vivez-vous encore chez vos parents ?
— Tous morts.
— Voudriez-vous peut-être informer quelqu'un de votre présence ici ?

Piotr.

Piotr était en Pologne. En un lieu qui commençait par M. Comment aurait-il pu le trouver ? Piotr lui avait laissé le téléphone au cas où quelqu'un voudrait le joindre. Piotr. Si seulement Piotr avait pu être là, Piotr auquel il aurait pu s'agripper tant il était enraciné dans ce monde. Il était hors de question de déranger Anju. Qui d'autre aurait pu venir le sortir de cet hôpital dans lequel il était jeté comme si on lui avait coupé les amarres. Czerny ? Adrian ? Liebermann ? La honte le gagna. Non. Personne.

— Monsieur Mozart, avez-vous déjà été interné en établissement psychiatrique ?

Wolfgang haussa lentement les épaules. La doctoresse continua à l'interroger, lui demanda sa profession, son lieu de travail, le nom de ses amis, s'il s'était déjà perdu ou s'il lui arrivait parfois d'oublier quelque chose. Aucune de ses réponses ne paraissait la déranger et elle posa finalement son crayon de côté.

— Je... vous remercie mille fois, dit doucement Wolfgang. Vous êtes la première personne à m'accorder foi.

Il sentit son regard, ferme et tranquille.

— Monsieur Mozart, je crois que tout ce que vous avez dit correspond à la vérité. À votre vérité. Mais ma vérité – et celle de la plupart des autres personnes – est tout autre. Vous allez passer quelques jours chez nous, monsieur Mozart, et nous réussirons peut-être à trouver la vérité qui correspond à la réalité.

Un homme en blouse blanche arriva, Wolfgang renonça et se déshabilla comme on l'en pria. Le médecin l'examina et le palpa minutieusement, lui demanda quelles maladies il avait eues et des choses dont Wolfgang ignorait ce qu'elles voulaient dire. Il put se rhabiller et fut ensuite conduit dans une autre pièce.

— Je voudrais rentrer chez moi, insista-t-il, j'ai du travail.

On lui dit qu'il devait rester et il eut de nouveau l'impression que l'on s'adressait à quelqu'un d'autre qu'à lui, à une personne étrangère. Il se leva, prit sa veste et se dirigea d'un pas ferme vers le couloir, mais quelqu'un le retint par le bras et le ramena dans la chambre. On lui tendit des vêtements, il entendit le frottement métallique de la clé dans la porte. Devant la fenêtre, les dernières feuilles tremblaient sur des branches noueuses, le ciel se teintait d'un bleu d'encre.

Lentement, il se laissa tomber sur le lit surélevé, qui grinça comme le portail d'un jardin en automne, puis il prit ses genoux dans ses bras, et ses pieds nus cherchèrent la chaleur sous la couverture. De nouveau, il entendit les cris atroces qui résonnaient à travers les murs comme si les murs eux-mêmes criaient. Les formes s'estompèrent, bleuirent, noircirent. Il lui sembla planer dans une bulle, à ce point détaché que le temps n'avait plus de prise sur lui. Étonné, il sentit qu'il se languissait de nouveau depuis incroyablement longtemps de Constanze, avec une intensité qui lui causa une véritable douleur physique. Il lui semblait presque qu'elle était près de lui, il sentait sa proximité et finalement il la sentit véritablement : sa chaleur, sa respiration, son ventre... mais, vers le matin, son rêve se déchira comme du papier fin et fut emporté par le vent.

On le conduisit dans une salle à manger où des hommes et des femmes de tout âge prenaient le petit déjeuner, la plupart dans l'état d'où ils avaient dû sortir du lit, les cheveux décoiffés et le regard vide. Il fit demi-tour, la faim lui était passée.

On lui donna du papier, du blanc et plus tard du papier à musique autant qu'il en voulait. Il écrivit à Anju, avec d'abord l'idée de lui demander de l'aider, de l'assister, mais il ne produisit finalement qu'une folie, une farce où le mot « fou » devait apparaître sans doute une vingtaine de fois, dans toutes les variations qui lui venaient à l'esprit. Il écrivit aussi à Czerny, mais, ne sachant comment lui donner le change, il déchira le papier en tout petits morceaux.

— Eh bien, Mozart ? Toujours aussi appliqué ?
La femme qui voulait être appelée Theresa tira les rideaux et ouvrit la fenêtre en grand. Wolfgang rassembla vite ses papiers et posa dessus la bouteille d'eau pour qu'ils ne s'envolent pas dans la chambre comme la veille et qu'il ne se voie pas obligé de les trier de nouveau.
— Voilà, notre bonbon d'aujourd'hui.
Elle tendit à Wolfgang l'une de ces longues pilules qu'il devait avaler le matin, reprit sur la banquette de fenêtre son assiette de petit déjeuner pleine de miettes et glissa un œil par-dessus son épaule.
— Ça m'a l'air compliqué... Qu'est-ce que ce sera, une fois terminé ?
— Une sonate pour piano en *la* bémol majeur. Elle est par conséquent facile à jouer... pour autant qu'on s'y entende.
— Hmm, je n'y comprends rien du tout, Mozart. Mais ma Nikki, elle apprend maintenant aussi le piano. C'est ma petite-fille, la fille de mon fils Hans, vous savez.
— Cela sied sans doute bien à une fille et lui fera honneur.
— Peut-être lui écrirez-vous quelque chose à ma Nikki, elle joue toujours si bien, peut-être quelque chose pour Noël, la dernière fois elle a joué *Petit Papa Noël*. Elle le fait déjà tout à fait correctement, on pourrait presque l'accompagner en chantant.

La fête de Noël.

— Assurément.

La veille au soir, deux infirmiers avaient suspendu une grande couronne de branches de sapin sous le plafond de la salle commune.

— Je lui ferai un petit rondo, pour la fête de Noël. Si je pouvais maintenant avoir encore un peu de thé ?

Il lui tendit la tasse vide.

Elle la lui prit en souriant, lissa encore le lit fraîchement refait et quitta la chambre. Wolfgang survola les dernières mesures, reprit son crayon, écrivit un très long silence puis un brusque saut, tissa dans une autre voix la tristesse que respirait toute cette maison, ce sentiment de temps congelé, comme si la réalité s'était bloquée.

On reviendrait le chercher pour l'une de ces discussions au cours desquelles il devait répondre aux questions de la doctoresse et lui raconter ce qu'il aimait faire, qui il aimait et pourquoi il ne pensait jamais à ses fils. Ensuite, il lui resterait encore le troisième mouvement à écrire. Oui, et le rondo. Et après ?

Il avait sans cesse pensé à envoyer quelqu'un chercher Piotr ; le violoniste devait être rentré depuis longtemps. Et pourtant il ne parvenait pas à le faire, tout paraissait lui échapper de ce qui avait lieu en dehors des murs blancs de l'hôpital, là-bas, toujours plus loin à chaque jour qu'il passait là. Il y avait une lourdeur, une fatigue qui se posait sur lui et lui ravissait la fraîcheur de la journée et le sommeil de la nuit et, de plus en plus souvent aussi, les sons.

*

— Wolfgang ?
Piotr ouvrit la porte et poussa son sac dans la chambre. Elle sentait le renfermé, les draps de Wolfgang étaient froissés sur le canapé, des vêtements et d'innombrables feuillets de musique étaient dispersés partout.
— *Jesteś brudasem !*
Piotr ouvrit la fenêtre en grand, son regard se porta sur l'évier où de petites peluches nageaient dans un bol de café à moitié vide. Il ouvrit l'armoire à poubelle et prit la boîte de pizza qui se trouvait sur la cuisinière. Elle était encore fermée ; il y colla son nez avec méfiance et arracha finalement le couvercle. Un disque poussiéreux gris-vert dans un film de plastique en glissa. Piotr l'écrasa dans la poubelle et inspecta un peu mieux la chambre. Il y avait là quelque chose qui clochait.

Il aperçut son portable sur la banquette de fenêtre, la batterie était déchargée. Il écouta le répondeur, y trouva un message de sa fille l'informant qu'il avait oublié un dessin qu'elle lui avait fait, six messages pour Wolfgang dont quatre du Blue Notes et deux de sa nouvelle agence de concerts et quelques autres appels dont il se donnerait plus tard la peine de découvrir l'origine.

Quand il frappa peu après à la porte vitrée du Blue Notes, il vit le barman noir lui montrer simplement son poignet en secouant la tête.

— Wolfgang ?! *Gdzie jest* Wolfgang ?

Il leva les bras dans un geste interrogateur, frappa de nouveau à la vitre et fit bouger ses mains comme s'il jouait du piano.

Le barman déverrouilla la porte.

— *Sorry,* je ne t'avais pas reconnu, tu es Piotr, le violoniste, n'est-ce pas ?

Piotr acquiesça de la tête.

— Où est-il ?

— Aucune idée, il manque ici depuis bientôt deux semaines. Est-ce qu'il… s'est passé quelque chose ?

— Je sais pas, je rentre de Pologne il y a une heure et il était sûrement pas dans appartement derniers jours… et… je fais souci, maintenant.

— Merde ! Pas de nouvelles ?

— Non, mais il a de nouveau eu femme, encore nouvelle.

— Hmm, j'en ai entendu parler, elle est même venue ici un soir.

Il regarda Piotr avec ses yeux blancs de fantôme, fit un sourire en coin.

— Ne te fais donc plus de souci. Il va très probablement ressurgir un jour. Si ça dure depuis plus de quatre jours, on peut simplement en conclure que cette fois, c'est du sérieux.

*

— Quand pourrai-je enfin rentrer chez moi ?

— Monsieur Mozart, tant que nous ignorons où c'est et comment vous pourriez vous y débrouiller, je dois vous garder ici. Mais c'est dans notre intérêt de vous voir reprendre part à la vie au-dehors le plus vite possible. Vous serez peut-être heureux d'apprendre que vous pouvez d'ici là utiliser le piano dans notre théâtre.

Wolfgang dressa l'oreille.

— Assurément, cela me sera une grande joie pourvu que l'instrument soit correct...

— Eh bien, j'espère qu'il répondra à vos exigences. En tout cas, nous nous en servons toujours pour les représentations. Maintenant, dans la période de l'Avent, vous pourriez peut-être jouer un peu pour les autres patients ?

Le jour même, on le fit accompagner et il trouva dans une salle un piano des plus ordinaires, mais correctement accordé, s'y installa aussitôt et joua jusqu'à ce que quelqu'un allume la lumière.

Wolfgang se retourna. Voilà que d'un coup des gens occupaient les trois premiers rangs, il n'en avait vu que peu auparavant. Ils le regardaient jouer, un homme agitait sans arrêt la tête comme pour battre la mesure et, au bout d'un moment, un autre se mit à taper des pieds en staccatos et à crier « bravo, bravo ! » d'une voix éraillée.

Quelques-uns l'imitèrent en criant ou en raclant des pieds. Puis l'un d'eux se leva, un grand dégingandé, les cheveux bruns hérissés sur la nuque, il rejoignit Wolfgang, se poussa près de lui sur la banquette capitonnée et commença à promener sur les touches ses doigts étrangement raides, souriant, le visage empreint d'une joie immense.

Il joua comme d'autres parlaient ici, confusément, incompréhensiblement et sans mesure. Wolfgang mit un moment et beaucoup de bonne volonté à reconnaître cette sérénade avec laquelle Piotr avait autrefois charmé les touristes, cette sérénade qui paraissait retentir depuis longtemps partout à satiété et dont personne n'entendait plus pourquoi il avait dû la composer autrefois : pour montrer après un échange verbal qu'un moins pouvait être un plus, que l'art pur et véritable consistait à n'utiliser que ce qui lui était indispensable. Oui, que celui qui renonçait à toute fioriture et fanfreluche et qui faisait apparaître l'essence même, la pureté de la musique, était le seul à pouvoir se targuer d'être le plus grand artiste.

Il s'introduisit dans cette danse brute de doigts malhabiles, lia et tissa, plaisanta et trébucha, tonitrua et s'amusa jusqu'à ce que le grand échalas s'interrompe, puis il continua à jouer en solo, poursuivit tout le thème avec de nouvelles idées, le sublima pour le ramener ensuite là où tout avait commencé.

À la fin, il se leva, s'inclina, et les pieds se remirent à racler, à tambouriner et à frapper lourdement le sol, d'abord pour lui, puis avec lui et finalement jusqu'à la sortie.

Dès lors, il joua tous les jours, improvisa, avec sérieux ou d'humeur badine, réalisa de petites acrobaties et montra les prouesses de cheval de cirque qu'il avait dû exécuter autrefois dans son enfance.

Une petite femme se plaçait près de lui et chantait, il en éprouvait des douleurs dans le corps, il jouait des allemandes, des ländler comme il l'avait fait autrefois, et ils dansaient, riaient et trébuchaient. Une seule femme se tenait toujours tranquillement assise au bord, elle le regardait jusqu'à ce qu'il reprenne son sérieux et joue sérieusement, puis elle pleurait, et ses joues brillaient dans la froide lumière des plafonniers.

Vienne, le 16 9br.[1] 2007

pas de réponse... pas de mot, tu ne réponds pas ! Comme tu ne m'as pas ordonné d'arrêter, je vais envoyer ma lettre... dans le vide en espérant que tu vas toutefois la recevoir [: que tu le veuilles ou non :] car il y a un problème avec le vouloir et le recevoir étant donné que c'est tout à fait différent de recevoir ce qu'on veut ou de vouloir ce qu'on obtient... Qu'en est-il pour toi ? Je te demande – dans le vide – et veux, comme je persiste dans mon continuel espoir que tu auras vraiment reçu mes lettres précédentes et aussi celle-là, même sans réponse, être tout de même paisiblement confiant que cela te réjouit autant d'entendre de bonnes nouvelles de moi que je m'estimerais extrêmement heureux d'une nouvelle de tes mains aimées.

---

1. Indication de date ancienne, reliquat du calendrier romain qui faisait commencer l'année au mois de mars. Elle correspond au 16 novembre.

À propos, prête encore l'oreille à la pluie chaude, devant ma fenêtre je vois un moineau dans les branches qui cherche à converser avec ma personne et je lui donne réponse en sifflant, il me répond – tschirripp – mais oui – et je lui siffle – iiiouuuuouuu – mais il ne sait pas la réponse, penche simplement la tête de côté et gonfle finalement ses plumes et... le voilà parti. Je ne sais pas si je suis coupable de sa disparition, si c'est un gros ver gelé qui l'a attiré, et comme je veux le savoir et qu'il ne revient pas, j'attends donc et je siffle contre les vitres de la fenêtre et je pense qu'il a tout bonnement sa vie à lui ! Néanmoins, ce peut être ou non, quelle est la vérité quand on ne regarde pas tout d'en haut avec une vue d'ensemble comme notre Seigneur Dieu ? Reviendra-t-il mon petit moineau ou restera-t-il pour toujours parti, qui sait, je l'appelle chaque matin... dans le vide et je n'en serai pas non plus fatigué dans cent et encore une fois cent années.

Mais assez de cela, tu ne dois pas penser que je veuille consacrer tous mes jours aux moineaux et me pendre bientôt à mes dépens, pas du tout, je travaille grandement, porte toujours aussi le même vêtement et passe malgré tout mon temps à composer, seulement, c'est une action solitaire, quand mon moineau ne m'attend pas devant la fenêtre, tschirrrippp, sa façon de chanter devient toujours facilement une aria, toute une symphonie aussi, voire un opéra, pourvu que je sois bien disposé... et je pense présentement souvent à ma chère Anju parce que récemment j'ai pris un thé au lieu du café habituel, ainsi qu'on me l'a conseillé et que, toujours soucieux de ma santé, un tel conseil m'est toujours précieux.

Oui, c'est une chose que la vérité et il faut toujours y réfléchir. Le matin, après avoir travaillé un peu, je m'en entretiens toujours avec une chère bonne amie, qui est une femme fort instruite et avec qui on peut donc discuter agréablement, elle m'aime bien, comme je l'aime bien aussi, nous conversons donc ensemble et philosophons un peu et ensuite je vais mon chemin, aujourd'hui, cela fait juste une semaine que je donne de nouveau des académies et des concerts – ils sont toujours bien fréquentés, seul le pianoforte dont j'ai l'usage pourrait être meilleur ; si l'on veut s'honorer, un bon instrument est un avantage mais je ne veux pas me plaindre, il y a toutes les touches dessus et… que peut-on vouloir de plus ?

Penses-tu encore à
Wolfang M.
comme il pense toujours fidèlement à toi ?

Agnus Dei

*Agnus Dei, qui tollis peccata mundi,
dona eis requiem sempiternam.*

Elle était allongée et pleurait, depuis longtemps son oreiller était trempé de morve et de larmes. Elle avait l'impression de tomber, comme en rêve, toujours plus bas, dans le vide, et la simple brève pensée que tout pourrait être autrement la soulevait comme une bourrasque pour la laisser ensuite retomber. Elle irait voir un médecin sans tarder, même si elle savait depuis longtemps qu'il n'était plus besoin d'examen.

Anju tira quelques mouchoirs en papier de leur boîte, se moucha et s'essuya les yeux. Quand elle était petite, cela l'avait toujours aidée – dès que sa maman lui épongeait les yeux, ses larmes se tarissaient. Mais maintenant, cette pensée lui déchira la poitrine. Maintenant, elle serait la maman. Mais il n'en était pas question, ce n'était pas prévu. Quelque chose de chaud, d'intense s'écoula dans tout son corps, la rassura un moment jusqu'à ce qu'elle se jette de nouveau sur l'oreiller.

Comment avait-elle pu avoir aussi peu de cervelle avec ses presque trente ans ? Elle repensa à cette après-midi où elle lui avait pris la main et l'avait conduit dans sa chambre. Il s'était agi d'un don de soi, d'amour, de deux êtres destinés l'un à l'autre.

Sottises !

Elle se redressa en reniflant, chercha à attraper un autre mouchoir et envoya valser la boîte vide par terre. Ils avaient dormi ensemble et tout adulte savait bien à quoi s'attendre. L'amour ! Ç'avait été du désir et ce désir lui avait liquéfié le cerveau. Elle s'était elle-même attiré les ennuis, c'était donc à elle de régler le problème, point final. Elle s'assit résolument sur le bord du lit, fixa l'étagère en face et frotta le plancher de ses pieds chaussés de laine. Se rongea au sang l'ongle du pouce. Vit des images d'ovules se divisant, des amas cellulaires, des formes de têtards, des fœtus se suçant le pouce et planant dans un univers étranger. Vit de grands yeux ronds et des nez retroussés et finalement Wolfgang, agenouillé, riant, écartant les bras tandis que de courtes jambes chancelantes couraient vers lui, Wolfgang au piano, un enfant sur les genoux, des menottes pataudes frappant les touches, et elle laissa pendre la tête, cacha son visage dans ses mains et souhaita une fois de plus que cet aveu fou de Wolfgang n'ait jamais existé. Car, en dépit de toute crainte et de toute réticence, chaque pensée vers lui était comme un bras qui se posait autour d'elle. L'espace d'un seul jour, elle avait cru avoir trouvé l'amour de sa vie. De toutes ses forces, elle avait depuis essayé d'enterrer l'amour et le souvenir de Wolfgang Mustermann, de les arracher comme de la mauvaise herbe dont on pouvait difficilement se débarrasser. Et maintenant ? Il y avait là quelque chose de vivant. Même si, à peine visible, cela ne consistait qu'en un amas de cellules. Un être humain. Un enfant. Son enfant. Et celui de Wolfgang. Et elle osait décider de la vie de cet enfant ? Le faire disparaître avant que personne n'en ait connaissance ? Le tuer et le faire arracher de son corps comme une tumeur ? De nouveau, les larmes lui brûlèrent les yeux, et elle suffoqua.

Elle avait toujours désiré avoir des enfants. Avec un homme comme Wolfgang, qui était intelligent, sensible et extraordinaire. Qui voyait, sentait et vivait, et qui lui offrait des mots, des tendresses et de la musique. Sa musique. À présent, elle portait son enfant et il lui semblait que sa vie avait subi une fêlure. Inconsciemment, elle sentait qu'elle la garderait toute sa vie, même si son enfant ne venait pas au monde. Quelque chose resterait. Lui rappellerait jour après jour cet amour qui pourtant n'avait jamais été accessible.

Un enfant. Son enfant à elle. Elle était responsable de cet être qui n'avait encore aucune chance de se défendre.

Mère célibataire. Ce terme résonnait en elle comme une maladie lointaine dont on se croit à jamais prémuni. Mais était-ce si grave ? Elle pensa à sa mère qui en était elle aussi venue à bout. Et Anju n'avait manqué de rien, l'argent mis à part. Elle se souvenait à peine de son père et sans aucune nostalgie. Hormis la forme de ses lobes d'oreilles et de son nom, rien ne la liait à lui. Anju sursauta. Une pensée venait de la traverser. Et si la maladie de Wolfgang était héréditaire ? Il n'avait pas semblé être conscient de son état. Irait-il consulter un médecin si elle le lui demandait ? Pourrait-il peut-être même accepter une thérapie ? Elle se sentit un regain d'énergie, se leva, fila dans la salle de bains et fit couler de l'eau froide sur son visage.

Pour commencer, elle devait manger. Quelque chose de sain. Et puis, elle irait le voir. Oui, sa vie avait connu une fêlure mais elle n'était pas complètement brisée.

— Anju Sonnleitner à l'appareil. Pourriez-vous me passer Wolfgang, s'il vous plaît ?

— Désolé, n'est pas là, répondit la voix oppressée d'un homme.

Naturellement, il lui rendait la pareille, il ne voulait ni la voir ni lui parler et, dans le fond, elle s'y attendait après ne l'avoir jamais laissé entrer ni n'avoir jamais répondu à ses lettres.

— S'il vous plaît, c'est important. Je dois absolument lui parler.

— Je sais pas où il est.

Anju faillit sourire ; cet homme avait exactement l'accent que Wolfgang avait si délicieusement imité en parlant de son ami.

— Pourriez-vous, s'il vous plaît, lui passer un message à son retour ? Il faut qu'il vienne me voir d'urgence. D'accord ?

— Vous êtes agence de concerts ?

— Non, je suis... C'est une affaire privée.

— Alors, vous êtes femme où il a offert tasse de thé ?

Anju se figea. Il y avait comme une menace dans sa voix.

— Oui, je pense que c'est moi. En tout cas, j'ai reçu une tasse de lui.

Le Polonais garda le silence un long moment. Puis elle l'entendit dire :

— Est disparu, Wolfgang, trois semaines minimum. J'ai pensé il est chez vous.

— Non. Il doit être quelque part ailleurs. Peut-être chez des parents ?

Elle réalisa subitement qu'elle ne savait rien de lui. Ni qui étaient ses parents ni s'il avait des frères et sœurs ou une famille quelconque et elle se sentit prise d'une sorte de honte.

— Non, sont tous morts sa famille… *Mój Boże !* S'est passé quelque chose, certainement. On doit appeler hôpitaux…

— Non, je ne crois pas, il… il m'a écrit des lettres, j'en ai encore reçu une hier, qui… Oh, mon Dieu, naturellement !

— Quoi ?

Anju ravala ses larmes.

— Écoutez, je pense savoir où il est. Tout est OK, c'est-à-dire, non, il…. Ah, je… je vous donnerai des nouvelles.

Elle raccrocha et porta les mains devant son visage.

Tout s'assemblait. Son comportement, sa disparition, les lettres qu'il lui avait écrites, ce que Jost et Enno lui avaient raconté sur lui. Oppressée, elle ouvrit le tiroir où elle conservait les lettres de Wolfgang, les relut plusieurs fois. L'effroi, la tristesse et la honte la submergèrent et ne firent plus qu'une seule énorme douleur.

Vienne, 4 novemb. 2007

le soir ou plutôt Nocte temporis puncto
et précisément à onze heures tapantes
mon amour : Anju

tu vas me prendre pour un fou, me rendre fou, m'appeler fou, si je croyais que tu ne m'aimais plus et ne voulais plus avoir un fou comme moi à ton côté même si je dois toujours le craindre... mais, sois assurée que je t'aime encore et toujours à la folie, suis entiché, comme il sied justement à un vieux fou comme moi et que je continuerai à t'aimer jusqu'à la fin de cette folie – qu'écris-je là – jusqu'à la fin de mes jours, ce qui est certainement du pareil au même, car fou un jour, fou toujours, il n'y a pas là d'autre chemin et reste la question de savoir si tu veux avoir un vieux fou ou si tu veux te moquer de moi, mais je t'en prie, ne te moque pas trop de ma folie, car mon cœur est présentement lourd, tant il est follement amoureux et tant il a encore d'amour en lui / et en est chaque jour plus plein / de sorte que la place va bientôt y manquer et que rien d'autre ne pourra y trouver place sauf une petite folie le matin, une à midi et une le soir – dors donc bien brucolina mia, ne mange pas de chou, tu en seras plus légère – enferme-moi dans ton cœur si j'y suis peut-être encore...

je t'envoie mille baisers fous et suis toujours et en toute éternité ton vieux fou entiché

Wolfgang ~~M~~. F... ou !

Sur la Baumgartner Höhe où s'étendait l'hôpital psychiatrique le calme était si irréel qu'on aurait dit que le temps y suivait d'autres règles. Anju ne parvint pas à se rendre directement au département qu'on lui avait indiqué. Elle se promena dans le parc mouillé par la pluie d'automne qui, avec ses bâtiments éloignés les uns des autres, que l'on appelait ici des pavillons, faisait penser aux décors d'un temps passé, grimpa jusqu'à l'église, laissa l'agitation de la ville derrière elle et rôda dans les alentours jusqu'à avoir l'impression d'être au diapason de la tranquillité de ce lieu.

On l'informa que le patient venait de regagner sa chambre. Un infirmier la conduisit dans un couloir, frappa à une porte laquée de gris et l'ouvrit prudemment.

— Une visite pour vous, monsieur Mozart.

La gorge nouée, elle franchit le seuil, résista à l'envie de tourner les talons et de s'enfuir chez elle.

— Anju, ma chère Anju !

Wolfgang se figea un moment, puis il alla vers elle, les bras grands ouverts.

Anju s'efforça d'afficher un sourire anodin, qui lui réussit mieux qu'elle ne l'avait espéré. Elle hésita à se laisser étreindre mais les bras de Wolfgang étaient les bras normaux d'un homme, sa poitrine était chaleureuse et, dans l'oppressante odeur de renfermé de l'établissement, elle sentait aussi bon qu'autrefois dans le métro.

— Ainsi, tu m'as donc trouvé ?
— Belle chambre, mentit-elle en jetant un regard autour d'elle dans cette pièce étroite au plafond haut.

De chaque côté des fenêtres à barreaux, des rideaux à fleurs jaunes menaient un combat inégal contre la grisaille ambiante. Des papiers étaient éparpillés un peu partout, des feuillets de musique, noircis d'encre ou ne comportant que quelques légers signes autour d'un secret blanc.

— Comment vas-tu ?

Elle aurait voulu se gifler pour cette question tellement stupide.

Wolfgang tourna la tête de côté comme pour examiner la chambre.

— Aussi bien qu'on peut aller quand on est privé de son amour.

Il prit une chaise, la lui avança.

— Comment va mon amie à huit pattes ?

Anju s'affala sur la chaise et s'agrippa au bord en ravalant ses larmes.

— Wolfgang, s'il te plaît, c'est...
— *Voilà pour toi**, dit Wolfgang en lui tendant quelques partitions. Je voulais te les envoyer, ainsi j'en tire avantage car la poste me sera économisée.

Son regard perçant toucha si profondément Anju qu'elle dut baisser les yeux.

— Je l'ai intitulée *Sonate de l'araignée*, mais il se pourrait bien que ce soit en vérité une sonate de cinglé. Allez savoir la différence ! Je n'ai pas encore rencontré d'araignées dans cette maison, mais il y a là suffisamment de gens qui en ont une au plafond.

Il retira des papiers et un pull-over d'une autre chaise, s'assit, se mit à bouger les doigts comme s'il jouait du piano, grimaça et se boucha finalement les oreilles.

— Non ! Je ne peux malheureusement pas te la jouer, cet instrument est atrocement désaccordé. J'espère que tu n'en éprouves pas de désaccord, ma chère Anju. Si oui, c'est à moi de te remettre d'accord, n'est-ce pas ?

Le sourire qu'elle voulut lui donner en réponse échoua. Elle sentit nettement que la peur la paralysait alors qu'elle aurait aimé quitter cette chambre, quitter cet endroit où tout se transformait en son contraire.

— S'il te plaît, Wolfgang, dis-moi comment tu vas. Puis-je faire quelque chose pour toi, t'apporter quelque chose, as-tu besoin de quelque chose ?

— Un accordeur de piano serait d'une grande utilité, comme tu pourrais sans doute l'entendre, mais je m'en contenterai. Non, non, rien.

Il fit de nouveau bouger ses mains en l'air, fredonna doucement en même temps, et cette fois, Anju ne put plus résister, ses yeux la brûlèrent, se remplirent de larmes et elle bondit de sa chaise, courut vers la fenêtre, sortit un mouchoir de la poche de son manteau et se frotta fort les yeux.

Elle l'entendit se lever aussi et faire un pas vers elle mais il s'arrêta avant qu'elle ait pu le sentir.

— Tu es donc venue broyer du noir avec moi. Eh bien, ta visite ne me déridera que dans la mesure où je peux m'estimer heureux de t'avoir tenue dans mes bras. Comment pourrais-je moins me tourmenter alors que je sais que tu n'es pas heureuse ?

— Wolfgang, réussit-elle à dire, c'est...

Elle s'interrompit. Elle ne trouvait plus de mots à lui adresser comme si cet endroit paralysait tout. Comme si ce n'était pas sa folie mais uniquement cet endroit qui lui enlevait Wolfgang. Elle voyait un homme qui n'aurait pas pu se tenir plus droit, elle avait envie de lui, de sa proximité, de ses caresses et savait pourtant qu'elle ne connaissait pas celui qui se trouvait là. Elle prit congé d'un regard, détacha vite son sac du dossier de la chaise et se précipita vers la porte.

Le couloir était désert et faiblement éclairé, des voix et des bruits lui parvinrent du hall d'entrée. Elle se dirigea par-là et fut presque soulagée de rencontrer une femme en blouse de médecin.

— Excusez-moi, je... voudrais parler au directeur de ce département.

La doctoresse lui tendit la main.

— Je suis Elvira Groß. Que puis-je faire pour vous ?

— Il s'agit de Wolfgang Mustermann. Vous... Ici, il s'appelle sans doute Mozart.

La doctoresse la conduisit dans un petit bureau et l'invita à s'asseoir.

— Êtes-vous une parente ?

— Je... non, je... suis sa... fiancée.

— Ah ? Très bien. Il n'a jamais parlé de vous.

— Je, eh bien, nous ne nous sommes pas vus depuis un moment, nous... nous sommes disputés et... j'ignorais qu'il se trouvait ici... Pourriez-vous, s'il vous plaît, me dire ce qui lui arrive ?

— C'est malheureusement impossible. Je ne peux communiquer de renseignements qu'aux membres de la famille.

Anju ferma les yeux, se frotta le front.

— S'il vous plaît. Je... dois savoir.

— Eh bien, peut-être pourriez-vous déjà me donner votre nom.

— Sonnleitner, Anju Sonnleitner.

— Je suis très heureuse de vous voir ici, madame Sonnleitner, car nous n'avons pu jusqu'alors trouver aucune information sur l'entourage de monsieur Mozart.

— S'il vous plaît ! Ne l'appelez pas ainsi. Il s'appelle Mustermann.

— Êtes-vous vraiment sa fiancée ?

Anju garda le silence en serrant les dents.

— Alors, vous devriez savoir qu'il ne s'appelle pas du tout Mustermann. Ni non plus Palloussczictk.

— Pardon ?

Anju se sentit soudain au bord d'un gouffre et la roche sous ses pieds commençait à s'effriter.

— Madame Sonnleitner, j'espérais que vous alliez me donner son véritable nom. Ou une adresse. Connaissez-vous quelqu'un qui en sache plus sur lui ?

— Piotr, peut-être.

— De qui s'agit-il ?

— D'un violoniste polonais, chez qui il habite. Mais qu'y a-t-il avec son nom ?

— Vous nous aideriez beaucoup si ce violoniste pouvait se présenter ici, madame Sonnleitner.

La doctoresse nota quelque chose sur son bloc-notes.

— Pourriez-vous me dire depuis quand vous connaissez monsieur... disons... monsieur Mustermann ?

Anju fixa les veinures du bureau.

— Six mois, peut-être, répondit-elle d'une voix blanche.

— Hmm. Ne s'est-il jamais comporté bizarrement en votre présence ?

Le sol se dérobait, l'entraînait dans le vide. Anju se cacha le visage dans les mains, des sanglots la secouèrent. Elle sentit une main caresser doucement son bras.

— Il... il se prend pour Mozart. Il m'a raconté avec le plus grand sérieux qu'il était mort en tant que Wolfgang Mozart et qu'il était ressuscité il y a environ une année. Quand il parle, c'est...

Anju renifla, s'essuya le nez.

— J'ai d'abord pris ça pour l'une de ses plaisanteries, il peut être incroyablement drôle, vous savez. Mais il le pense tout à fait sérieusement. Je... je n'ai simplement plus pu le supporter.

— C'est difficile, je sais. Surtout, quand ça arrive subitement.

— Merci.

Anju prit le mouchoir qu'on lui tendait, se moucha et écarta ses cheveux de son visage.

— S'il vous plaît, dites-moi au moins si sa maladie est héréditaire.

La doctoresse se tut jusqu'à ce qu'Anju relève les yeux.

— Vous êtes enceinte, n'est-ce pas ?

Anju vit à travers ses larmes le regard de la doctoresse posé sur elle. Elle l'entendit respirer profondément.

— Dans ce contexte, nous ne parlons pas de maladie, madame Sonnleitner. Votre ami est corporellement sain. Ce que vous percevez comme une maladie est un trouble profond de la personnalité, le résultat d'un processus d'évolution intérieure de longue durée.

— C'est-à-dire qu'il vit déjà depuis longtemps avec ce... trouble ?

— C'est plus que probable. Sans doute, de façon imperceptible jusqu'alors. Imaginez-vous un ballon de baudruche qui n'arrête pas de gonfler. Dans son cas, il doit y avoir eu, à un moment donné, un déclencheur qui l'a fait pour ainsi dire éclater. Sans doute à ce moment précis de l'année dernière.

— Et quel aurait été ce déclencheur ?

— Ma supposition personnelle est qu'il a dû faire une amnésie, il n'y a pas si longtemps. Peut-être, à la suite d'un accident.

— Vous voulez dire qu'il a oublié qui il est ?

— Pas seulement. Si mon soupçon se confirme, il doit s'être agi d'une amnésie totale. C'est-à-dire qu'à ce moment-là, il a oublié aussi le fonctionnement du monde autour de lui. Ce cas est très, très rare, mais on le constate de temps à autre.

— Mais pourquoi cette idiotie avec Mozart ?

— Eh bien, je pense que votre ami s'intéressait déjà intensément à Mozart longtemps auparavant, il l'a pris pour modèle et l'a vénéré comme une idole. Ce n'est que trop compréhensible pour un musicien. Quand il a oublié qui il était, il a concrétisé son désir en s'inventant inconsciemment une nouvelle mémoire et donc une nouvelle réalité. Celle de ce génie du dix-huitième siècle.

Anju pensa à la façon singulière de s'exprimer de Wolfgang, qu'elle avait remarquée dès leur première rencontre. Elle l'avait tenue pour une extravagance, peut-être pour le résultat d'une éducation antédiluvienne, super-élitaire, ce qui aurait aussi expliqué quelque chose de son comportement d'ensemble.

— Et vous êtes sûre qu'il ne joue pas... la comédie ? Je veux dire...

— Non. Son attitude est pour ainsi dire authentique, même si cela semble paradoxal. Nous l'avons naturellement vérifié.

— Et quelles sont ses chances de se rappeler qui il est vraiment ?

— Difficile à estimer, certains patients restent des années sans identité ou ne se souviennent jamais de rien. Parfois nous avons la chance que des parents se manifestent.

— Il va donc devoir rester ici pour un temps indéterminé ?

— Grand Dieu, non, nous veillons à faire sortir au plus tôt les patients aptes à se débrouiller dans la vie normale. Toutefois, cela ne se fera pas sans accompagnement thérapeutique.

Elle marqua une pause.

— Vous vous demandez si vous allez garder l'enfant, n'est-ce pas ?

— Non, c'est-à-dire… Ah, en fait, je ne sais plus rien.

— Si cela peut vous aider pour la suite, je suis persuadée que votre ami serait tout à fait en mesure d'être un bon père. Il traverse en ce moment une crise aiguë, mais avec un peu de patience, il finira par accepter le fait d'avoir un problème et de pouvoir vivre avec. Écoutez… Je n'aurais peut-être pas dû vous dire tout cela et j'espère que cela restera entre nous. Mais je pense que dans cette situation…

Abasourdie, Anju descendit l'escalier de pierre grise. Une pluie toute fine lui rafraîchit le visage. Elle mit son écharpe sur sa tête. Wolfgang ne s'appelait pas Mustermann. Peut-être aussi même pas Wolfgang. Elle rentra la tête dans les épaules et sentit que les frissons froids qui la parcouraient n'étaient pas dus à la pluie. L'homme qu'elle aimait encore avait disparu en laissant à sa place une douloureuse tache aveugle. Elle chercha un abri dans un renfoncement du mur et tâta sa poche à la recherche de son portable.

Communio

> *Lux aeterna luceat eis, Domine,*
> *cum sanctis tuis in aeternum,*
> *quia pius es.*

Il volait, volait dans les ténèbres comme les sons se tissent dans l'air de la nuit, s'entendait résonner, symphonie sans début ni fin. Il était lui-même la musique, incorporel, en apesanteur, rien qu'un son sans écho dans le vide, tel que ses oreilles ne l'avaient jamais ouï. Puis quelque chose se détacha, tomba et se perdit. Alors qu'il cherchait encore ce qui venait de se perdre, il sentit à nouveau une séquence se détacher douloureusement de lui, s'élever et disparaître. C'était la douleur d'un arbre auquel on arrache un rameau. Il se perdait morceau par morceau, jusqu'à ne presque plus s'entendre, désormais simple murmure, qui, il le savait, ne tarderait pas à s'évanouir lui aussi.

Tout était singulièrement silencieux quand il se réveilla. Trop silencieux. Il se redressa, jeta un regard intrigué autour de lui, pourtant tout était là : le tube d'acier brillant du cadre du lit, les murs jaune pisseux et le casier qui se donnait l'apparence du bois.

Il fixa les plis du rideau à fleurs jaunes en essayant d'y raccorder deux moitiés de fleurs dissemblables.

C'était silencieux, mais le silence ne l'entourait pas, car il entendit le grondement d'un véhicule, le bruit de ventouse de sandales en caoutchouc dans le couloir, la sonnerie d'un téléphone, quelque part... Non, le silence était douloureusement en lui. Son être intime se taisait, si profondément, qu'il ferma les yeux et se prit la tête dans les bras. Il n'y avait plus de musique. Rien. Comme si on avait coupé le son d'une mécanique.

Il se pencha résolument par-dessus le bord du lit, chercha du papier à musique dans le tiroir de la table de chevet, se rappela difficilement la dernière version du *Requiem*. À combien de temps cela remontait-il ? Avait-ce été en été ? Il réussit à faire résonner en lui chaque mesure mais la musique ne continuait pas d'elle-même. Il devait sans arrêt la faire repartir.

Wolfgang pensa aux quantités de papier qu'il avait rempli depuis bientôt un an, plus encore : depuis longtemps, d'innombrables versions de cette *Messe des morts* se trouvaient éparpillées aux endroits les plus divers et dans les différents siècles. Seul le *Lacrimosa*, cette dernière tâche, la plus impitoyable de toutes, il l'avait repoussé comme un boulet. Devrait-il encore cette fois le laisser inachevé ? Parce qu'il était trop faible ? Jamais auparavant, pour aucun morceau de musique, ses sentiments ne l'avaient empêché. Ou bien le moment n'était-il pas encore venu ? L'espace d'un battement de paupières, il revit surgir ce messager comme d'un brouillard et prendre forme.

Oui, il avait travaillé consciencieusement cette année, dans cette nouvelle époque, même s'il avait dû se passer de commandes. Presque tout avait jailli de son envie et de l'humeur du jour, dégagé de toute contrainte et de toute limite, comme il l'avait toujours souhaité. Tout cela serait-il un jour écouté ? Et si oui… aurait-il le droit de le voir ? Il avait apporté beaucoup de choses à Singlinger. Celui-ci avait trouvé son travail « original » en pensant sans doute « invendable ». Wolfgang respira profondément. Oui, peut-être fallait-il laisser du temps au temps.

À cette pensée, une profonde résignation l'envahit. Oui, c'était peut-être assez. C'était peut-être la fin. Avec ou sans *Lacrimosa* – peu importait –, il en serait redevable une autre fois.

Wolfgang sentit qu'il n'éprouvait aucune rancœur contrairement à autrefois où personne ne s'était plus donné la peine de comprendre sa musique et où, à la place, ils s'étaient tous inclinés devant les éjaculats de bouffons de cour suffisants dont personne ne connaissait plus le nom depuis longtemps. Lentement, comme le doux son subtil d'une clarinette de basset, un pressentiment monta en lui, qui se mua en certitude et se posa sur son âme comme une consolation.

Il but un peu d'eau et coinça l'oreiller dans le coin inconfortable entre le matelas et la tête de lit métallique. Il s'appuya dessus et contempla par la fenêtre les entremêlements confus de branches noueuses noires et de barreaux métalliques blancs.

Ne restait plus maintenant qu'une chose qu'on pouvait lui prendre, la plus importante de toutes, son amour, qu'il ne possédait plus depuis longtemps, n'avait peut-être jamais possédé, et ce serait certainement pour cela le plus douloureux de tout.

*

— Dis-moi, quelqu'un est mort ou quoi ?

Jost regarda partir Anju et se passa une main devant le visage comme s'il lavait une vitre.

Barbara se posa un doigt sur les lèvres en lui décochant un regard furieux. Une fois la porte de l'appartement claquée, elle ferma à son tour doucement celle de la cuisine.

— Fiche-lui la paix, elle ne va vraiment pas bien.
— Toujours à cause de ce type ? Est-ce qu'il l'a laissé tomber, cet imbécile ? Elle n'a qu'à me prendre, ça fait au moins cent fois que je le lui dis.
— Idiot ! Il ne l'a pas laissé tomber, il est juste à l'hôpital.
— Oh, pardon, je ne suis pas devin. Un accident ou quoi ? On lui a coupé la queue ? Pauvre mec !
— Arrête, bon sang, il est à Steinhof, ce n'est vraiment pas drôle...
— À Steinhof ?

Jost fixa Barbara un instant, puis il se tapa sur les cuisses en braillant.

— À Steinhof ! C'est la meilleure ! Je l'ai tout de suite dit que cet endroit était fait pour lui, monsieur le compositeur.

Il s'arrêta, se fit sérieux.

— Tu en es sûre ? À Steinhof ?

— Je te préviens, si tu te moques de cela auprès d'Anju, tu dégageras d'ici, c'est clair ?

— On ne peut plus clair, madame.

Jost souleva un chapeau invisible et quitta la cuisine à reculons.

— Motus et bouche cousue... Je vous suis très attaché, madame ! Comment s'appelait-il encore, ce bon compositeur ?

Puis il prit le téléphone.

*

Soulagée, Anju secoua de son écharpe les fines gouttelettes d'eau qui s'étaient déposées sur tout comme du givre et elle se glissa sur la banquette en velours. Elle suivit des yeux l'homme au teint pâle qui portait sa veste vers le porte-manteau et revenait vers la petite table d'angle avec un sourire entre timidité et chaleur. Ses yeux étaient aussi noirs que ses cheveux, qu'il portait d'une manière que l'on aurait pu au mieux qualifier d'intemporelle. Ses gestes montraient de la vigueur mais aussi une certaine raideur, quelque chose en lui le faisait paraître coincé. Certainement que toute cette histoire le met aussi à rude épreuve, pensa-t-elle tandis que le garçon prenait leur commande.

— J'avais tant espéré que tu pourrais me dire qui il est vraiment.
— Je sais pas qui il est. Mais je sais c'est un ami.
— Habite-t-il depuis longtemps chez toi ?
— Un an environ, a surgi, pas d'habits, pas de valise, comme ça dans rue. Juste avec sac plastique. J'ai pensé qu'il est clochard, d'abord.

Piotr fixa son café.

— Et tu l'as laissé s'installer chez toi ? Comme ça ?

Piotr leva les yeux.

— J'ai entendu musique et j'ai su qu'il est homme particulier et grand cœur.

D'un coup, elle se sentit mieux.

— Et tu as... je veux dire... quand je t'ai appelé, tu m'as dit qu'il avait disparu depuis longtemps. Tu ne t'en es pas étonné ou tu ne l'as pas recherché ?

Il fixa de nouveau sa tasse, marqua un long silence, poussa avec la cuillère la mousse vers le bord.

— Pas première fois, parti souvent, mais juste quelques jours. J'ai demandé à Czerny, dans Blue Notes, il a parlé de femme avec beaux yeux noirs et... bon, j'ai pensé il est chez toi. Idiot salentendu.

— Salentendu !

Anju rit un peu, elle se réchauffait doucement.

— Mais ton mot est super ! Salentendu...

Il sourit d'un air contrit.

— J'ai beaucoup mots dans poche mais je sors parfois les mauvais.

Elle le regarda pensivement.

— Avec Wolfgang, j'ai autre langue, j'ai musique. Mais on croit être comme étranger quand on fait musique avec Wolfgang. Il est meilleur musicien que j'ai entendu. Vraiment. J'ai entendu beaucoup, ici à Vienne et à Mrągowo nous avons festival, célèbre.

— Eh bien, s'il est si bon que ça, il ne devrait pas jouer dans un bar, non ?

— C'est bon bar à jazz, Blue Notes, donne concerts avec très célèbres musiciens. Mais il est pas jazzman, lui. Il est classique et compose des choses...

Piotr agita respectueusement la tête.

— Il a même eu concert à Musikverein, c'est début grande carrière.

— Oui, mais là, il est dans une clinique... Mon Dieu, il avait l'air si triste.

— Il est génie, si tu demandes. Et c'est grand gâchis ce qu'il fait de vie. Mais peut-être, poursuivit-il avec un sourire furtif, s'il a bonne femme et aide, il peut avoir de nouveau bonne santé et faire travail merveilleux.

— Tu le crois vraiment ?

— Je sais pas ce qui va passer, mais je crois que seul amour peut guérir âme.

*

Elle revint dès le surlendemain ; elle était assise sur le canapé dans l'un des espaces de rencontre, le visage vitreux, un sourire distant. Une bougie brûlait sur la couronne de l'Avent.

Il s'assit à son côté et perçut le mouvement que son corps imprima au siège se propager vers elle. Ils gardèrent longtemps le silence. Puis il sentit le bout de ses doigts lui caresser chaudement le visage. Il pensa aux horribles bestioles étranges dans sa chambre et il lui sembla être l'une d'elles, simplement plus grande, assez grande pour sa main.

— Allons nous promener, il fait doux dehors. Je... j'ai quelque chose à te dire.

Il la suivit sans un mot. C'était sans doute ainsi que commençait tout adieu.

Ils parcoururent des chemins endormis entre les pavillons jusqu'au sanatorium et grimpèrent finalement vers l'église. Les oiseaux chantaient de leur voix d'hiver un air calme et profond, sans promesse et sans ardeur.

Elle le lui dirait certainement. Maintenant. Pendant cette promenade. Il était prêt, il savait que la douleur allait le toucher et aussi que cette dernière souffrance faisait partie d'un tout.

— Wolfgang, il faut que je te parle, commença-t-elle.

Il sentit sa résignation l'abandonner, il dut se contenir pour ne pas lui poser la main sur la bouche, ne pas l'étreindre, ne pas se cramponner à elle. Il serra sa veste sur sa poitrine et retint les bords à deux mains.

— Attrape-moi ! cria-t-il.

Il traversa la prairie en courant, contourna un tas de feuilles mortes et vit qu'Anju était toujours sur le chemin, telle une mère attendant son enfant en train de jouer. Hors d'haleine, il la rejoignit ; son cœur avait maintenant une bonne raison de battre fort.

— Cela fait si longtemps que je n'ai plus fait ce genre de chose !

— Wolfgang, s'il te plaît, écoute-moi.

Il jeta un coup d'œil alentour. Hormis les tas de feuilles correctement dressés, il n'y avait plus rien pour distraire son attention.

Elle balaya de la main quelque chose d'invisible sur un banc de pierre et s'y installa. Il l'imita en hésitant.

— Wolfgang...

Anju lui prit les mains.

En sentant ses pouces lui frotter nerveusement les paumes, il chercha désespérément une plaisanterie à dire.

— Wolfgang, je... écoute, nous... nous allons avoir un enfant.

Elle s'arrêta et il lui sembla qu'un vent chaud se levait et l'emportait.

— Anju !

Il vit ses yeux d'oiseau, vit de toutes petites larmes y perler, prit ses mains et les porta à son cœur.

— Anju. Mon amour. Anju. En es-tu sûre ?

— J'ai fait un test et je suis déjà allée voir le médecin.

— Un enfant ! Mais c'est merveilleux !

Il lui envoya un sourire radieux, sans savoir pourquoi. Un enfant. Son enfant. Qui naîtrait à une époque qui n'était pas la sienne. Cela lui paraissait irréel, pratiquement impossible, fatal. Comment pourrait-il laisser ses traces dans un monde auquel il n'appartenait pas ?

Elle baissa les yeux.

— Je... Wolfgang, j'ai peur. Je ne sais pas ce qui t'arrive, mon Dieu, je ne sais même pas qui tu es et comment tu t'appelles vraiment !

— Ma chère Anju, dit-il en lui baisant le bout des doigts, je suis celui qui est assis ici avec toi. Celui qui veut être tout le temps près de toi, qui t'aime, te respecte, te vénère ! Mes noms m'ont tous été ravis et, si je dois jamais en porter un nouveau, il ne sera rien d'autre que celui de cet homme que ma chère, ma meilleure, ma très vénérée et ma plus belle Anju pourra aimer de tout son cœur intelligent. Si elle ne peut jamais m'aimer, je n'aurai plus besoin de nom.

— Wolfgang, c'est...

— Wolfgang ?

Il se pencha en avant, jeta un regard de chaque côté du chemin. Son cœur battait *alla breve*.

— Où est-il, ce Wolfgang ? Oh... il n'y a là aucun Wolfgang. Ou bien penses-tu à moi ? Celui... qui n'a pas de nom ?

Anju se leva d'un bond, se porta les mains au visage.

— Arrête !

Elle s'écarta de lui, traversa la pelouse, et il perdit tout espoir. Il l'entendit sangloter, elle s'arrêta, détournée de lui, le visage toujours enfoui dans ses mains. Il se leva en hésitant, pénétra en une terre étrangère, plus aucune plaisanterie ne voulait lui indiquer le chemin. Il posa un bras sur ses épaules, la tourna vers lui et l'attira sur sa poitrine.

— Anju. Mon amour. Anju.

Avec précaution, il caressa ses cheveux brillants.

— Je... j'ai tellement désiré que nous restions ensemble, dit-elle. Nous étions si proches.

— Je ne t'ai pas renvoyée, dit-il en l'abritant dans ses bras. Dans ce monde, je ne peux pas être celui que je suis, mais tout cela ne m'effraie pas et je serai content si je peux simplement te rendre heureuse et rendre heureux notre enfant.

Il s'arrêta, baissa les yeux.

— Et si je peux être ton honnête mari ?

Quand elle s'efforça de sourire, il lui prit la tête dans les mains et pressa anxieusement ses lèvres sur les siennes. L'espace d'une toute petite éternité, ils restèrent ainsi, bouche pressée l'une contre l'autre, jusqu'à ce que leurs lèvres finissent par céder, et il sut que tout était enfin bon et juste.

*

Le professeur Michaelis n'avait pas encore eu le temps de réagir aux coups frappés à la porte de son bureau que celle-ci s'ouvrit.

— Professeur... ! Je suis désolé, mais il y a là un de vos étudiants qui dit que c'est urgent, je suis vraiment désolée, mais...

La secrétaire ferma la bouche quand Gernot se poussa près d'elle.

— C'est bon, Sieglinde, je vais moi-même lui tirer les oreilles toutes grandes.

Le professeur attendit qu'elle ait fermé la porte, croisa les bras et regarda l'étudiant qui s'était arrêté, haletant, devant son bureau.

— Eh bien ? J'espère que vous avez une bonne raison pour prendre mon bureau d'assaut ?

— Je sais maintenant qui il est.

Ne recevant pas de réponse, Gernot précisa :

— Le type au *Requiem*.

— J'entends bien, Gernot. Alors, je vous écoute.

— Il s'appelle Mustermann, Wolfgang Mustermann. C'est-à-dire, en fait, il ne s'appelle pas comme ça, mais, bon, toute cette histoire est assez compliquée, je ne l'ai pas non plus vraiment comprise... En tout cas, il est à Steinhof !

— Mustermann ? Mustermann...

Le professeur Michaelis se gratta l'oreille. Où avait-il déjà entendu ce nom ?

— À Steinhof ? Eh bien, ce n'est pas le premier musicien à avoir atterri dans un asile d'aliénés. Il y en a déjà eu un, là-haut en Angleterre, il y a quelques années...

Soudain, cela lui revint. Mustermann. Naturellement !

— Hmm, oui, mais c'était juste un simulateur. En fait, celui-là aussi. Donc...

— Un simulateur ? Wolfgang Mustermann ? Modérez-vous, Gernot ! Wolfgang Mustermann n'est pas un simulateur, c'est un génie !

Le professeur Michaelis se détourna et commença à chercher quelque chose dans un tas de papiers.

— Où l'ai-je donc mis, ce programme ?

La voix de Gernot se cassa.

— Vous le connaissez ?

— Oui. C'est-à-dire, je l'ai entendu, il y a quelques semaines, au Musikverein. Fantastique ! Je ne me rappelle pas avoir jamais entendu un pianiste jouer avec autant d'esprit et de talent.

— Eh bien, en tout cas, il est fou.

— Ah bon ? Parce qu'il suit un traitement psychiatrique ? Vous devriez avoir honte de parler ainsi, Gernot.

— Et en ce qui concerne mon examen ?

— Nous en discuterons quand vous vous serez fait donner un rendez-vous et que vous viendrez normalement me parler. Au revoir !

En secouant la tête, Michaelis regarda le jeune homme quitter lentement son bureau.

Wolfgang Mustermann. Il n'avait pas été le seul à remarquer ce nom singulier, la presse l'avait aussi fait. Un pianiste, surgi du néant, sans parcours de vie, sans que quiconque ait pu apprendre quelque chose sur lui. Un phénomène ! Robert Michaelis ouvrit son tiroir, en sortit un dossier et examina attentivement les originaux de Mustermann que cet imbécile de Gernot avait voulu faire passer pour les siens. Le professeur Michaelis avait depuis longtemps donné des copies aux chefs d'orchestre, ils étaient tous tombés d'accord qu'il fallait produire ce genre de chose. Avec respect, presque tendrement, il passa la main sur la fine écriture. En voilà enfin un qui était à la hauteur du *Requiem* de Mozart, qui savait l'achever et – Robert Michaelis osa à peine poursuivre son idée jusqu'à la fin – qui damait le pion au génie de Mozart avec une légèreté qu'il n'aurait jamais cru possible.

Quelle tragédie que de tels talents soient empêchés de créer par la maladie ! Que n'aurait pas laissé Mozart à chaque année de plus qui lui aurait été accordée !

Le professeur remit sur la pile les documents auxquels il avait voulu s'atteler. Il y avait plus important à faire. Il jeta un œil à sa montre. Jusqu'à quelle heure les visites étaient-elles autorisées à Steinhof ? Résolument, il prit les clés de sa voiture.

*

Main dans la main, ils allaient et venaient entre les pavillons de la clinique. Anju gardait les yeux fixés sur le gravier clair des sentiers tandis que Wolfgang la contemplait de côté, elle et ses cheveux brun foncé qu'elle retenait comme toujours avec un bandeau et dans lesquels il pouvait pour la première fois apercevoir un rayon de soleil. Il y avait là un enfant. Son enfant. Qui dès le premier jour appartiendrait à ce monde et lui donnerait des racines là où il n'en avait pas. Celui-là ne mourrait pas, mais il resterait et il pourrait le regarder grandir. Cette fois, il ferait tout correctement.

— Nous ne nous sommes encore jamais rencontrés à ciel ouvert, le sais-tu, ma chère Anju ?

Elle le regarda, surprise, sourit et serra plus fort sa main. Il entendit le feuillage maintenant brun et sec crisser sous ses semelles et il lui sembla que les feuilles mortes lui parlaient. Des sons en jaillirent soudain vers lui, des sons qu'il n'avait encore jamais perçus et qu'il n'aurait pas été en mesure de transcrire en notes. Il y avait là un pétillement et un grattement, un léger flottement doux, un tremblement et une vibration, un chant et un chuchotement qu'aucun instrument au monde ne pouvait produire et qui résonnait en *adagio* dans son âme.

Il s'arrêta, écouta, les yeux grands ouverts. Et soudain, il l'entendit partout : cela provenait des branches des ormes se balançant doucement, s'argentait dans les ramages des oiseaux et vibrait au vent. Même dans le lointain bourdonnement d'un autobus, il entendait quelque chose qu'il n'avait jamais ouï auparavant et qui pourtant devait s'y être toujours trouvé. C'était le chant originel des choses, la musique derrière les sons, l'essence du son musical, qui suivait un rythme en suspens qui n'était plus un rythme mais un frottement tremblant du temps, un ébranlement dans les sons. Le pouls d'une époque encore étrangère.

— Tout va bien, Wolfgang ? Veux-tu que nous retournions ?

Jusque dans sa voix, il perçut ce qu'il n'aurait jamais cru possible et il ouvrit les bras, commença à tourner sur lui-même en captant les sons venant de toutes parts. Pris de vertige, il trébucha et ne put réprimer un rire éraillé.

— Tout, s'étonna-t-il, tout est musique !

Terrassé, il tituba, chancela, sentit la main d'Anju sur son bras et se laissa reconduire dans sa chambre. Des partitions y étaient partout éparses, il retira du linge sur la chaise qu'il voulait avancer à Anju, se sentit de nouveau vaciller et dut s'asseoir sur le bord du lit.

— Laisse donc, Wolfgang, tu es à bout de forces, dit-elle en l'aidant à se déchausser. Allonge-toi, je reviendrai demain.

Il s'affala sur son oreiller, ferma les yeux, perçut faiblement son baiser sur son front et se sentit sombrer de plus en plus. Des sons s'élevaient encore, inexorablement. Des sons comme il ne les avait jamais connus, d'une beauté singulière, tournaient autour de lui, tels des esprits, et s'offraient à lui. Wolfgang, étendu là, écoutait, oubliant le temps, tentant de comprendre ce qu'il entendait, mais tout cela s'opposait à tout classement connu de lui. Aucun son ne paraissait relever d'un autre, ne se trouver en rien lié, et pourtant tout se mêlait en une symphonie inimaginable, en une polyphonie apocalyptique. Jamais, dans aucune vie ni même dans ses pensées les plus audacieuses, il n'avait entendu quelque chose de plus grand. Et son existence et tous les temps paraissaient ridiculement petits face à une telle immensité.

Wolfgang avait du mal à respirer. Il lui semblait que les sons lui provenaient d'une sphère étrangère, totalement inconnue, et se répandaient en son être intime jusqu'à ce que quelque chose éclate en lui et libère une intuition. Était-ce... la musique du futur ? Cette idée lui causa un bouleversement, plus grand que toute joie et que toute peur. Il se sentit trembler, chercha à tâtons la main d'Anju, mais il n'y avait là plus personne. Il était seul.

Le raclement d'un chariot lui parvint du couloir, des pas glissés, des piles d'assiettes cliquetant quand les roues se prirent dans une fente du sol. La voix d'un infirmier résonna, puis tout s'éloigna de nouveau.

Une agitation joyeuse s'empara de lui, faisant gigoter ses pieds et pirouetter ses pensées et le poussant finalement hors du lit. En chaussettes sur le linoleum froid, il alla d'un pas tâtonnant à la fenêtre, puis vers la porte, puis de nouveau vers la fenêtre, l'ouvrit en grand et aspira pleinement l'air frais de l'hiver comme s'il était la vie même.

Pourquoi, pour l'amour du ciel, ce dévoilement, cette révélation, voire cette prophétie lui était-elle échue ? Il lui arrivait quelque chose d'incomparablement grand, de sans précédent, et il ignorait ce que c'était. Mais c'était la volonté du Seigneur, il le sentait, et le Tout-Puissant devait avoir ses raisons.

Et tout doucement, un sentiment de calme et de confiance s'empara de lui. *Et lux perpetua luceat ei.* Le Seigneur avait besoin de lui, en un autre endroit encore plus nouveau et Il le guiderait, lui donnerait un soutien. Tout frissonnant de froid, Wolfgang ferma la fenêtre, se glissa de nouveau dans le lit et s'enroula dans la couverture.

Un bruit le sortit de son demi-sommeil. On avait dû frapper à sa porte, des images de rêve se mêlaient vaguement à la réalité. Dieu le Père en personne venait juste encore de donner un grand coup de baguette sur un pupitre de chef d'orchestre. Wolfgang cligna des yeux. La chambre était déjà plongée dans la grisaille de la pénombre. Égaré, il se redressa, cria son « Entrez ! » et se laissa retomber en pensant voir l'infirmière arriver avec le repas. Rien ne se passa. Seul le souvenir de ces sons qu'il avait regardés comme un livre interdit fondit sur lui, le mettant dans une vive tension. On frappa de nouveau à la porte.

— Entrez !

Il tourna la tête vers la porte, un rayon de lumière se fit, s'élargit et la silhouette imposante d'un homme en long manteau apparut.

— Monsieur Mustermann ?

— Peut-être, répondit Wolfgang d'un ton moqueur. Peut-être pas non plus ?

Il chercha l'interrupteur de la lampe de chevet.

— Monsieur Mustermann.

L'homme entra dans la chambre d'un pas solennel, s'arrêta et le regarda comme s'il s'attendait à être reconnu. Des cheveux gris-argent lui tombaient sur les épaules.

— Enfin, je vous ai trouvé !

Wolfgang était assis dans son lit, droit comme un cierge.

— Qui... qui êtes-vous ?
— Oh, pardon... quelle impolitesse ! Je m'appelle Michaelis.
— Aahhh ! s'écria Wolfgang en remontant la couverture sur son menton. L'archange Michel !
Celui-ci s'avança vers lui, les bras tendus.
— Monsieur Mustermann, je ne peux pas dire à quel point je suis heureux. C'est le début d'une nouvelle ère !
— Une... nouvelle... ère ?
Wolfgang fixa l'homme et s'aperçut ensuite qu'il avait la bouche ouverte.
— Ainsi, soyez véritablement... sa... salué, très saint ange !
Il s'empressa de se pencher hors du lit, faillit en tomber, attrapa la chaise prévue pour Anju, la rapprocha et invita l'ange à s'asseoir.
— Ce m'est un honneur et une énorme joie, si je peux espérer que votre visite est destinée à ces sons que le Seigneur, dans sa grande bonté, m'a laissé percevoir, à moi, le plus petit de ses serviteurs.
— Je viens à cause du *Requiem*.
Il lui sembla qu'on le dégonflait comme un ballon de baudruche.
— Certainement. Le *Requiem*.
Il inclina la tête, résigné, sentit que sa voix perdait de la vigueur.
— Je, hmm, je regrette, suis inconsolable, demande l'indulgence... c'est seulement que je... hmm, que je n'ai pas terminé.
— Qu'est-ce qui n'est pas terminé ?

Wolfgang rentra la tête dans les épaules.
— Le *Lacrimosa*.
Il désigna une liasse de papiers au bout de son lit.
— Soyez assuré de mon bon vouloir et de ma compétence certaine. Je n'ai pas manqué de faire tout mon possible, mais ceci est une tâche qui ne peut être que trop difficile pour un homme sensible.

L'archange lui jeta un regard qu'il ne sut comment interpréter.

— Puis-je me permettre ?

Il rassembla les feuilles volantes sur le lit, les empila sur ses genoux et commença à les lire. Finalement, il releva les yeux.

— Incroyable. Brillant. Et ce passage ici...

Wolfgang respira mieux. En tout cas, cette fois, on semblait ne pas lui avoir envoyé un ignare. Celui-là savait même lire les notes. Avec un peu de chance, il se montrerait peut-être compréhensif.

— Au fait, savez-vous quel jour nous sommes aujourd'hui, monsieur Mustermann ?

Wolfgang sursauta.

— Le... cinq ?

Exact. Le 5 décembre, le jour de la mort de Mozart, dit l'archange en passant un doigt distrait sur les dernières mesures de l'*Agnus Dei*. Si nous avions eu ceci plus à temps... Le produire aujourd'hui aurait fait sensation.

— Je suis désolé, je...

— Ah, monsieur Mustermann, je vous en prie, peu importe. Vous avez l'avenir devant vous !

— L'avenir ?

L'avenir. Naturellement. Il l'avait pressenti... Il en allait ici de plus de deux cents ans, il s'agissait ici de musique qui faisait voler en éclats tous les temps, qui ne pouvait se permettre de prendre en considération les limites d'une seule vie humaine.

— Je peux donc croire en toute bonne foi que vous m'avez élu pour frayer à cette musique que j'ai perçue le chemin pour les temps à venir ? Peut-être même d'y faire mon chemin ?

— Monsieur Mustermann, je n'ai pu jusqu'alors me procurer qu'un petit aperçu de votre talent mais, pour autant que je puisse en juger, tous les chemins vous sont ouverts. Et je vous promets que je me battrai pour vous.

— Oh, soyez assuré que j'ai composé bon nombre d'autres choses et que je ne suis donc pas resté inactif.

— Je suis heureux de l'entendre, monsieur Mustermann. Cependant, je pense que nous devrions nous concentrer sur le *Requiem*. Il ne reste plus, disiez-vous, que le *Lacrimosa* ?

Wolfgang se mordit les lèvres. Appuya son épaule contre le mur. Sentit la résignation le gagner et chercher à prendre le dessus sur cette excitation voluptueuse qui s'était emparée de lui depuis l'après-midi.

— Ainsi pour atteindre des contrées futures, il faudra donc absolument terminer cela ?

Elles se trouvaient devant lui comme une épreuve ces trente à quarante mesures et elles n'étaient pourtant rien d'autre qu'une porte à ouvrir d'un coup.

— Je l'avais pressenti, chuchota-t-il.

Et telle une promesse de joies à venir, les sons d'une nouveauté troublante s'emparèrent à nouveau de lui.

— Eh bien, nous n'irons pas loin avec un fragment, monsieur Mustermann. Et je ne crois pas pouvoir trouver quelqu'un qui ait même de loin vos compétences et puisse vous soulager de ce travail. Mais je ne comprends pas bien ce qui pose problème. Serait-ce votre santé qui vous mettrait hors d'état de l'achever ?

Un ensemble de sons résonna, d'une beauté supracéleste, liés par les lois d'une dimension inconnue, et il sut que c'était plus qu'une mélodie. Le fait de ne pouvoir le nommer ne lui parut plus soudain être une limite mais une simple question de date. Il suffisait d'un seul pas pour l'emporter là où cette réponse l'attendait. Une joie divine le saisit à la pensée de cet instant-là.

— Très saint ange ! Je vous en prie ! Bien qu'on me gratifie en ce moment de pilules et de piqûres qui pourraient prêter à souci, je me sens grandement frais et dispos et à la hauteur de toutes les demandes – spécialement futures. Nommément, cette révélation que, lors de ma promenade, le SEIGNEUR m'a pour ainsi dire donnée en avant-goût, m'a renforcé à un point que, sans grâce divine, nous autres... Dieu du ciel !

— Monsieur Mustermann ?

— Anju !

— Pardon ?

— Je ne peux pas !

— Quoi donc, monsieur Mustermann ? Que ne pouvez-vous pas ? Monsieur Mustermann, quoi donc ?
— Ma femme !
Il ne pouvait pas la laisser tomber. Pas maintenant, pas avec l'enfant.
— Elle a des espérances, je dois m'occuper d'elle !
Sa conscience s'assombrit quand il s'avoua son remords.
— Monsieur Mustermann, je crois que vous n'avez aucune idée de vos possibilités futures. Je vous ai entendu jouer, dernièrement, au Musikverein. Et je connais des parties de votre version du *Requiem*. Chaque note, en vérité. Croyez-moi, nous pourvoirons aux besoins de votre femme et de votre enfant, voire de toute une flopée d'enfants si c'est là où le bât blesse.
— Toute une flopée… !
Il faillit s'indigner, mais il se ravisa. Constance n'avait-elle pas encore une fois convolé en justes noces ? Seul son âge avancé lui avait sans doute interdit la naissance d'autres enfants. Mais Anju se trouvait dans la fleur de l'âge et n'aurait pas à porter le deuil du temps de sa vie. Pas de lui.
— En êtes-vous assuré ?
— Parole d'honneur, monsieur Mustermann ! Vous pouvez vous fier à moi.
Wolfgang poussa un grand soupir.
— Tout devra donc être produit pour son avantage et celui de l'enfant, tout ce que vous pourrez trouver, ici et dans le logis de mon ami Piotr, que

vous connaissez certainement, étant donné que ce n'est pas moins que la bonté et la providence divines qui m'ont placé un tel compagnon fidèle à mon côté.

Le poids d'une vie lui était retiré. Tout en lui le poussait, le tirait, l'entraînait à explorer ces frontières qu'il n'avait encore jamais approchées. La musique, qui dépassait sa vie du moment, était sa destinée et sa croix, de tout temps, et le serait toujours. Il se figea. Après cette révélation prometteuse d'avenir était-il encore en mesure d'écrire le *Lacrimosa* ? D'une manière qui puisse satisfaire au maintenant qui lui paraissait déjà un encore, même s'il avait dû juste encore le nommer un déjà ? Il se sentait tiraillé entre résolution et hésitation.

— Je suis prêt, finit-il par dire d'une voix ferme en regardant le visage de l'ange. Si vous aviez donc la bonté de me donner du papier et quelque chose pour écrire, là, dans le tiroir...

Avec un soupir de soulagement, il prit le cahier de musique et le crayon et laissa un moment tout cela reposer sur ses genoux. Puis il se signa.

– Que le SEIGNEUR m'assiste !

Et soudain, ce fut là.

Comme venus d'un temps lointain, des sons familiers s'approchèrent en planant, comme à grands coups d'aile, de plus en plus, des soupirs dansèrent autour de lui, tels des esprits nocturnes, s'envolèrent, l'emportèrent, toujours plus haut, et il sentit qu'il n'avait plus rien à craindre, laissa derrière lui toute peur et toute douleur, s'éleva, devina le chant du ciel et le bruissement de la terre, et les sons s'emparèrent de lui, le soulevèrent jusqu'à ce que tout ne fût plus que musique, rien que musique, et il s'évanouit avec eux dans le temps.

Postlude

Il cligne des yeux. La flamme de la bougie vacille faiblement. Constanze est encore assise à son lit, lui tient la main. Le calme est grand, partout.
— Stan...
L'air lui manque.
— Oui, très cher. Je suis ici.
La main de Constanze lui caresse la joue.
Profonde paix. Tout est fait, assez fait.
— Tu... m'as manqué, veut-il dire.
Mais il n'y parvient pas. L'air est lourd. Trop lourd. Il s'efforce de l'aspirer, mais il n'atteint pas sa poitrine, il ne fait que gonfler ses joues et ressortir de lui.
Constanze sanglote, il sait qu'il ne doit pas l'entendre.
— Regarde, il pense encore au *Requiem*. Il fait de nouveau les timbales.
Un léger sourire lui réussit encore. Doucement, très doucement, il fait non de la tête.

Table

Prélude	11
Requiem	15
Kyrie	37
Séquence	45
Dies irae	45
Tuba mirum	73
Rex tremendae	107
Recordare	121
Confutatis	197
Lacrimosa	225
Offertorium	249
Domine	249
Hostias	297
Sanctus	343
Benedictus	353
Agnus Dei	379
Communio	395
Postlude	421

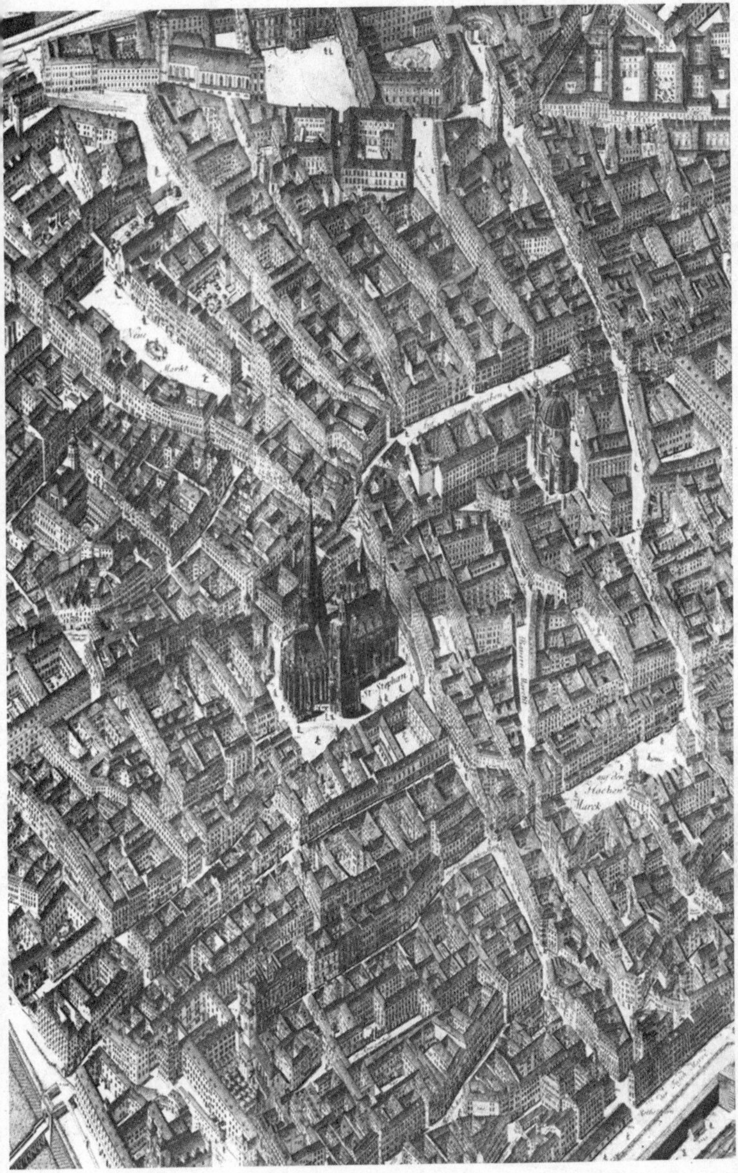
Neue Markt
St. Stephan
auf den Hochen Marck

PAPIER À BASE DE FIBRES CERTIFIÉES

Le Livre de Poche s'engage pour l'environnement en réduisant l'empreinte carbone de ses livres. Celle de cet exemplaire est de :
350 g éq. CO_2
Rendez-vous sur
www.livredepoche-durable.fr

Composition réalisée par PCA

Imprimé en France par CPI
en mai 2016
N° d'impression : 3017348
Dépôt légal 1re publication : juin 2016
LIBRAIRIE GÉNÉRALE FRANÇAISE
31, rue de Fleurus - 75278 Paris Cedex 06

15/6659/5